阅微草堂笔记

YUEWEI CAOTANG BIJI

〔清〕纪　昀◎著

光明日报出版社

图书在版编目（CIP）数据

阅微草堂笔记 /（清）纪昀著 . -- 北京 : 光明日报出版社 , 2014.6（2024.3 重印）

（光明岛）

ISBN 978-7-5112-6293-6

Ⅰ . ①阅… Ⅱ . ①纪… Ⅲ . ①笔记小说－小说集－中国－清代 Ⅳ . ① I242.1

中国版本图书馆 CIP 数据核字（2014）第 069597 号

阅微草堂笔记

YUEWEI CAOTANG BIJI

著　　者：〔清〕纪　昀

责任编辑：阴海燕　　责任校对：王腾达

封面设计：博文斯创　　责任印制：曹　净

出版发行：光明日报出版社

地　　址：北京市西城区永安路 106 号，100050

电　　话：010-67022197（咨询），67078870（发行），67019571（邮购）

传　　真：010-67078227，67078255

网　　址：http://book.gmw.cn

E - mail：lijuan@gmw.cn

法律顾问：北京德恒律师事务所龚柳方律师

印　　刷：北京一鑫印务有限责任公司

装　　订：北京一鑫印务有限责任公司

本书如有破损、缺页、装订错误，请与本社联系调换，电话：010-67019571

开　　本：150mm × 220mm　　印　　张：12

字　　数：150 千字

版　　次：2014 年 6 月第 1 版

印　　次：2024 年 3 月第 4 次印刷

书　　号：ISBN 978-7-5112-6293-6

定　　价：29.80 元

目　录

卷一　滦阳消夏录一

乾隆己酉夏，以编排秘籍，于役滦阳。时校理久竟，特督视官吏题签庋架而已。昼长无事，追录见闻，忆及即书，都无体例。小说稗官，知无关于著述；街谈巷议，或有益于劝惩。聊付抄胥存之，命曰《滦阳消夏录》云尔。

胡御史牧亭言：其里有人畜一猪，见邻叟辄瞋目狂吼，奔突欲噬，见他人则否。邻叟初甚怒之，欲买而啖其肉。既而憬然省曰：此殆佛经所谓夙冤耶？世无不可解之冤，乃以善价赎得，送佛寺为长生猪。后再见之，弭耳昵就，非复曩态矣。尝见孙重画伏虎应真，有巴西李衎题曰：至人骑猛虎，驭之犹骐骥。岂伊本驯良，道力消其鸷。乃知天地间，有情皆可契。共保金石心，无为多畏忌。可为此事作解也。

沧州刘士玉孝廉有书室，为狐所据。白昼与人对语，掷瓦石击人，但不睹其形耳。知州平原董思任，良吏也，闻其事，自往驱之。方盛陈人妖异路之理，忽檐际朗言曰："公为官，颇爱民，亦不取钱，故我不敢击公。然公爱民乃好名，不取钱乃畏后患耳，故我亦不避公。公休矣，毋多言取困。"董狼狈而归，咄咄不怡者数日。刘一仆妇甚粗蠢，独不畏狐。狐亦不击之。或于对语时，举以问狐，狐曰："彼虽下役，乃真孝妇也。鬼神见之犹敛避，况我曹乎！"刘乃令仆妇居此室，狐是日即去。

爱堂先生言：闻有老学究夜行，忽遇其亡友。学究素刚直，亦不怖畏。问："君何往？"曰："吾为冥吏，至南村有所勾摄，适同路耳。"因并行，至一破屋。鬼曰："此文士庐也。"问："何以知之？"曰："凡人白昼营营，性灵汩没。惟睡时一念不生，元神朗彻。胸中所读之书，字字皆吐光芒，自百窍而出。其状缥缈缤纷，烂如锦绣。学如郑、孔，文如屈、宋、班、马者，上烛霄汉，与星月争辉；次者数丈，次者数尺，以渐而差，极下者亦荧荧如一灯，照映户牖。人不能见，惟鬼神见之耳。此室上光芒高七八尺，以是而知。”学究问：“我读书一生，睡中光芒当几许？”鬼嗫嚅良久曰：“昨过君塾，君方昼寝。见君胸中高头讲章一部，墨卷五六百篇，经文七八十篇，策略三四十篇，字字化为黑烟，笼罩屋上，诸生诵读之声，如在浓云密雾中。实未见光芒，不敢妄语。”学究怒斥之，鬼大笑而去。

东光李又聃先生尝至宛平相国废园中，见廊下有诗二首，其一曰：“飒飒西风吹破棂，萧萧秋草满空庭，月光穿漏飞檐角，照见莓苔半壁青。”其二曰：“耿耿疏星几点明，银河时有片云行，凭阑坐听谯楼鼓，数到连敲第五声。”墨痕惨淡，殆不类人书。

董曲江先生名元度，平原人，乾隆壬申进士，入翰林，散馆改知县，又改教授，移疾归。少年梦人赠一扇，上有三绝句曰：“曹公饮马天池日，文采西园感故知，至竟心情终不改，月明花影上旌旗。”“尺五城南并马来，垂杨一例赤鳞开，黄金屈戌雕胡锦，不信陈王八斗才。”“萧鼓冬冬画烛楼，是谁亲按小凉州，春风豆蔻知多少，并作秋江一段愁。语多难解。后亦卒无征验，莫明其故。”

平定王孝廉执信，尝随文宦榆林，夜宿野寺经阁下，闻阁上有人絮语，似是论诗，窃讶此间少文士，那得有此？因谛听之，终不甚了了，后语声渐出阁廊下，乃稍分明。其一曰：“唐彦谦诗格不高，然‘禾麻地废生边气，草木春寒起战声’，故是佳句。”其一曰：“仆尝有句云：‘阴碛日光连雪白，风天沙气入云黄。’非亲至关外不睹此景。”其一又曰：“仆亦有一联云：‘山沉边气无情碧，河带寒声亘古秋。’自谓颇肖边城日暮之状。”相与吟赏者久之。寺钟忽动，乃寂无声。天晓起视，则扃钥尘封。“山沉边气”一联，后于任总镇遗稿见之。总镇名举，出师金川时，百战阵殁者也，“阴碛”一联，终不知为谁语，即其精灵长在，得与任公同游，亦决非常鬼矣。

献县周氏仆周虎，为狐所媚，二十馀年如伉俪。尝语仆曰："吾炼形已四百馀年，过去生中，于汝有业缘当补，一日不满，即一日不得升天，缘尽吾当去耳。"一日辗然自喜，又泫然自悲。语虎曰："月之十九日吾缘尽当别，已为君相一妇，可聘定之。"因出白金付虎，俾备礼。自是狎昵燕婉，逾于平日，恒形影不离。至十五日，忽晨起告别，虎怪其先期。狐泣曰："业缘一日不可减，亦一日不可增。惟迟早则随所遇耳。吾留此三日缘，为再一相会地也。"越数年，果再至，欢洽三日而后去。临行呜咽曰："从此终天诀矣。"陈德音先生曰："此狐善留其有馀，惜福者当如是。"刘季箴则曰："三日后终须一别，何必暂留。此狐炼形四百年，尚未到悬崖撒手地位，临事者不当如是。"余谓二公之言，各明一义，各有当也。

献县令明晟，应山人。尝欲申雪一冤狱，而虑上官不允，疑惑未决。儒学门斗有王半仙者，与一狐友，言小休咎多有验，遣往问之。狐正色曰："明公为民父母，但当论其冤不冤，不当问其允不允，独不记制府李公之言乎？"门斗返报，明为悚然。因言制府李公卫未达时，尝同一道士渡江。适有与舟子争诟者，道士太息曰："命在须臾，尚较计数文钱耶？"俄其人为帆脚所扫，堕江死。李公心异之。中流风作，舟欲覆。道士禹步诵咒，风止得济。李公再拜谢更生。道士曰："适堕江者，命也，吾不能救。公贵人也，遇厄得济，亦命也。吾不能不救，何谢焉。"李公又拜曰："领师此训，吾终身安命矣。"道士曰："是不尽然，一身之穷达当安命，不安命则奔竞排轧，无所不至。不知李林甫、秦桧，即不倾陷善类，亦作宰相，徒自增罪案耳。至国计民生之利害，则不可言命。天地之生才，朝廷之设官，所以补救气数也。身握事权，束手而委命，天地何必生此才，朝廷何必设此官乎？晨门曰：'是知其不可而为之。'诸葛武侯曰：'鞠躬尽瘁，死而后已。成败利钝非所逆睹。'此圣贤立命之学，公其识之。"李公谨受教，拜问姓名。道士曰："言之恐公骇。"下舟行数十步，翳然灭迹。昔在会城，李公曾话是事。不识此狐何以得知也。

曹司农竹虚言：其族兄自歙往扬州，途经友人家。时盛夏，延坐书屋，甚轩爽。暮欲下榻其中，友人曰："是有魅，夜不可居。"曹强居之。夜半，有物自门隙蠕蠕入，薄如夹纸，入室后。渐开展作人形，乃女子也。曹殊不畏。忽披发吐舌，作缢鬼状。曹笑曰："犹是发，但稍乱。犹是舌，但稍长。亦何足畏！"忽自摘其首置案上。曹又笑曰："有首尚不足畏，况无首耶！"鬼技穷，倏然灭。及归途再宿，夜半门隙又蠕动。甫露其首，辄唾曰："又此败兴物耶？"竟不入。此与嵇中散事相类。夫虎不食醉人，不知畏也。大抵畏则心乱，心乱则神涣，神涣则鬼得乘之。不畏则心定，心定则神全，神全则沴戾之气不能干。故记中散是事者，称神志湛然，鬼惭而去。

董曲江言：默庵先生为总漕时，署有土神马神二祠，惟土神有配。其少子恃才兀傲，谓土神于思老翁，不应拥艳妇；马神年少，正为嘉耦。径移女像于马神祠。俄眩仆不知人。默庵先生闻其事，亲祷移还，乃苏。又闻河间学署有土神，亦配以女像。有训导谓，黉宫不可塑妇人。乃别建一小祠迁焉。土神凭其幼孙语曰："汝理虽正，而心则私，正欲广汝宅耳。吾不服也。"训导方侃侃谈古礼，猝中其隐。大骇，乃终任不敢居是室。二事相近。或曰："训导迁庙犹以礼，董渎神甚矣，谴当重。"余谓董少年放诞耳。训导内挟私心，使己有利；外假公义，使人无词。微神发其阴谋，人尚以为能正祀典也。春秋诛心，训导谴当重于董。

康熙中，献县胡维华以烧香聚众谋不轨。所居由大城、文安一路行，去京师三百馀里；由青县、静海一路行，去天津二百馀里。维华谋分兵为二：其一出不意，并程抵京师；其一据天津，掠海舟。利则天津之兵亦北趋，不利则遁往天津，登舟泛海去。方部署伪官，事已泄。官军擒捕，围而火攻之，齠龀不遗。

初，维华之父雄于赀，喜周穷乏，亦未为大恶。邻村老儒张月坪，有女艳丽，殆称国色。见而心醉。然月坪端方迂执，无与人为妾理。乃延之教读。月坪父母柩在辽东，不得返，恒戚戚。偶言及，即捐金使扶归，且赠以葬地；月坪田内有横尸，其仇也，官以谋杀勘。又为百计申辩得释。一日，月坪妻携女归宁，三子并幼，月坪归家守门户，约数日返。乃阴使其党，夜键户而焚其庐。父子四人并烬。阳为惊悼，代营丧葬，且时周其妻女，竟依以为命。或有欲聘女者，妻必与谋，辄阴沮，使不就。久之渐露求女为妾意。妻感其惠，欲许之，女初不愿。夜梦其父曰："汝不往，吾终不畅吾志也。"女乃受命。岁馀，生维华，女旋病卒。维华竟覆其宗。

又去余家三四十里，有凌虐其仆夫妇死而纳其女者。女故慧黠，经营其饮食服用，事事当意。又凡可博其欢者，冶荡狎媟，无所不至。皆窃议其忘仇。蛊惑既深，惟其言是听。女始则导之奢华，破其产十之七八，又谗间其骨肉，使门以内如寇仇，继乃时说《水浒传》宋江、柴进等事，称为英雄，怂恿之交通盗贼，卒以杀人抵法。抵法之日，女不哭其夫，而阴携卮酒，酬其父母墓曰："父母恒梦中魇我，意恨恨似欲击我，今知之否耶？"人始知其蓄志报复。曰：此女所为，非惟人不测，鬼亦不测也，机深哉！然而不以阴险论。《春秋》原心，本不共戴天者也。

余在乌鲁木齐，军吏具文牒数十纸，捧墨笔请判。曰："凡客死于此者，其棺归籍，例给牒。否则魂不得入关。"以行于冥司，故不用朱判，其印亦以墨。视其文，鄙诞殊甚。曰："为给照事：照得某处某人，年若干岁，以某年某月某日在本处病故。今亲属搬柩归籍，合行给照。为此牌仰沿路把守关隘鬼卒，即将该魂验实放行，勿得勒索留滞，致干未便。"余曰："此胥役托词取钱耳。"启将军除其例。旬日后，或告城西墟墓中鬼哭，无牒不能归故也。余斥其妄；又旬日，或告鬼哭又近城，斥之如故；越旬日，余所居墙外，魗魗有声。余尚以为胥役所伪。越数日，声至窗外。时月明如昼，自起寻视，实无一人。同事观御史成曰："公所持理正，虽将军不能夺也。然鬼哭实共闻，不得照者，实亦怨公。盍试一给之，姑间执谗慝之口。倘鬼哭如故，则公亦有词矣。”勉从其议。是夜寂然。又，军吏宋吉禄在印房，忽眩仆，久而苏，云见其母至。俄台军以官牒呈。启视，则哈密报吉禄之母来视子，卒于途也。天下事何所不有？儒生论其常耳。余尝作《乌鲁木齐杂诗》一百六十首，中一首云：“白草飕飕接冷云，关山疆界是谁分？幽魂来往随官牒，原鬼昌黎竟未闻。”即此二事也。

范蘅洲言：昔渡钱塘江，有一僧附舟，径置坐具，倚樯竿，不相问讯。与之语，口漫应，目视他处，神意殊不属。蘅洲怪其傲，亦不再言。时西风过急，蘅洲偶得二句，曰：“白浪簸舡头，行人怯石尤。”下联未属，吟哦数四。僧忽闭目微吟曰：“如何红袖女，尚倚最高楼？”蘅洲不省所云，再与语，乃不答。比系缆，恰一少女立楼上，正着红袖，乃大惊，再三致诘。曰：“偶望见耳。”然烟水淼茫，庐舍遮映，实无望见理。疑其前知，欲作礼，则已振锡去。蘅洲惘然莫测，曰：“此又一骆宾王矣！”

清苑张公钺，官河南郑州时，署有老桑树，合抱不交。云栖神物，恶而伐之。是夕，其女灯下睹一人，面目手足及衣冠，色皆浓绿，厉声曰：“尔父太横，姑示警于尔！”惊呼媪婢至，神已痴矣。后归戈太仆仙舟，不久下世。驱厉鬼，毁淫祠，正狄梁公、范文正公辈事，德苟不足以胜之，鲜不致败。

钱文敏公曰：“天之祸福，不犹君之赏罚乎！鬼神之鉴察，不犹官吏之详议乎！今使有一弹章曰：‘某立身无玷，居官有绩，然门径向凶方，营建犯凶日，罪当谪罚。’所司允乎？驳乎？又使有一荐牍曰：‘某立身多瑕，居官无状，然门径得吉方，营建值吉日，功当迁擢。’所司又允乎？驳乎？官吏所必驳，而谓鬼神允之乎？故阳宅之说，余终不谓然。”此譬至明，以诘形象，亦无可置辩。然所见实有凶宅：京师斜对给孤寺道南一宅，余行吊者五；粉坊琉璃街极北道一宅，余行吊者七。给孤寺宅，曹宗丞学闽尝居之，甫移入，二仆一夕并暴亡，惧而迁去；粉坊琉璃街宅，邵教授大生尝居之，白昼往往见变异，毅然不畏，竟殁其中。此又何理欤？刘文正公曰："卜地见《书》，卜日见《礼》，苟无吉凶，圣人何卜？但恐非今术士所知耳。"斯持平之论矣。

沧州潘班，善书画，自称"黄叶道人"。尝夜宿友人斋中，闻壁间小语曰："君今夕毋留人共寝，当出就君。"班大骇，移出。友人曰："室旧有此怪，一婉娈女子，不为害也。"后友人私语所亲曰："潘君其终困青衿乎？此怪非鬼非狐，不审何物，遇粗俗人不出，遇富贵人亦不出，惟遇才士之沦落者，始一出荐枕耳。"后潘果坎壈以终。越十馀年，忽夜闻斋中啜泣声。次日，大风折一老杏树，其怪乃绝。外祖张雪峰先生尝戏曰："此怪大佳，其意识在绮罗人上。"

陈枫崖光禄言：康熙中，枫泾一太学生，尝读书别业。见草间有片石，已断裂剥蚀，仅存数十字。偶有一二成句，似是夭逝女子之碣也。生故好事，意其墓必在左右。每陈茗果于石上，而祝以狎词。越一载馀，见丽女独步菜畦间，手执野花，顾生一笑。生趋近其侧，目挑眉语，方相引入篱后灌莽间。女凝立直视，若有所思，忽自批其颊曰："一百馀年，心如古井，一旦乃为荡子所动乎？"顿足数四，奄然而灭。方知即墓中鬼也。蔡修撰季实曰："古称盖棺论定，观于此事，知盖棺犹难论定矣。是本贞魂，犹以一念之差，几失故步。"晦庵先生诗曰："世上无如人欲险，几人到此误平生。"谅哉！

王孝廉金英言：江宁一书生，宿故家废园中。月夜有艳女窥窗，心知非鬼即狐。爱其姣丽，亦不畏怖。招使入室，即宛转相就。然始终无一语，问亦不答。惟含笑流盼而已。如是月馀，莫喻其故。一日执而固问之，乃取笔作字曰："妾前明某翰林侍姬，不幸夭逝。因平生巧于谗构，使一门骨肉如水火。冥司见谴，罚为喑鬼。已沉沦二百馀年，君能为书《金刚经》十部，得仗佛力，超拔苦海，则世世衔感矣。"书生如其所乞。写竣之日，诣书生再拜，仍取笔作字曰："藉金经忏悔，已脱鬼趣。然前生罪重，仅能带业往生，尚须三世作哑妇，方能语也。"

卷二　滦阳消夏录二

董文恪公为少司空时，云昔在富阳村居，有村叟坐邻家，闻读书声，曰："贵人也。"请相见。谛观再四，又问八字干支，沈思良久，曰："君命相皆一品，当某年得知县，某年署大县，某年实授，某年迁通判，某年迁知府，某年由知府迁布政，某年迁巡抚，某年迁总督，善自爱，他日知吾言不谬也。"后不再见此叟，其言亦不验。然细较生平，则所谓知县，乃由拔贡得户部七品官也；所谓调署大县，乃庶吉士也；所谓实授，乃编修也；所谓通判，乃中允也；所谓知府，乃侍读学士也；所谓布政使，乃内阁学士也；所谓巡抚，乃工部侍郎也。品秩皆符，其年亦皆符，特内外异途耳。是其言验而不验，不验而验，惟未知总督如何。后公以其年拜礼部尚书，品秩仍符，按推算干支，或奇验，或全不验，或半验半不验。

余尝以闻见最确者，反复深思，八字贵贱贫富，特大略如是，其间乘除盈缩，略有异同。无锡邹小山先生夫人与安州陈密山先生夫人，八字干支并同。小山先生官礼部侍郎，密山先生官贵州布政使，均二品也，论爵，布政不及侍郎之尊；论禄，则侍郎不及布政之厚，互相补矣。二夫人并寿考。陈夫人早寡，然晚岁康强安乐；邹夫人白首齐眉，然晚岁丧子，家计亦薄，又相补矣。此或疑地有南北，时有初正也。余第六侄与奴子刘云鹏，生时只隔一墙，两窗相对，两儿并落蓐啼，非惟时同刻同，乃至分秒亦同。侄至十六岁而夭，奴子今尚在，岂非此命所赋之禄，只有此数：侄生长富贵，消耗先尽；奴子生长贫贱，消耗无多，禄尚未尽耶？盈虚消息，理固如斯，俟知命者更详之。

曾伯祖光吉公，康熙初官镇番守备，云有李太学妻，恒虐其妾，怒辄褫下衣鞭之，殆无虚日。里有老媪能入冥，所谓“走无常”者是也。规其妻曰：“娘子与是妾有夙冤，然应偿二百鞭耳。今妒心炽盛，鞭之殆过十馀倍，又负彼债矣。且良妇受刑，虽官法不褫衣，娘子必使裸露以示辱，事太快意，则干鬼神之忌。娘子与我厚，窃见冥籍，不敢不相闻。”妻哂曰：“死媪谩语，欲我禳解取钱耶？”会经略莫洛遘王辅臣之变，乱党蜂起。李没于兵，妾为副将韩公所得，喜其明慧，宠专房。韩公无正室，家政遂操于妾。妻为贼所掠，贼破被俘，分赏将士，恰归韩公。妾蓄以为婢，使跪于堂而语之曰：“尔能受我指挥，每日晨起，先跪妆台前，自褫下衣，伏地受五鞭，然后供役，则贷尔命。否则尔为贼党妻，杀之无禁，当寸寸脔尔，饲犬豕。”妻惮死失志，叩首愿遵教。然妾不欲其遽死，鞭不甚毒，俾知痛楚而已。年馀，乃以他疾死。计其鞭数，适相当。此妇真顽钝无耻哉！亦鬼神所忌，阴夺其魄也。此事韩公不自讳，且举以明果报。故人知其详。

韩公又言：此犹显易其位也。明季尝游襄、邓间，与术士张鸳湖同舍。鸳湖稔知居停主人妻虐妾太甚，积不平，私语曰：“道家有借形法。凡修炼未成，气血已衰，不能还丹者，则借一壮盛之躯，乘其睡，与之互易。吾尝受此法，姑试之。”次日，其家忽闻妻在妾房语，妾在妻房语。比出户，则作妻语者妾，作妾语者妻也。妾得妻身，但默坐；妻得妾身，殊不甘。纷纭争执，亲族不能判。鸣之官，官怒为妖妄，笞其夫，逐出。皆无可如何。然据形而论，妻实是妾。不在其位，威不能行，竟分宅各居而终。此事尤奇也。

相传有塾师，夏夜月明，率门人纳凉河间献王祠外田塍上。因共讲三百篇拟题，音琅琅如钟鼓。又令小儿诵《孝经》，诵已复讲。忽举首见祠门双古柏下，隐隐有人，试近之。形状颇异，知为神鬼。然私念此献王祠前，决无妖魅。前问姓名，曰毛苌、贯长卿、颜芝，因谒王至此。塾师大喜，再拜请授经义。毛、贯并曰：“君所讲，适已闻，都非我辈所解，无从奉答。”塾师又拜曰：“诗义深微，难授下愚。请颜先生一讲《孝经》可乎？”颜回面向内曰：“君小儿所诵，漏落颠倒，全非我所传本，我亦无可着语处。”俄闻传王教曰：“门外似有人醉语，聒耳已久，可驱之去。”余谓此与爱堂先生所言学究遇冥吏事，皆博雅之士，造戏语以诟俗儒也。然亦“空穴来风，桐乳来巢”乎？

屠者许方，尝担酒二罂夜行，倦息大树下。月明如昼，远闻呜呜声，一鬼自丛薄中出，形状可怖。乃避入树后，持担以自卫。鬼至罂前，跃舞大喜，遽开饮。尽一罂，尚欲开其第二罂，缄甫半启，已颓然倒矣。许恨甚，且视之似无他技，突举担击之，如中虚空。因连与痛击，渐纵弛委地，化浓烟一聚。恐其变幻，更捶百馀。其烟平铺地面，渐散渐开，痕如淡墨，如轻縠，渐愈散愈薄，以至于无。盖已澌灭矣。

余谓鬼，人之馀气也。气以渐而消，故《左传》称新鬼大，故鬼小。世有见鬼者，而不闻见羲、轩以上鬼，消已尽也。酒，散气者也。故医家行血发汗、开郁驱寒之药，皆治以酒。此鬼以仅存之气，而散以满罂之酒，盛阳鼓荡，蒸铄微阴，其消尽也固宜。是澌灭于醉，非澌灭于箠也。闻是事时，有戒酒者曰：“鬼善幻，以酒之故，至卧而受箠；鬼本人所畏，以酒之故，反为人所困，沉湎者念哉！”有耽酒者曰：“鬼虽无形而有知，犹未免乎喜怒哀乐之心。今冥然醉卧，消归乌有，反其真矣。酒中之趣，莫深于是。佛氏以涅盘为极乐，营营者恶乎知之。”庄子所谓“此亦一是非，彼亦一是非”欤？

献县田家，牛产麟，骇而击杀。知县刘征廉收葬之，刊碑曰：见麟郊。刘固良吏，此举何陋也。麟本仁兽，实非牛种。犊之麟而角，雷雨时蛟龙所感耳。

董文恪公未第时，馆于空宅，云常见怪异。公不信，夜篝灯以待，三更后，阴风飒然，庭户自启，有似人非人数辈，杂遝拥入。见公大骇曰：此屋有鬼，皆狼狈奔出。公持梃逐之，又相呼曰：鬼追至，可急走。争逾墙去。公恒言及，自笑曰：不识何以呼我为鬼？

故城贾汉恒，时从公受经，因举太平广记载野叉欲啖哥舒翰妾尸，翰方眠侧，野叉相语曰：贵人在此，奈何？翰自念呼我为贵人，击之当无害。遂起击之，野叉逃散。鬼贵音近，或鬼呼先生为贵人，先生听未审也？公笑曰：其然。

庚午秋，买得埤雅一部，中折叠绿笺一片，上有诗曰：愁烟低幂朱扉双，酸风微戛玉女窗，青磷隐隐出古壁，土花蚀断黄金釭。草根露下阴虫急，夜深悄映芙蓉立，湿萤一点过空塘，幽光照见残红泣。末题靓云仙子降坛诗，张凝敬录。盖扶乩者所书。余谓此鬼诗，非仙子诗也。

沧州张铉耳先生，梦中作一绝句曰："江上秋潮拍岸生，孤舟夜泊近三更。朱楼十二垂杨遍，何处吹箫伴月明？"自跋云："梦如非想，如何成诗？梦如是想，平生未到江南，何以落想至此？莫明其故，姑录存之。桐城姚别峰，初不相识。新自江南来，晤于李锐巅家。所刻近作，乃有此诗。问其年月，则在余梦后岁馀。开箧出旧稿示之，共相骇异。世间真有不可解事。宋儒事事言理，此理从何处推求耶？"

又，海阳李漱六名承芳，余丁卯同年也。余厅事挂渊明采菊图，是蓝田叔画。董曲江曰："一何神似李漱六！"余审视信然。后漱六公车入都，乞此画去，云平生所作小照，都不及此。此事亦不可解。

乾隆己卯，余典山西乡试，有二卷皆中式矣。一定四十八名，填草榜时，同考官万泉吕令瀶，误收其卷于衣箱，竟觅不可得；一定五十三名，填草榜时，阴风灭烛者三四，易他卷乃已。揭榜后拆视弥封，失卷者范学敷，灭烛者李腾蛟也。颇疑二生有阴谴。然庚辰乡试，二生皆中试。范仍四十八名，李于辛丑成进士。乃知科名有命，先一年亦不得。彼营营者何为耶？即求而得之，亦必其命所应有，虽不求亦得也。

先姚安公言，雍正庚戌会试，与雄县汤孝廉同号舍。汤夜半忽见披发女鬼，搴帘手裂其卷，如蛱蝶乱飞。汤素刚正，亦不恐怖，坐而问之曰：前生吾不知，今生则实无害人事，汝胡为来者？鬼愕眙却立曰：君非四十七号耶？曰：吾四十九号。盖有二空舍，鬼除之未数也。谛视良久，作礼谢罪而去。斯须间，四十七号喧呼某甲中恶矣。此鬼殊愦愦，汤君可谓无妄之灾。幸其心无愧怍，故仓卒间敢与诘辨，仅裂一卷耳。否亦殆哉。

顾员外德懋，自言为东岳冥官，余弗深信也。然其言则有理。曩在裘文达公家，尝谓余曰："冥司重贞妇，而亦有差等。或以儿女之爱，或以田宅之丰，有所系恋而弗去者，下也；不免情欲之萌，而能以礼义自克者，次也；心如枯井，波澜不生，富贵亦不睹，饥寒亦不知，利害亦不计者，斯为上矣。如是者千百不得一，得一则鬼神为起敬。一日，喧传节妇至，冥王改容，冥官皆振衣伫迓。见一老妇儽然来，其行步步渐高，如蹑阶级。比到，则竟从殿脊上过，莫知所适。冥王怃然曰：'此已升天，不在吾鬼录中矣。'"又曰："贤臣亦三等，畏法度者为下；爱名节者为次；乃心王室，但知国计民生，不知祸福毁誉者为上。"又曰："冥司恶躁竞，谓种种恶业，从此而生。故多困踬之，使得不偿失。人心愈巧，则鬼神之机亦愈巧。然不甚重隐逸，谓天地生才，原期于世事有补，人人为巢、许，则至今洪水横流，并挂瓢饮犊之地，亦不可得矣。"又曰："阴律如《春秋》责备贤者，而与人为善。君子偏执害事，亦录以为过；小人有一事利人，亦必予以小善报。世人未明此义，故多疑因果或爽耳。"

内阁学士永公，讳宁，婴疾，颇委顿。延医诊视，未遽愈，改延一医，索前医所用药帖，弗得。公以为小婢误置他处，责使搜索，云不得且笞汝。方倚枕憩息，恍惚有人跪灯下，曰："公勿笞婢，此药帖小人所藏。小人即公为臬司时平反得生之囚也。"问："藏药帖何意？"曰："医家同类皆相忌，务改前医之方，以见所长。公所服药不误，特初试一剂，力尚未至耳。使后医见方，必相反以立异，则公殆矣。所以小人阴窃之。"公方昏闷，亦未思及其为鬼。稍顷始悟，悚然汗下。乃称前方已失，不复记忆，请后医别疏方。视所用药，则仍前医方也。因连进数剂，病霍然如失。公镇乌鲁木齐日，亲为余言之，曰："此鬼可谓谙悉世情矣。"

族叔檠庵言：肃宁有塾师，讲程朱之学。一日，有游僧乞食于塾外，木鱼琅琅，自辰逮午不肯息。塾师厌之，自出叱使去，且曰："尔本异端，愚民或受尔惑耳。此地皆圣贤之徒，尔何必作妄想？"僧作礼曰："佛之流而募衣食，犹儒之流而求富贵也。同一失其本来，先生何必定相苦？"塾师怒，自击以夏楚。僧振衣起曰："太恶作剧！"遗布囊于地而去。意必复来，暮竟不至。扪之，所贮皆散钱，诸弟子欲探取。塾师曰："俟其久而不来再为计。然须数明，庶不争。"甫启囊，则群蜂坌涌，螫师弟面目尽肿。号呼扑救。邻里咸惊问，僧忽排闼入曰："圣贤乃谋匿人财耶？"提囊径行。临出，合掌向塾师曰："异端偶触忤圣贤，幸见恕。"观者粲然。或曰："幻术也。"或曰："塾师好辟佛，见僧辄诋。僧故置蜂于囊以戏之。"檠庵曰："此事余目击，如先置多蜂于囊，必有蠕动之状，见于囊外。尔时殊未睹也。云幻术者为差近。"

朱青雷言，有避仇窜匿深山者，时月白风清，见一鬼徙倚白杨下，伏不敢起。鬼忽见之曰：君何不出？栗而答曰：吾畏君。鬼曰：至可畏者莫若人，鬼何畏焉？使君颠沛至此者，人耶鬼耶？一笑而隐。余谓此青雷有激之寓言也。

都察院库中有巨蟒，时或夜出。余官总宪时，凡两见。其蟠迹著尘处，约广二寸馀，计其身当横径五寸。壁无罅，门亦无罅，窗棂阔不及二寸，不识何以出入。大抵物久则能化形，狐魅能自窗隙往来，其本形亦非窗隙所容也。堂吏云其出应休咎，殊无验。神其说耳。

幽明异路，人所能治者，鬼神不必更治之，示不渎也；幽明一理，人所不及治者，鬼神或亦代治之，示不测也。戈太仆仙舟言，有奴子尝醉寝城隍神案上，神拘去笞二十，两股青痕斑斑，太仆目见之。

杜生村,距余家十八里。有贪富室之贿,鬻其养媳为妾者。其媳虽未成婚,然与夫聚已数年,义不再适。度事不可止,乃密约同逃。翁姑觉而追之。二人夜抵余村土神祠,无可栖止,相抱泣。忽祠内语曰:“追者且至,可匿神案下。”俄庙祝踉跄醉归,横卧门外。翁姑追至,问踪迹,庙祝呓语应曰:“是小男女二人耶?年约若干,衣履若何,向某路去矣。”翁姑急循所指路往。二人因得免。乞食至媳之父母家。父母欲讼官,乃得不鬻。尔时祠中无一人。庙祝曰:“吾初不知是事,亦不记作是语。”盖皆土神之灵也。

于氏,肃宁旧族也。魏忠贤窃柄时,视王侯将相如土苴。顾以生长肃宁,耳濡目染,望于氏如王谢。为侄求婚,非得于氏女不可。适于氏少子赴乡试,乃置酒强邀至家,面与议。于生念:许之则祸在后日;不许则祸在目前。猝不能决。托言父在难自专。忠贤曰:“此易耳。君速作札,我能即致太翁也。”

是夕,于翁梦其亡父,督课如平日,命以二题:一为“孔子曰诺”;一为“归洁其身而已矣”。方搆思,忽叩门惊醒。得子书,恍然顿悟。因复书许姻,而附言病颇棘,促子速归。肃宁去京四百馀里,比信返,天甫微明,演剧犹未散。于生匆匆束装,途中官吏迎候者已供帐相属。抵家后,父子俱称疾不出。是岁为天启甲子。越三载而忠贤败,竟免于难。事定后,于翁坐小车,遍游郊外曰:“吾三载杜门,仅博得此日看花饮酒。岌乎危哉!”

于生濒行时,忠贤授以小像,曰:“先使新妇识我面。”于氏于余家为表戚,余儿时尚见此轴。貌修伟而秀削,面白,色隐赤,两颧微露,颊微狭,目光如醉,卧蚕以上,赭石薄晕,如微肿。衣绯红,座旁几上,露列金印九。

杜林镇土神祠道士,梦土神语曰:此地繁剧,吾失于呵护,至疫鬼误入孝子节妇家,损伤童稚,今镌秩去矣。新神性严重,汝善事之,恐不似我姑容也。谓春梦无凭,殊不介意。越数日,醉卧神座旁，得寒疾几殆。

景州戈太守桐园，官朔平时，有幕客夜中睡醒，明月满窗，见一女子在几侧坐，大怖，呼家奴。女子摇手曰：吾居此久矣，君不见耳。今偶避不及，何惊骇乃尔。幕客呼益急，女子哂曰：果欲祸君，奴岂能救？拂衣遽起，如微风之振窗纸，穿棂而逝。

颍州吴明经跃鸣言，其乡老儒林生，端人也。尝读书神庙中，庙故宏阔，僦居者多，林生性孤峭，卒不相闻问。

一日，夜半不寐，散步月下，忽一客来叙寒温。林生方寂寞，因邀入室共谈，甚有理致。

偶及因果之事，林生曰：圣贤之为善，皆无所为而为者也。有所为而为，其事虽合，无理其心已，纯乎人欲矣。故佛氏福田之说，君子弗道也。

客曰：先生之言，粹然儒者之言也。然用以律己则可，用以律人则不可；用以律君子犹可，用以律天下之人则断不可。圣人之立教，欲人为善而已。其不能为者，则诱掖以成之；不肯为者，则驱策以迫之，于是乎刑赏生焉。能因慕赏而为善，圣人但与其善，必不责其为求赏而然也；能因畏刑而为善，圣人亦与其善，必不责其为避刑而然也。苟以刑赏使之循天理，而又责慕赏畏刑之为人欲，是不激劝于刑赏，谓之不善；激劝于刑赏，又谓之不善，人且无所措手足矣。况慕赏避刑，既谓之人欲，而又激劝以刑赏，人且谓圣人实以人欲导民矣。有是理欤？盖天下上智少而凡民多，故圣人之刑赏，为中人以下设教；佛氏之因果，亦为中人以下说法。儒释之宗虽殊，至其教人为善，则意归一辙。先生执董子谋利计功之说，以驳佛氏之因果，将以圣人之刑赏而驳之乎？先生徒见缁流诱人布施，谓之行善，谓之得福；见愚民持斋烧香，谓之行善，谓可得福。不如是者，谓之不行善，必获罪，遂谓佛氏因果，适以惑众，而不知佛氏所谓善恶，与儒无异。所谓善恶之报，亦与儒无异也。

林生意不谓然，尚欲更申己意，俯仰之倾，天已将曙，客起欲去，固挽留之，忽挺然不动，乃庙中一泥塑判官。

族祖雷阳公言，昔有遇冥吏者，问命皆前定，然乎？曰：然。然特穷通寿夭之数，若唐小说所称预知食料，乃术士射覆法耳。如人人琐记此等事，虽大地为架，不能庋此簿籍矣。问定数可移乎？曰：可。大善则移，大恶则移。问孰定之孰移之，曰：其人自定自移，鬼神无权也。问果报何有验有不验，曰：人世善恶论一生，祸福亦论一生，冥司则善恶兼前生，祸福兼后生，故若或爽也。问果报何以不同？曰：此皆各因其本命。以人事譬之，同一迁官，尚书迁一级则宰相，典史迁一级不过主簿耳。同一镌秩，有加级者抵，无加级则竟镌矣。故事同而报或异也。问何不使人先知？曰：势不可也。先知之则人事息，诸葛武侯为多事，唐六臣为知命矣。问何以又使人偶知？曰：不偶示之，则恃无鬼神而人心肆，暧昧难知之处，将无不为矣。先姚安公尝述之曰：此或雷阳所论，托诸冥吏也，然揆之以理，谅亦不过如斯。

先姚安公有仆，貌谨厚而最有心计。一日，乘主人急需，饰词邀勒，得赢数十金。其妇亦悻悻自好，若不可犯，而阴有外遇，久欲与所欢逃，苦无资斧，既得此金，即盗之同遁。越十馀日捕获，夫妇之奸乃并败。余兄弟甚快之。姚安公曰：此事何巧相牵引，一至于斯！殆有鬼神颠倒其间也。夫鬼神之颠倒，岂徒博人一快哉？凡以示戒云尔。故遇此种事，当生警惕心，不可生欢喜心。甲与乙为友，甲居下口，乙居泊镇，相距三十里。乙妻以事过甲家，甲醉以酒而留之宿。乙心知之，不能言也，反致谢焉；甲妻渡河覆舟，随急流至乙门前，为人所拯，乙识而扶归，亦醉以酒而留之宿。甲心知之不能言也，亦反致谢焉。其邻媪阴知之，合掌诵佛曰：有是哉，吾知惧矣。其子方佐人诬讼，急自往呼之归，汝曹如此媪可也。

四川毛公振翧任河间同知时，言其乡人有薄暮山行者，避雨入一废祠，已先有一人坐檐下，谛视乃其亡叔。惊骇欲避，其叔急止之曰：因有事告汝，故此相待，不祸汝，汝勿怖也。我殁之后，汝叔母失汝祖母欢，恒非理见箠挞。汝叔母虽顺受不辞，然心怀怨毒，于无人处窃诅詈。吾在阴曹为伍伯，见土神牒报者数矣。凭汝寄语，戒其悛改。如不知悔，恐不免魂堕泥犁也。语讫而灭。乡人归，告其叔母，虽坚讳无有，然悚然变色，如不自容。知鬼语非诬矣。

毛公又言，有人夜行，遇一人状似里胥，锁絷一囚，坐树下。因并坐暂息。囚啜泣不已，里胥鞭之，此人意不忍，从旁劝止。里胥曰：此桀黠之魁，生平所播弄倾轧者，不啻数百。冥司判七世受豕身，吾押之往生也。吾何悯焉。此人悚然而起，二鬼亦一时灭迹。

卷三　滦阳消夏录三

俞提督金鳌言：尝夜行辟展戈壁中，（戈壁者，碎沙乱石，不生水草之地，即瀚海也。）遥见一物，似人非人，其高几一丈，追之甚急。弯弧中其胸，踣而复起，再射之始仆。就视，乃一大蝎虎，竟能人立而行，异哉！

昌吉叛乱之时，捕获逆党，皆戮于迪化城西树林中——迪化即乌鲁木齐，今建为州。树林绵亘数十里，俗为之树窝。时戊子八月也。后林中有黑气数团，往来倏忽，夜行者遇之辄迷。余谓此凶悖之魄，聚为妖厉，犹蛇虺虽死，馀毒尚染于草木，不足怪也。凡阴邪之气，遇阳刚之气则消。遣数军于月夜伏铳击之，应手散灭。

乌鲁木齐关帝祠有马，市贾所施以供神者也。尝自啮草山林中，不归皂枥。每至朔望祭神，必昧爽先立祠门外，屹如泥塑。所立之地不失尺寸。遇月小建，其来亦不失期。祭毕，仍莫知所往。余谓道士先引至祠外，神其说耳。庚寅二月朔，余到祠稍早，实见其由雪碛缓步而来，弭耳竟立祠门外。雪中绝无人迹，是亦奇矣。

淮镇在献县东五十五里，即《金史》所谓槐家镇也。有马氏者，家忽见变异。夜中或抛掷瓦石，或鬼声呜呜，或无人处突火出。嬲岁馀不止。祷禳亦无验。乃买宅迁居。有赁居者，嬲如故，不久亦他徙。以是无人敢再问。有老儒不信其事，以贱价得之。卜日迁居，竟寂然无他，颇谓其德能胜妖。既而有猾盗登门与诟争，始知宅之变异，皆老儒贿盗夜为之，非真魅也。先姚安公曰："魅亦不过变幻耳。老儒之变幻如是，即谓之真魅可矣。"

己卯七月，姚安公在苑家口遇一僧，合掌作礼曰：相别七十三年矣，想见不一斋乎？适旅舍所卖皆素食，因与共饭，问其年，解囊出一度牒，乃前明成化二年所给。问师传此几代矣，遽收之囊中，曰：公疑我，我不必再言。食未毕而去，竟莫测其真伪。尝举以戒昀曰：士大夫好奇，往往为此辈所累。即真仙真佛，吾宁交臂失之。

余家假山上有小楼，狐居之五十馀年矣。人不上，狐亦不下。但时见窗扉无风自启闭耳。楼之北曰“绿意轩”，老树阴森，是夏日纳凉处。戊辰七月，忽夜中闻琴声、棋声。奴子奔告姚安公。公知狐所为，了不介意，但顾奴子曰：“固胜于汝辈饮博。”次日，告昀曰：“海客无心，则白鸥可狎。相安已久，惟宜以不闻不见处之。”至今亦绝无他异。

丁亥春，余携家至京师。因虎坊桥旧宅未赎，权住钱香树先生空宅中。云楼上亦有狐居，但扃锁杂物，人不轻上。余戏粘一诗于壁曰：“草草移家偶遇君，一楼上下且平分。耽诗自是书生癖，彻夜吟哦厌莫闻。”一日，姬人启锁取物，急呼怪事。余走视之，则地板尘上，满画荷花，茎叶苕亭，具有笔致。因以纸笔置几上，又粘一诗于壁曰：“仙人果是好楼居，文采风流我不如。新得吴笺三十幅，可能一一画芙蕖？”越数日启视，竟不举笔。以告裘文达公，公笑曰：“钱香树家狐，固应稍雅。”

河间冯树柟，粗通笔札，落拓京师十馀年。每遇机缘，辄无成就。干祈于人，率口惠而实不至。穷愁抑郁，因祈梦于吕仙祠。夜梦一人语之曰：“尔无恨人情薄，此因缘尔所自造也。尔过去生中，喜以虚词博长者名。遇有善事，心知必不能举也，必再三怂恿，使人感尔之赞成；遇有恶人，心知必不可贷也，必再三申雪，使人感尔之拯救。虽于人无所损益，然恩皆归尔，怨必归人，机巧已为太甚。且尔所赞成拯救，皆尔身在局外，他人任其利害者也。其事稍稍涉于尔，则退避惟恐不速，坐视人之焚溺，虽一举手之力，亦惮烦不为。此心尚可问乎？由是思维，人于尔貌合而情疏，外关切而心漠视，宜乎不宜？鬼神之责人，一二行事之失，犹可以善抵。至罪在心术，则为阴律所不容。今生已矣，勉修未来可也。”后果寒饿以终。

史松涛先生，讳茂，华州人。官至太常寺卿，与先姚安公为契友。余年十四五时，忆其与先姚安公谈一事，曰：某公尝箠杀一干仆。后附一痴婢，与某公辩曰："奴舞弊当死。然主人杀奴，奴实不甘。主人高爵厚禄，不过于奴之受恩乎？卖官鬻爵，积金至钜万，不过于奴之受赂乎？某事某事，颠倒是非，出入生死，不过于奴之窃弄权柄乎？主人可负国，奈何责奴负主人？主人杀奴，奴实不甘。"某公怒而击之仆，犹呜呜不已。后某公亦不令终，因叹曰："吾曹断断不至是，然旅进旅退，坐食俸钱，而每责僮婢不事事，毋乃亦腹诽矣乎？"

东城李某，以贩枣往来于邻县，私诱居停主人少妇归。比至家，其妻先已偕人逃，自诧曰：幸携此妇来，不然鳏矣。人计其妻迁贿之期，正当此妇乘垣后日。适相报，尚不悟耶？既而此妇不乐居田家，复随一少年遁，始茫然自失。后其夫踪迹至东城，欲讼李，李以妇已他去，无佐证，坚不承。纠纷间，闻里有扶乩者，众曰：盍质于仙。仙判一诗曰：鸳鸯梦好两欢娱，记否罗敷自有夫，今日相逢需一笑，分明依样画葫芦。其夫默然径返。两邑接壤有知其事者，曰此妇初亦其夫诱来者也。

满媪，余弟乳母也。有女曰荔姐，嫁为近村民家妻。一日，闻母病，不及待婿同行，遽狼狈而来。时已入夜，缺月微明。顾见一人追之急，度是强暴，而旷野无可呼救，乃隐身古冢白杨下，纳簪珥怀中，解绦系颈，披发吐舌，瞪目直视以待。其人将近，反招之坐。及逼视，知为缢鬼，惊仆不起，荔姐竟狂奔得免。比入门，举家大骇，徐问得实，且怒且笑，方议向邻里追问。次日喧传某家少年，遇鬼中恶，其鬼今尚随之，已发狂谵语。后医药符箓皆无验，竟颠痫终身。此或由恐怖之馀，邪魅趁机而中之，未可知也；或一切幻象，由心而造，未可知也；或明神殛恶，阴夺其魄，亦未可知也。然均可为狂且戒。

制府唐公执玉，尝勘一杀人案，狱具矣。一夜秉烛独坐，忽微闻泣声，似渐近窗户。命小婢出视，嗷然而仆。公自启帘，则一鬼浴血跪阶下，厉声叱之，稽颡曰："杀我者某，县官乃误坐某。仇不雪，目不瞑也。"公曰："知之矣。"鬼乃去。翌日，自提讯。众供死者衣履，与所见合，信益坚，竟如鬼言改坐某。问官申辩百端，终以为南山可移，此案不动。其幕友疑有他故，微叩公，始具言始末，亦无如之何。

一夕，幕友请见，曰："鬼从何来？"曰："自至阶下。"曰："鬼从何去？"曰："欻然越墙去。"幕友曰："凡鬼有形而无质，去当奄然而隐，不当越墙。"因即越墙处寻视。虽甃瓦不裂，而新雨之后，数重屋上，皆隐隐有泥迹，直至外垣而下。指以示公曰："此必囚贿捷盗所为也。"公沉思恍然，仍从原谳。讳其事，亦不复深求。

景城南有破寺，四无居人，惟一僧携二弟子司香火。皆蠢蠢如村佣，见人不能为礼。然谲诈殊甚，阴市松脂炼为末，夜以纸卷燃火撒空中，焰光四射，望见趋问，则师弟键户酣寝，皆曰不知。又阴市戏场佛衣，作菩萨罗汉形，月夜或立屋脊，或隐映寺门树下。望见趋问，亦云无睹。或举所见语之，则合掌曰："佛在西天，到此破落寺院何为？官司方禁白莲教，与公无仇，何必造此语祸我？"人益信为佛示现，檀施日多。然寺日颓敝，不肯葺一瓦一椽。曰："此方人喜作蜚语，每言此寺多妖异。再一庄严，惑众者益借口矣。"积十馀年，渐致富。忽盗瞰其室，师弟并拷死，罄其赀去。官检所遗囊箧，得松脂戏衣之类，始悟其奸。此前明崇祯末事。先高祖厚斋公曰："此僧以不蛊惑为蛊惑，亦至巧矣。然蛊惑所得，适以自戕，虽谓之至拙可也。"

有书生嬖一娈童，相爱如夫妇。童病将殁，凄恋万状，气已绝，犹手把书生腕，擘之乃开。后梦寐见之，灯月下见之，渐至白昼亦见之。相去恒七八尺；问之不语，呼之不前，即之则却退。缘是惘惘成心疾，符箓劾治无验。其父姑令借榻丛林，冀鬼不敢入佛地。

至则见如故。

一老僧曰:“种种魔障,皆起于心。果此童耶?是心所招。非此童耶?是心所幻。但空尔心,一切俱灭矣。”又一老僧曰:“师对下等人说上等法,渠无定力,心安得空?正如但说病证,不疏药物耳。”

因语生曰:“邪念纠结,如草生根,当如物在孔中,出之以楔,楔满孔则物自出。尔当思维,此童殁后,其身渐至僵冷,渐至洪胀,渐至臭秽,渐至腐溃,渐至尸虫蠕动,渐至脏腑碎裂,血肉狼藉,作种种色。其面目渐至变貌,渐至变色,渐至变相,如罗刹,则恐怖之念生矣;再思维,此童如在,日长一日,渐至壮伟,无复媚态,渐至鬑鬑有须,渐至修髯如戟,渐至面苍黧,渐至发斑白,渐至两鬓如雪,渐至头童齿豁,渐至伛偻劳嗽,涕泪涎沫,秽不可近,则厌弃之念生矣;再思维,此童先死,故我念彼。倘我先死,彼貌姣好,定有人诱,利饵势胁,彼未必守贞如寡女。一旦引去,荐彼枕席,我在生时对我种种淫语,种种淫态,俱回向是人,恣其娱乐;从前种种昵爱,如浮云散灭,都无馀滓,则愤恚之念生矣;再思维,此童如在,或恃宠跋扈,使我不堪,偶相触忤,反面诟谇;或我财不赡,不餍所求,顿生异心,形色索漠;或彼见富贵,弃我他往,与我相遇如陌路人,则怨恨之念生矣。以是诸念起伏生灭于心中,则心无馀闲。心无馀闲,则一切爱根欲根无处容著,一切魔障不祛自退矣。”

生如所教,数日或见或不见,又数日竟灭迹。病起往访,则寺中无是二僧。或曰古佛现化,或曰十方常住,来往如云,萍水偶逢,已飞锡他往云。

先太夫人乳媪廖氏言,沧州马落坡,有妇以卖面为业。得馀面以养姑。贫不能畜驴,恒自转磨,夜夜彻四鼓。姑殁后,上墓归,遇二少女于路,迎而笑曰:同住二十馀年,颇相识否?妇错愕不知所对。二女曰:嫂勿讶,我姊妹皆狐也,感嫂孝心,每夜助嫂转磨,不意为上帝所嘉,缘是功行,得证正果。今嫂养姑事毕,我姊妹亦登仙去矣。敬来道别，并谢提携也。言讫，其去如风，转瞬已不见。妇归，再转其磨，则力几不胜，非宿昔之旋运自如矣。

乌鲁木齐，译言好围场也。余在是地时，有笔帖式，名乌鲁木齐。计其命名之日，在平定西域前二十馀年。自言初生时，父梦其祖语曰：尔所生子，当名乌鲁木齐，并指画其字以示。觉而不省为何语，然梦甚了了，姑以名之。不意今果至此，意将终此乎？后迁印房主事，果卒于官。计其自从征至卒，始终未尝离此地。事皆前定，岂不信夫。

乌鲁木齐又言有厮养曰巴拉，从征时，遇贼每力战，后流矢贯左颊，镞出于右耳之后，犹奋刀斫一贼，与之俱仆。后因事至孤穆第——在乌鲁木齐特纳格尔之间，梦巴拉拜谒，衣冠修整，颇不类贱役。梦中忘其已死，问向在何处，今将何往，对曰：因差遣过此，偶遇主人，一展积恋耳。问何以得官，曰：忠孝节义，上帝所重。凡为国捐生者，虽下至仆隶，生前苟无过恶，幽冥必与一职事；原有过恶者，亦消除前罪，向人道转生。奴今为博克达山神部将，秩如骁骑校也。问何所往，曰：昌吉。问何事，曰：赍有文牒，不能知也。霍然而醒，语音似犹在耳。时戊子六月。至八月十六日，而有昌吉变乱之事，鬼盖不敢预泄云。

昌吉筑城时，掘土至五尺馀，得红纻丝绣花女鞋一，制作精致，尚未全朽。余乌鲁木齐杂诗曰：筑城掘土土深深，邪许相呼万杵音。怪事一声齐注目，半钩新月紵花侵。咏此事也。入土至五尺馀，至近亦须数十年，何以不坏？额鲁特女子不缠足，何以得作弓弯样，仅三寸许？此必有其故，今不得知矣。

何励庵先生言：相传明季有书生，独行丛莽间，闻书声琅琅。怪旷野那得有是，寻之，则一老翁坐墟墓间，旁有狐十馀，各捧书蹲坐。老翁见而起迎，诸狐皆捧书人立。书生念既解读书，必不为祸。因与揖让，席地坐。问“读书何为”，老翁曰：“吾辈皆修仙者也。凡狐之求仙有二途：其一采精气，拜星斗，渐至通灵变化，然后积修正果，是为由妖而求仙。然或入邪僻，则干天律，其途捷而危；其一先炼形为人，既得为人，然后讲习内丹，是为由人而求仙。虽吐纳导引，非旦夕之功，而久久坚持，自然圆满。其途纡而安。顾形不自变，随心而变。故先读圣贤之书，明三纲五常之理，心化则形亦化矣。"

书生借视其书，皆《五经》、《论语》、《孝经》、《孟子》之类。但有经文而无注。问："经不解释，何由讲贯？"老翁曰："吾辈读书，但求明理。圣贤言语，本不艰深，口相授受，疏通训诂，即可知其义旨，何以注为？"书生怪其持论乖僻，惘惘莫对。姑问其寿，曰："我都不记。但记我受经之日，世尚未有印板书。"又问："阅历数朝，世事有无同异？"曰："大都不甚相远，惟唐以前，但有儒者。北宋后，每闻某甲是圣贤，为小异耳。"书生莫测，一揖而别。后于途间遇此翁，欲与语，掉头径去。

案此殆先生之寓言。先生尝曰："以讲经求科第，支离敷衍，其词愈美而经愈荒；以讲经立门户，纷纭辨驳，其说愈详而经亦愈荒。"语意若合符节。又尝曰："凡巧妙之术，中间必有不稳处。如步步踏实，即小有蹉失，终不至折肱伤足。"与所云修仙二途，亦同一意也。

有扶乩者，自江南来，其仙自称卧虎山人，不言休咎，惟与人唱和诗词，亦能作画。画不过兰竹数笔，具体而已。其诗清浅而不俗，尝面见下坛一绝云：爱杀嫣红映水开，小停白鹤一徘徊，花神怪我衣襟绿，才藉莓苔稳睡来。又咏舟限车字，咏车限舟字，曰：浅水潺潺二尺馀，轻舟来往兴何如，回头岸上春泥滑，愁杀疲牛薄笨车，小车辆辘驾乌牛，载酒聊为陌上游，莫羡王孙金勒马，双轮徐转稳如舟。其馀大都类此。问其姓字，则曰：世外之人何必留名。必欲相迫，有杜撰应命而已。

甲与乙共学其符，召之亦至。然字多不可辨，扶乩者手不习也。一日，乙焚符，仙竟不降。越数日再召，仍不降。后乃降于甲家，甲叩乙召不降之故，仙判曰：人生以孝弟为本，二者有惭，则不可以为人，此君近与兄析产，隐匿千金，又诡言父有宿逋，当兄弟共偿，实掩兄所偿为己有。吾虽方外闲身，不预人事，然义不与此等人作缘。烦转道意，后毋相渎。又判示甲曰：君近得新果，偏食儿女，而独忘孤侄，使啜泣竟夕，虽是无心，要由于意有歧视，后若再尔，吾亦不来矣。先姚安公曰：吾见其诗词，谓是灵鬼；观此议论，似竟是仙。

益都李词畹言：秋谷先生南游日，借寓一家园亭中。一夕就枕后，欲制一诗。方沉思间，闻窗外人语曰："公尚未睡耶？清词丽句，已心醉十馀年。今幸下榻此室，窃听绪论，虽已经月，终以不得质疑问难为恨，虑或仓卒别往，不罄所怀，便为平生之歉。故不辞唐突，愿隔窗听挥麈之谈，先生能不拒绝乎？"秋谷问君为谁，曰："别馆幽深，重门夜闭，自断非人迹所到，先生神思夷旷，谅不恐怖，亦不必深求。"问："何不入室相晤？"曰："先生襟怀萧散，仆亦倦于仪文，但得神交，何必定在形骸之内耶？"秋谷因日与酬对，于六义颇深。如是数夕，偶乘醉戏问曰："听君议论，非神非仙，亦非鬼非狐，毋乃山中木客解吟诗乎？"语讫寂然。穴隙窥之，缺月微明，有影蓬蓬然，掠水亭檐角而去。园中老树参天，疑其木魅矣。

词畹又云：秋谷与魅语时，有客窃听。魅谓渔洋山人诗，如名山胜水，奇树幽花，而无寸土艺五谷；如雕栏曲榭，池馆宜人，而无寝室庇风雨；如彝鼎罍洗，斑斓满几，而无釜甑供炊灶；如纂组锦绣，巧出仙机，而无裘葛御寒暑；如舞衣歌扇，十二金钗，而无主妇司中馈；如梁园金谷，雅客满堂，而无良友进规谏。秋谷极为击节。又谓明季诗庸音杂奏，故渔洋救之以清新；近人诗浮响日增，故先生救之以刻露。势本相因，理无偏胜。窃意二家宗派，当调停相济。合则双美，离则两伤。秋谷颇不平之云。

乌鲁木齐有道士卖药于市。或曰是有妖术。人见其夜宿旅舍中，临睡必探佩囊，出一小壶卢，倾出黑物二丸，即有二少女与同寝,晓乃不见。问之则云无有。余忆辍耕录周月惜事,曰:此乃所采生魂也,是法食马肉则破。适中营有马死,遣吏密嘱旅舍主人,问适有马肉,可食否?道士掉头曰:马肉岂可食。余益疑,拟料理之,同事陈君题桥曰:道士携少女,公未亲见;不食马肉,公亦未亲见。周月惜事,出陶九成小说,未知真否;所云马肉破法,亦未知验否。公信传闻之词,据无稽之说,遽兴大狱,似非所宜。塞外不当留杂色人,饬所司驱之出境足矣。余乃止。

后将军温公闻之曰:欲穷治者太过。倘畏刑妄供别情,事关重大,又无确据,作何行止;驱出境者太不及。倘转徙别地,或酿事端,云曾在乌鲁木齐久住,谁职其咎。行迹可疑人,关隘例当盘诘搜检,验有实证,则当付所司;验无实证,则其牒递回原籍,使勿惑民,不亦善乎?余二人皆服公之论。

庄学士本淳,少随父书石先生泊舟江岸,夜失足落江中,舟人弗知也。漂荡间闻人语曰:可救起福建学院。此有关系,勿草草。不觉已还挂本舟舵尾上,呼救得免。后果督福建学政,赴任时,举是事语余曰:吾其不返乎?余以立命之说勉之,竟卒于官。

又其兄方耕少宗伯,雍正庚戌在京邸,遇地震,压于小衖中。适两墙对圮,相柱如人字帐形,坐其中一昼夜,乃得掘出。岂非死生有命乎?

王半仙尝访其狐友,狐迎笑曰:“君昨夜梦至范住家,欢娱乃尔!”范住者,邑之名妓也。王回忆实有是梦,问何以知。曰:“人秉阳气以生,阳亲上,气恒发越于顶。睡则神聚于心,灵光与阳气相映,如镜取影。梦生于心,其影皆现于阳气中,往来生灭,倏忽变形一二寸小人,如画图,如戏剧,如虫之蠕动,即不可告人之事,亦百态毕露,鬼神皆得而见之。狐之通灵者,亦得见之,但不闻其语耳。昨偶过君家,是以见君之梦。”又曰:“心之善恶亦现于阳气中。生一善念,则气中一线如烈焰;生一恶心,则气中一线如浓烟。浓烟幂首,尚有一线之光,是畜生道中人;并一线之光而无之,是泥犁狱中人矣。”王问：“恶人浓烟幂首，真梦影何由复见？”曰：“人心本善，恶念蔽之。睡时一念不生，则此心还其本体，阳气仍自光明。即其初醒时，念尚未起，光明亦尚在。念渐起，则渐昏。念全起，则全昏矣。君不读书，试向秀才问之，孟子所谓夜气，即此是也。”王悚然曰：“鬼神鉴察，乃及于梦寐之中。”

沧州插花庙尼，姓董氏。遇大士诞辰，治供具将毕，忽觉微倦，倚几暂憩。恍惚梦大士语之曰：“尔不献供，我亦不忍饥；尔即献供，我亦不加饱。寺门外有流民四五辈乞食不得，困饿将殆，尔辍供具以饭之，功德胜供我十倍也。”霍然惊醒，启门出视，果不谬。自是每年供具献毕，皆以施丐者，曰：“此菩萨意也。”

卷四　滦阳消夏录四

卧虎山人降乩于田白岩家，众焚香拜祷，一狂生独倚几斜坐，曰：江湖游士，练熟手法为戏耳，岂有真仙日日听人呼唤。乩即书下坛诗曰：鶗鴂惊秋不住啼，章台回首柳萋萋，花开有约肠空断，云散无踪梦亦迷，小立偷弹金屈戌，半酣笑劝玉东西，琵琶还似当年否，为问浔阳估客妻。狂生大骇，不觉屈膝。盖其数日前密寄旧妓之作，未经存稿者也。仙又判曰：此笺幸未达，达则又作步非烟矣，此妇既已从良，即是窥人闺阁，香山居士偶作寓言，君乃见诸实事耶？大凡风流佳话，多是地狱根苗。昨见冥官录籍，故吾得记之。业海洪波，回头是岸，山人饶舌，实具苦心，先生勿讶多言也。狂生鹄立案旁，殆无人色，后岁馀即下世。余所见扶乩者，惟此仙不谈休咎，而好规人过。殆灵鬼之耿介者耶？先姚安公素恶淫祀，惟遇此仙，必长揖曰：如此方严，即鬼亦当敬。

姚安公未第时，遇扶乩者，问："有无功名？"判曰："前程万里。"又问："登第当在何年？"判曰："登第却须候一万年。"意谓或当由别途进身。及癸巳万寿科登第，方悟万年之说。后官云南姚安府知府，乞养归，遂未再出。并前程万里之说亦验。大抵幻术多手法捷巧。惟扶乩一事，则确有所凭附，然皆灵鬼之能文者耳。所称某神某仙，固属假托；即自称某代某人者，叩以本集中诗文，亦多云年远忘记，不能答也。其扶乩之人，遇能书者，则书工，遇能诗者则诗工，遇全不能诗能书者，则虽成篇而迟钝。余稍能诗而不能书，从兄坦居，能书而不能诗。余扶乩，则诗敏捷而书潦草。坦居扶乩则书清整而诗浅率。余与坦居，实皆未容心。盖亦借人之精神，始能运动。所谓鬼不自灵，待人而灵也。蓍龟本枯草朽甲，而能知吉凶，亦待人而灵耳。

先外祖居卫河东岸，有楼临水傍，曰度帆。其楼向西，而楼之下层，门乃向东，别为院落，与楼不相通。先有仆人史锦捷之妇，缢于是院。故久无人居，亦无扃钥。有僮婢不知是事，夜半幽会于斯，闻门外窸窣似人行，惧为所见，伏不敢动，窃于门隙窥之，乃一缢鬼步阶上，对月微叹。二人股栗，皆僵于门内，不敢出。门为二人所据，鬼亦不敢入，相持良久，有犬见鬼而吠，群犬闻声亦聚吠。以为有盗，竞明烛持械以往，鬼隐而僮仆之奸败，婢愧不自容，迨夕亦往是院缢，觉而救苏，又潜往者再，还其父母乃已。因悟鬼非不敢入室也，将以败二人之奸，使愧缢以求代也。外祖母曰：此妇生而阴狡，死尚尔哉，其沉沦也固宜。先太夫人曰：此婢不作此事，鬼亦何自而乘？其罪未可委之鬼。

辛彤甫先生官宜阳知县时，有老叟投牒曰："昨宿东城门外，见缢鬼五六，自门隙而入，恐是求代。乞示谕百姓，仆妾勿凌虐，债负勿逼索，诸事互让勿争斗，庶鬼无所施其技。"先生震怒，笞而逐之。老叟亦不怨悔，至阶下拊膝曰："惜哉！此五六命，不可救矣！"越数日，城内报缢死者四。先生大骇，急呼老叟问之，老叟曰："连日昏昏都不记忆，今乃知曾投此牒，岂得罪鬼神，使我受笞耶？"是时，此事喧传，家家为备，缢而获解者果二：一妇为姑所虐，姑痛自悔艾；一迫于逋欠，债主立为焚券，皆得不死。乃知数虽前定，苟能尽人力，亦必有一二之挽回。又知人命至重，鬼神虽前知其当死，苟一线可救，亦必转借人力以救之。盖气运所至，如严冬风雪，天地亦不得不然。至披裘御雪，墐户避风，则听诸人事，不禁其自为。

姚安公官刑部日，德胜门外有七人同行劫，就捕者五矣。惟王五金大牙二人未获。王五逃至漷县，路阻深沟，惟小桥可通一人，有健牛怒目当道卧，近辄奋触，退觅别途，乃猝与逻者遇；金大牙逃至清河，桥北有牧童驱二牛挤仆泥中，怒而角斗。清河去京近，有识之者，告里胥缚送官。二人皆回民，皆业屠牛，而皆以牛败，岂非宰割惨酷，虽畜兽亦含怨毒，厉气所凭，借其同类以报哉？不然，遇牛触仆，犹事理之常。无故而当桥，谁使之也？

再从伯灿臣公言：曩有县令，遇杀人狱不能决，蔓延日众。乃祈梦城隍祠。梦神引一鬼，首戴磁盎，盎中种竹十馀竿，青翠可爱。觉而检案中有姓祝者，祝竹音同，意必是也。穷治亦无迹；又检案中有名节者，私念曰："竹有节，必是也。"穷治亦无迹。然二人者九死一生矣。计无复之，乃以疑狱上请别缉杀人者，卒亦不得。夫疑狱，虚心研鞫，或可得真情。祷神祈梦之说，不过慑伏愚民，绐之吐实耳。若以梦寐之恍惚，加以射覆之揣测，据为信谳，鲜不谬矣！古来祈梦断狱之事，余谓皆事后之附会也。

雍正壬子六月，夜大雷雨，献县城西有村民为雷击。县令明公晟往验，饬棺殓矣。越半月馀，忽拘一人讯之曰："尔买火药何为？"曰："以取鸟。"诘曰："以铳击雀，少不过数钱，多至两许，足一日用矣。尔买二三十斤，何也？"曰："备多日之用。"又诘曰："尔买药未满一月，计所用不过一二斤，其馀今贮何处？"其人词穷，刑鞫之，果得因奸谋杀状，与妇并伏法。或问："何以知为此人？"曰："火药非数十斤不能伪为雷。合药必以硫黄。今方盛夏，非年节放爆竹时，买硫黄者可数。吾阴使人至市察买硫黄者谁多。皆曰某匠。又阴察某匠卖药于何人，皆曰某人，是以知之。"又问："何以知雷为伪作？"曰："雷击人，自上而下，不裂地。其或毁屋，亦自上而下。今苫草、屋梁皆飞起，土炕之面亦揭去，知火从下起矣。又此地去城五六里，雷电相同。是夜雷电虽迅烈，然皆盘绕云中，无下击之状，是以知之。尔时其妇先归宁，难以研问，故必先得是人，而后妇可鞫。"此令可谓明察矣。

先太夫人外家曹氏，有媪能视鬼。外祖母归宁时，与论冥事，媪曰："昨于某家见一鬼，可谓痴绝。然情状可怜，亦使人心脾凄动。鬼名某，住某村，家亦小康，死时年二十七八。初死百日后，妇邀我相伴，见其恒坐院中丁香树下。或闻妇哭声，或闻儿啼声，或闻兄嫂与妇诟谇声，虽阳气逼烁不能近，然必侧耳窗外窃听，凄惨之色可掬。后见媒妁至妇房，愕然惊起，张手左右顾。后闻议不成，稍有喜色。既而媒妁再至，来往兄嫂与妇处，则奔走随之，皇皇如有失。送聘之日，坐树下，目直视妇房，泪涔涔如雨。自是妇每出入，辄随其后，眷恋之意更笃。嫁前一夕，妇整束奁具，复徘徊檐外，或倚柱泣，或俯首如有思，稍闻房内嗽声，辄从隙私窥。营营者彻夜。吾太息曰：'痴鬼何必如是！'若弗闻也。娶者入，秉火前行，避立墙隅，仍翘首望妇，吾偕妇出，回顾，见其远远随至娶者家，为门尉所阻，稽颡哀乞，乃得入。入则匿墙隅，望妇行礼，凝立如醉状。妇入房，稍稍近窗。其状一如整束奁具时。至灭烛就寝，尚不去。为中霤神所驱，乃狼狈出。时吾以妇嘱归视儿，亦随之返，见其直入妇室，凡妇所坐处、眠处，一一视到。俄闻儿索母啼，趋出环绕儿四周，以两手相握，作无可奈何状。俄嫂出，挞儿一掌，便顿足拊心，遥作切齿状。吾视之不忍，乃径归，不知其后如何也。后吾私为妇述，妇啮齿自悔。里有少寡议嫁者，闻是事，以死自誓曰：'吾不忍使亡者作是状。'"

嗟乎！君子义不负人，不以生死有异也。小人无往不负人，亦不以生死有异也。常人之情，则人在而情在，人亡而情亡耳。苟一念死者之情状，未尝不戚然感也。儒者见谄渎之求福，妖妄之滋惑，遂累累持无鬼之论，失先王神道设教之深心。徒使愚夫愚妇，悍然一无所顾忌，尚不如此里妪之言，为动人生死之感也。

廖姥，青县人，母家姓朱，为先太夫人乳母。年未三十而寡，誓不再适，依先太夫人终其身。殁时年九十有六。性严正，遇所当言，必侃侃与先太夫人争。先姚安公亦不以常媪遇之。余及弟妹，皆随之眠食，饥饱寒暑，无一不体察周至，然稍不循礼，即遭呵禁。约束仆婢，尤不少假借，故仆婢莫不阴憾之。顾司管钥，理庖厨，不能得其毫发私，亦竟无如何也。尝携一童子，自亲串家通问归，已薄暮矣。风雨骤至，驱避于废圃破屋中。雨入夜未止，遥闻墙外人语曰："我方投汝屋避雨，汝何以冒雨坐树下？"又闻树下人应曰："汝毋多言，廖家节妇在屋内。"遂寂然。后童子偶述其事，诸仆婢皆曰："人不近情，鬼亦恶而避之也。"嗟乎！鬼果恶而避之哉？

安氏表兄，忘其名字，与一狐为友。恒于场圃间对谈。安见之，他人弗见也。

狐自称生于北宋初。安叩以宋代史事，曰："皆不知也。凡学仙者，必游方之外，使万缘断绝，一意精修。如于世有所闻见，于心必有所是非。有所是非必有所爱憎。有所爱憎，则喜怒哀乐之情必迭起循生，以消铄其精气，神耗而形亦敝矣。乌能至今犹在乎？迨道成以后，来往人间，视一切机械变诈，皆如戏剧；视一切得失胜败，以至于治乱兴亡，皆如泡影。当时即不留意，又焉能一一而记之？即与君相遇，是亦前缘。然数百年来，相遇如君者不知凡几，大都萍水相逢，烟云倏散。夙昔笑言，亦多不记忆。则身所未接者，从可知矣。"

时八里庄三官庙，有雷击蝎虎一事。安问："以物久通灵，多撄雷斧，岂长生亦造物所忌乎？"曰："是有二端：夫内丹导引，外丹服饵，皆艰难辛苦以证道，犹力田以致富，理所宜然；若媚惑梦魇，盗采精气，损人之寿，延己之年，事与劫盗无异，天律不容也。又或恣为妖幻，贻祸生灵，天律亦不容也；若其葆养元神，自全生命，与人无患，于世无争，则老寿之物，正如老寿之人耳，何至犯造物之忌乎？"

舅氏实斋先生闻之曰："此狐所言，皆老氏之粗浅者也，然用以自养，亦足矣。"

闽中某夫人喜食猫。得猫则先贮石灰于罂，投猫于内，而灌以沸汤。猫为灰气所蚀，毛尽脱落，不烦挦治，血尽归于脏腑。肉白莹如玉，云味胜鸡雏十倍也。日日张网设机，所捕杀无算。后夫人病危，呦呦作猫声，越十馀日乃死。卢观察抝吉尝为邻居，抝吉子荫文，余婿也，尝为余言之。因言景州一宦家子，好取猫犬之类，拗折其足，捩之向后，观其孑孓跳号以为戏，所杀亦多。后生子女，皆足踵反向前。又余家奴子王发，善鸟铳，所击无不中，日恒杀鸟数十。惟一子，名济宁州，其往济宁州时所生也。年已十一二，忽遍体生疮，如火烙痕，每一疮内有一铁子，竟不知何由而入，百药不痊，竟以绝嗣。杀业至重，信夫！

余尝怪修善果者，皆按日持斋，如奉律令。而居恒则不能戒杀。夫佛氏之持斋，岂以茹蔬啖果即为功德乎？正以茹蔬啖果，即不杀生耳。今徒曰某日某日观音斋期，某日某日准提斋期，是日持斋，佛大欢喜；非是日也，烹宰溢乎庖，肥甘罗乎俎，屠割惨酷，佛不问也。天下有是事理乎？且天子无故不杀牛，大夫无故不杀羊，士无故不杀犬豕，礼也。儒者遵圣贤之教，固万万无断肉理。然自宾祭以外，特杀亦万万不宜。以一脔之故，遽戕一命；以一羹之故，遽戕数十命，或数百命；以众生无限怖苦，无限惨毒，供我一瞬之适口。与按日持斋之心，无乃稍左乎？东坡先生向持此论，窃以为酌中之道，愿与修善果者一质之。

“六合之外，圣人存而不论。”然六合之中，实亦有不能论者。人之死也，如儒者之论，则魂升魄降已耳。即如佛氏之论，鬼亦收录于冥司，不能再至人世也。而世有“回煞”之说。庸俗术士，又有一书，能先知其日辰时刻，与所去之方向，此亦诞妄之至矣。然余尝于隔院楼窗中，遥见其去，如白烟一道，出于灶突之中，冉冉向西南而没。与所推时刻方向无一差也。又尝两次手自启钥，谛视布灰之处，手迹足迹，宛然与生时无二，所亲皆能辨识之。是何说欤？

祸福有命，死生有数，虽圣贤不能与造物争，而世有蛊毒魇魅之术，明载于刑律。蛊毒余未见，魇魅则数见之。为是术者，不过瞽者、巫者与土木之工。然实能祸福死生人，历历有验。是天地鬼神之权，任其播弄无忌也。又何说欤？

其中必有理焉，但人不能知耳。宋儒于理不可解者皆臆断，以为无是事，毋乃胶柱鼓瑟乎？李又聃先生曰：“宋儒据理谈天，自谓穷造化阴阳之本，于日月五星，言之凿凿，如指诸掌，然宋历十变而愈差，自郭守敬以后，验以实测，证以交食，始知濂、洛、关、闽，于此事全然未解。即康节最通数学，亦仅以奇偶方圆，揣摩影响，实非从推步而知。故持论弥高，弥不免郢书燕说。夫七政运行，有形可据，尚不能臆断以理，况乎太极先天求诸无形之中者哉？先圣有言，'君子于不知'，盖阙如也。"

有两塾师邻村居，皆以道学自任。一日，相邀会讲，生徒侍坐者十馀人。方辩论性天，剖析理欲，严词正色，如对圣贤。忽微风飒然，吹片纸落阶下，旋舞不止。生徒拾视之，则二人谋夺一寡妇田，往来密商之札也。此或神恶其伪，故巧发其奸欤？然操此术者众矣，固未尝一一败也。闻此札既露，其计不行，寡妇之田竟得保。当由茕嫠苦节，感动幽冥，故示是灵异，以阴为呵护云尔。

李孝廉存其言：蠡县有凶宅，一耆儒与数客宿其中。夜闻窗外拨剌声，耆儒叱曰："邪不干正，妖不胜德，余讲道学三十年，何畏于汝？"窗外似有女子语曰："君讲道学，闻之久矣。余虽异类，亦颇涉儒书。《大学》扼要在诚意，诚意扼要在慎独。君一言一动，必循古礼，果为修己计乎？抑犹有几微近名者在乎？君作语录，断断于诸儒辩，果为明道计乎？抑犹有几微好胜者在乎？夫修己明道，天理也。近名好胜，则人欲之私也。私欲之不能克，所讲何学乎？此事不以口舌争，君扪心清夜，先自问其何如，则邪之敢于与否，妖之能胜与否，已了然自知矣，何必以声色相加乎？"耆儒汗下如雨，瑟缩不能对。徐闻窗外微哂曰："君不敢答，犹能不欺其本心，姑让君寝。"又拨剌一声，掠屋檐而去。

卷五　滦阳消夏录五

世称殇子为债鬼，是固有之。卢南石言：朱元亭一子病瘵，绵惙时，呻吟自语曰："是尚欠我十九金。"俄医者投以人参，煎成未饮而逝。其价恰得十九金。此近日事也。或曰："四海之中，一日之内，殇子不知其凡几，前生逋负者，安得如许之众？"夫死生转毂，因果循环，如恒河之沙，积数不可以测算；如太空之云，变态不可以思议。是诚难拘一格。然计其大势，则冤愆纠结，生于财货者居多。老子曰："天下攘攘，皆为利往；天下熙熙，皆为利来。"人之一生，盖无不役志于是者。顾天地生财，只有此数。此得则彼失，此盈则彼亏。机械于是而生，恩仇于是而起。业缘报复，延及三生。观谋利者之多，可知索偿者之不少矣。史迁有言："怨毒之于人，甚矣哉！"君子宁信其有，或可发人深省也。

罗仰山通政在礼曹时，为同官所轧，动辄掣肘，步步如行荆棘中。性素迂滞，渐恚愤成疾。

一日，郁郁枯坐，忽梦至一山，花放水流，风日清旷，觉神思开朗，垒块顿消。沿溪散步，得一茅舍，有老翁延入小坐，言论颇洽。老翁问何以有病容，罗具陈所苦。老翁太息曰："此有夙因，君所未解。君七百年前为宋黄筌，某即南唐徐熙也。徐之画品，本居黄上。黄恐夺供奉之宠，巧词排抑，使沉沦困顿，衔恨以终。其后辗转轮回，未能相遇，今世业缘凑合，乃得一快其宿仇。彼之加于君者，即君之曾加于彼者也，君又何憾焉！大抵无往不复者，天之道；有施必报者，人之情。既已种因，终当结果。其气机之感，如磁之引针，不近则已，近则吸而不解；其怨毒之结，如石之含火，不触则已，触则激而立生；其终不消释，如疾病之隐伏，必有骤发之日；其终相遇合，如日月之旋转，必有交会之躔。然则种种害人之术，适有自害而已矣。吾过去生中，与君有旧，因君未悟，故为述忧患之由。君与彼已结果矣，自今以往，慎勿造因可也。”

罗洒然有省，胜负之心顿尽。数日之内，宿疾全除。此余十许岁时，闻霍易书先生言。或曰：是卫公延璞事，先生偶误记也。未知其审，并附识之。

田白岩言：康熙中，江南有征漕之案，官吏伏法者数人。数年后，有一人降乩于其友人家，自言方在冥司讼某公。友人骇曰：“某公循吏，且其总督两江，在此案前十馀年，何以无故讼之？”乩又书曰：“此案非一日之故矣。方其初萌，褫一官，窜流一二吏，即可消患于未萌。某公博忠厚之名，养痈不治，久而溃裂，吾辈遂遘其难。吾辈病民蛊国，不能仇现在之执法者也。追原祸本，不某公之讼而谁讼欤？”书讫，乩遂不动。迄不知九幽之下，定谳如何。《金人铭》曰：“涓涓不壅，终为江河；毫末不札，将寻斧柯。”古圣人所见远矣。此鬼所言，要不为无理也。

里有姜某者，将死，嘱其妇勿嫁。妇泣诺。后有艳妇之色者，以重价购为妾。方靓妆登车，所蓄犬忽人立怒号，两爪抱持啮妇面，裂其鼻准，并盲其一目。妇容既毁，买者委之去。后亦更无觊觎者。此康熙甲午、乙未间事，故老尚有目睹者。皆曰：“义哉此犬，爱主人以德；智哉此犬，能攻病之本。”余谓犬断不能见及此，此其亡夫厉鬼所凭也。

张福，杜林镇人也，以负贩为业。一日，与里豪争路，豪挥仆推堕石桥下。时河冰方结，觚棱如锋刃，颅骨破裂，仅奄奄存一息。里胥故嗛豪，遽闻于官。官利其财，狱颇急。福阴遣母谓豪曰：“君偿我命，与我何益。能为我养老母幼子，则乘我未绝，我到官言失足堕桥下。”豪诺之，福粗知字义，尚能忍痛自书状。生供凿凿，官吏无如何也。福死之后，豪竟负约。其母屡控于官，终以生供有据，不能直。豪后乘醉夜行，亦马蹶堕桥死。皆曰：“是负福之报矣。”先姚安公曰：“甚哉，治狱之难也！而命案尤难：有顶凶者，甘为人代死；有贿和者，甘鬻其所亲。斯已猝不易诘矣。至于被杀之人，手书供状，云非是人之所杀。此虽皋陶听之，不能入其罪也。倘非负约不偿，致遭鬼殛，则竟以财免矣。讼情万变，何所不有！司刑者可据理率断哉！”

姚安公言：有孙天球者，以财为命，徒手积累至千金。虽妻子冻饿，视如陌路，亦自忍冻饿，不轻用一钱。病革时，陈所积于枕前，一一手自抚摩，曰：“尔竟非我有乎？”呜咽而殁。孙未殁以前，为狐所嬲，每摄其财货去，使窘急欲死，乃于他所复得之，如是者不一。又有刘某者，亦以财为命，亦为狐所嬲。一岁除夕，凡刘亲友之贫者，悉馈数金。讶不类其平日所为。旋闻刘床前私箧，为狐盗去二百馀金，而得谢柬数十纸。盖孙财乃辛苦所得，狐怪其悭啬，特戏之而已。刘财多由机巧剥削而来，故狐竟散之。其处置也颇得宜也。

余督学闽中时，幕友钟忻湖言：其友昔在某公幕，因会勘，宿古寺中。月色朦胧，见某公窗下有人影，徘徊良久，冉冉上钟楼去。心知为鬼魅，然素有胆，竟蹑往寻之。至则楼门锁闭，楼上似有二人语。其一曰：“君何以空返？”其一曰：“此地罕有官吏至，今幸两官共宿，将俟人静讼吾冤。顷窃听所言，非揣摩迎合之方，即消弭弥缝之术，是不足以办吾事。故废然返。”语毕，似有太息声。再听之，竟寂然矣。次日，阴告主人，果变色摇手，戒勿多事。迄不知其何冤也。

余谓此君友，有嗛于主人，故造斯言，形容其巧于趋避，为鬼揶揄耳。若就此一事而论，鬼非目睹，语未耳闻，恍惚杳冥，茫无实据。虽阎罗包老，亦无可措手，顾乃责之于某公乎？

星士虞春潭，为人推算，多奇中。偶薄游襄汉，与一士人同舟，论颇款洽。久而怪其不眠不食，疑为仙鬼。夜中密诘之。士人曰：“我非仙非鬼，文昌司禄之神也。有事诣南岳，与君有缘，故得数日周旋耳。”虞因问之曰：“吾于命理，自谓颇深。尝推某当大贵而竟无验，君司禄籍，当知其由。”士人曰：“是命本贵，以热中削减十之七矣。”虞曰：“仕宦热中，是亦常情，何冥谪若是之重？”士人曰：“仕宦热中，其强悍者必怙权；怙权者必狠而愎。其孱弱者必固位，固位者必险而深。且怙权固位，是必躁竞，躁竞相轧，是必排挤。至于排挤，则不问人之贤否，而问党之异同。不计事之可否，而计己之胜负。流弊不可胜言矣。是其恶在贪酷上。寿且削减，何止于禄乎？”虞阴记其语，越两岁馀，某果卒。

长山聂松岩，以篆刻游京师。尝馆余家，言其乡有与狐友者，每宾朋宴集，招之同坐。饮食笑语，无异于人，惟闻声而不睹其形耳。或强使相见，曰：“对面不睹，何以为相交？”狐曰：“相交者交以心，非交以貌也。夫人心叵测，险于山川，机阱万端，由斯隐伏。诸君不见其心，以貌相交，反以为密；于不见貌者，反以为疏，不亦悖乎？”田白岩曰：“此狐之阅世深矣。”

余在乌鲁木齐时，一日，报军校王某差运伊犁军械，其妻独处。今日过午，门不启，呼之不应，当有他故。因檄迪化同知木金泰往勘。破扉而入，则男女二人，共枕卧裸体相抱，皆剖裂其腹死。男子不知何自来，亦无识者。研问邻里，茫无端绪，拟以疑狱结矣。是夕，女尸忽呻吟，守者惊视，已复生。越日能言。自供与是人幼相爱，既嫁犹私会。后随夫驻防西域，是人念之不释，复寻访而来；甫至门，即引入室。故邻里皆未觉，虑暂会终离，遂相约同死。受刃时痛极昏迷，倏如梦觉，则魂已离体。急觅是人，不知何往。惟独立沙碛中，白草黄云，四无边际。正彷徨间，为一鬼缚去。至一官府，甚见诘辱。云是虽无耻，命尚未终。叱杖一百，驱之返。杖乃铁铸，不胜楚毒，复晕绝。及渐苏，则回生矣。视其股，果杖痕重叠。驻防大臣巴公曰：“是已受冥罚，奸罪可勿重科矣。”余《乌鲁木齐杂诗》有曰：“鸳鸯毕竟不双飞，天上人间旧愿违。白草萧萧埋旅榇，一生肠断华山畿。”即咏此事也。

朱青雷言：尝与高西园散步水次。时春冰初泮，净绿瀛溶。高曰："忆晚唐有'鱼鳞可怜紫，鸭毛自然碧'句，无一字言春水，而晴波滑笏之状，如在目前。惜不记其姓名矣。"朱沉思未对，闻老柳后有人语曰："此初唐刘希夷诗，非晚唐也。"趋视无一人。朱悚然曰："白日见鬼矣。"高微笑曰："如此鬼，见亦大佳，但恐不肯相见耳。"对树三揖而行。归检刘诗，果有此二语。余偶以告戴东原。东原因言有两生烛下对谈，争《春秋》周正夏正，往复甚苦。窗外忽太息言曰："左氏周人，不容不知周正朔。二先生何必词费也。"出视窗外，惟一小僮方酣睡。观此二事儒者日谈考证，讲"曰若稽古"，动至十四万言。安知冥冥之中，无在旁揶揄者乎？

聂松岩言：即墨于生，骑一驴赴京师。中路憩息高岗上，系驴于树，而倚石假寐。忽见驴昂首四顾，浩然叹曰："不至此地数十年，青山如故，村落已非旧径矣。"于故好奇，闻之跃然起，曰："此宋处宗长鸣鸡也。日日乘之共谈，不患长途寂寞矣。"揖而与言，驴啮草不应。反复开导，约与为忘形交，驴亦若勿闻。怒而痛鞭之，驴跳掷狂吼，终不能言，竟箠折一足，鬻于屠肆。徒步以归。此事绝可笑。殆睡梦中误听耶？抑此驴夙生冤谴，有物凭之，以激于之怒杀耶？

三叔父仪南公，有健仆毕四，善弋猎，能挽十石弓，恒捕鹑于野。凡捕鹑者必以夜，先以藁秸插地，如禾陇之状，而布网于上；以牛角作曲管，肖鹑声吹之。鹑既集，先微惊之，使渐次避入藁秸中；然后大声惊之，使群飞突起，则悉触网矣。吹管时，其声凄咽，往往误引鬼物至，故必筑团焦自卫，而携兵仗以备之。

一夜，月明之下，见老叟来作礼曰："我狐也，儿孙与北村狐搆衅，举族械战。彼阵擒我一女，每战必反接驱出，以辱我；我亦阵擒彼一妾，如所施报焉。由此仇益结，约今夜决战于此。闻君义侠，乞助一臂力，则没齿感恩。持铁尺者彼，持刀者我也。"毕故好事，忻然随之往，翳丛薄间。两阵既交，两狐血战不解，至相抱手搏。

毕审视既的，控弦一发，射北村狐踣，不虞弓劲矢铦，贯腹而过。并老叟洞腋殪焉。两阵各惶遽，夺尸弃俘囚而遁。毕解二狐之缚，且告之曰："传语尔族，两家胜败相当，可以解冤矣。"先是北村每夜闻战声，自此遂寂。

此与李冰事相类；然冰战江神为捍灾御患，此狐呈其私愤，两斗不已，卒至两伤。是亦不可以已乎？

姚安公在滇时，幕友言署中香橼树下，月夜有红裳女子靓妆立。见人则冉冉没土中。众议发视之。姚安公携卮酒浇树下，自祝之曰："汝见人则隐，是无意于为祟也；又何必屡现汝形，自取暴骨之祸？"自是不复出。又有书斋甚轩敞，久无人居。舅氏安公五章，时相从在滇。偶夏日裸寝其内。梦一人揖而言曰："与君虽幽明异路。然眷属居此，亦有男女之别。君奈何不以礼自处？"矍然醒，遂不敢再往。姚安公尝曰："树下之鬼可谕之以理，书斋之魅能以理喻人。此郡僻处万山中，风俗质朴，浑沌未凿，故异类亦淳良如是也。"

表叔王碧伯妻丧，术者言某日子刻"回煞"，全家皆避出。有盗伪为煞神，逾垣入，方开箧攫簪珥，适一盗又伪为煞神来。鬼声呜呜渐近，前盗皇遽避出。相遇于庭，彼此以为真煞神，皆悸而失魂，对仆于地。黎明，家人哭入，突见之，大骇。谛视乃知为盗，以姜汤灌苏，即以鬼装缚送官。沿路聚观，莫不绝倒，据此一事，"回煞"之说当妄矣。然"回煞"形迹，余实屡目睹之。鬼神茫昧，究不知其如何也。

佃户二曹妇悍甚，动辄诃詈风雨，诟谇鬼神。邻乡里间，一语不合，即揎袖露臂，携二捣衣杵，奋呼跳掷如虓虎。一日，乘阴雨出窃麦。忽风雷大作，巨雹如鹅卵，已中伤仆地。忽风卷一五斗栲栳堕其前，顶之得不死。岂天亦畏其横欤？或曰："是虽暴戾，而善事其姑。每与人斗，姑叱之，辄弭伏；姑批其颊，亦跪而受。然则遇难不死，有由矣。"孔子曰："夫孝，天之经也，地之义也。"岂不然乎？

余在乌鲁木齐,畜数犬。辛卯赐环东归,一黑犬曰四儿,恋恋随行,挥之不去,竟同至京师。途中守行箧甚严,非余至前,虽僮仆不能取一物。稍近,辄人立怒啮。一日,过辟展七达坂(达坂译言山岭,凡七重,曲折陡峻,称为天险),车四辆,半在岭北,半在岭南,日已曛黑,不能全度。犬乃独卧岭巅,左右望而护视之,见人影辄驰视。余为赋诗二首曰:“归路无烦汝寄书,风餐露宿且随予。夜深奴子酣眠后,为守东行数辆车。”“空山日日忍饥行,冰雪崎岖百廿程。我已无官何所恋,可怜汝亦太痴生。”纪其实也。

至京岁馀,一夕,中毒死。或曰:“奴辈病其司夜严,故以计杀之,而托词于盗。”想当然矣。余收葬其骨,欲为起冢,题曰“义犬四儿墓”。而琢石象出塞四奴之形,跪其墓前,各镌姓名于胸臆,曰赵长明,曰于禄,曰刘成功,曰齐来旺。或曰:“以此四奴置犬旁,恐犬不屑。”余乃止。仅题额诸奴所居室,曰“师犬堂”而已。

初,翟孝廉赠余此犬时,先一夕,梦故仆宋遇叩首曰:“念主人从军万里,今来服役。”次日得是犬,了然知为遇转生也。然遇在时,阴险狡黠,为诸仆魁。何以作犬反忠荩?岂自知其以恶业堕落,悔而从善欤?亦可谓善补过矣。

献县城东双塔村,有两僧共一庵。一夕,有两老道士叩门借宿。僧初不允。道士曰:“释道虽两教,出家则一。师何所见之不广?”僧乃留之。次日至晚,门不启,呼亦不应。邻人越墙入视,则四人皆不见;而僧房一物不失,道士行囊中藏数十金,亦具在。皆大骇,以闻于官。邑令粟公千钟来验,一牧童言,村南十馀里外枯井中似有死人。驰往视之,则四尸重叠在焉,然皆无伤。粟公曰:“一物不失,则非盗;年皆衰老,则非奸;邂逅留宿,则非仇;身无寸伤,则非杀。四人何以同死?四尸何以并移?门扃不启,何以能出?距井窎远,何以能至?事出情理之外。吾能鞫人,不能鞫鬼,人无可鞫,惟当以疑案结耳。”径申上官,上官亦无可驳诘,竟从所议。应山明公晟,健令也。尝曰:“吾至献,即闻是案;思之数年,不能解。遇此等事，当以不解解之。一作聪明，则决裂百出矣。人言粟公愦愦，吾正服其愦愦也。”

《左传》言：“深山大泽，实生龙蛇。”小奴玉保，乌鲁木齐流人子也。初隶特纳格尔军屯。尝入谷追亡羊，见大蛇巨如柱，盘于高岗之顶，向日晒鳞。周身五色烂然，如堆锦绣；顶一角，长尺许。有群雉飞过，张口吸之，相距四五丈，皆翩然而落，如矢投壶。心知羊为所吞矣，乘其未见，循涧逃归，恐怖几失魂魄。军吏邬图麟因言：此蛇至毒，而其角能解毒，即所谓“吸毒石”也。见此蛇者，携雄黄数斤，于上风烧之，即委顿不能动。取其角，锯为块。痈疽初起时，以一块著疮顶，即如磁吸铁，相粘不可脱。待毒气吸出，乃自落。置人乳中，浸出其毒，仍可再用。毒轻者乳变绿，稍重者亦青黯，极重者变黑紫。乳变黑紫者吸四五次，乃可尽。余一二次愈矣。余记从兄懋园家有“吸毒石”，治痈疽颇验；其质非木非石，至是乃知为蛇角矣。

宁津苏子庚言：丁卯夏，张氏姑妇同刈麦。甫收拾成聚，有大旋风从西来，吹之四散。妇怒，以镰掷之，洒血数滴渍地上。方共检寻所失，妇倚树忽似昏醉，魂为人缚至一神祠。神怒叱曰：“悍妇乃敢伤我吏！速受杖。”妇性素刚，抗声曰：“贫家种麦数亩，资以活命。烈日中妇姑辛苦，刈甫毕，乃为怪风吹散，谓是邪祟，故以镰掷之。不虞伤大王使者。且使者来往，自有官路，何以横经民田，败人麦？以此受杖，实所不甘。”神俯首曰：“其词直，可遣去。”妇苏而旋风复至，仍卷其麦为一处。

说是事时，吴桥王仁趾曰：“此不知为何神？不曲庇其私昵，谓之正直可矣。先听肤受之诉，使妇几受刑，谓之聪明则未也。”景州戈荔田曰：“妇诉其冤，神即能鉴，是亦聪明矣。倘诉者哀哀，听者愦愦，君更谓之何？”子庚曰：“仁趾责人无已时，荔田言是。”

卷六　滦阳消夏录六

宏恩寺僧明心言：上天竺有老僧，尝入冥。见狰狞鬼卒，驱数千人在一大公廨外，皆褫衣反缚。有官南面坐，吏执簿唱名，一一选择精粗，揣量肥瘠，若屠肆之鬻羊豕。

意大怪之。见一吏去官稍远，是旧檀越，因合掌问讯：“是悉何人？”吏曰：“诸天魔众，皆以人为粮。如来运大神力，摄伏魔王，皈依五戒。而部族繁夥，叛服不常。皆曰自无始以来，魔众食人，如人食谷。佛能断人食谷，我即不食人。如是哓哓，即彼魔王亦不能制。佛以孽海洪波，沉沦不返，无间地狱，已不能容。乃牒下阎罗，欲移此狱囚，充彼噉噬；彼腹得果，可免荼毒生灵。十王共议，以民命所关，无如守令，造福最易，造祸亦深。惟是种种冤愆，多非自作，冥司业镜，罪有攸归。其最为民害者，一曰吏，一曰役，一曰官之亲属，一曰官之仆隶。是四种人，无官之责，有官之权。官或自顾考成，彼则惟知牟利，依草附木，怙势作威。足使人敲髓洒膏，吞声泣血，四大洲内，唯此四种恶业至多。是以清我泥犁，供其汤鼎。以白皙者、柔脆者、膏腴者充魔王食。以粗材充众魔食。故先为差别，然后发遣，其间业稍轻者，一经脔割烹炮，即化为乌有。业重者，抛馀残骨，吹以业风，还其本形，再供刀俎，自二三度至千百度不一。业最重者，乃至一日化形数度，刲剔燔炙，无已时也。”僧额手曰：“诚不如削发出尘，可无此虑。”吏曰：“不然，其权可以害人，其力即可以济人。灵山会上，原有宰官；即此四种人，亦未尝无逍遥莲界者也。”语讫忽寤。

僧有侄在一县令署，急驰书促归，劝使改业。此事即僧告其侄，而明心在寺得闻之。虽语颇荒诞，似出寓言；然神道设教，使人知畏，亦警世之苦心，未可绳以妄语戒也。

先姚安公曰：里有白以忠者，偶买得役鬼符咒一册，冀借此演搬运法，或可谋生。乃依书置诸法物，月明之夜，作道士装，至墟墓间试之。据案对书诵咒，果闻四面啾啾声。俄暴风突起，卷其书落草间，为一鬼跃出攫去。众鬼哗然并出，曰："尔恃符咒拘遣我，今符咒已失，不畏尔矣。"聚而攒击，以忠踉跄奔逃，背后瓦砾如骤雨，仅得至家。是夜疟疾大作，困卧月馀，疑亦鬼为祟也。一日，诉于姚安公，且惭且愤。姚安公曰："幸哉，尔术不成，不过成一笑柄耳。倘不幸术成，安知不以术贾祸？此尔福也。尔又何尤焉。"

莆田林教授清标言：郑成功据台湾时，有粤东异僧泛海至，技击绝伦，袒臂端坐，斫以刃，如中铁石；又兼通壬遁风角。与论兵，亦娓娓有条理。成功方招延豪杰，甚敬礼之。稍久，渐骄蹇。成功不能堪，且疑为间谍，欲杀之而惧不克。

其大将刘国轩曰："必欲除之，事在我。"乃诣僧款洽，忽请曰："师是佛地位人，但不知遇摩登伽还受摄否？"僧曰："参寥和尚，久心似沾泥絮矣。"刘因戏曰："欲以刘王大体双一验道力，使众弥信心，可乎？"乃选娈童倡女姣丽善淫者十许人，布茵施枕，恣为媟狎于其侧，柔情曼态，极天下之妖惑。僧谈笑自若，似无见闻。久忽闭目不视，国轩拔剑一挥，首已欻然落矣。国轩曰："此术非有鬼神，特练气自固耳。心定则气聚，心一动则气散矣。此僧心初不动，故敢纵观。至闭目不视，知其已动而强制，故刃一下而不能御也。"

所论颇入微，但不知椎埋恶少，何以能见及此。其纵横鲸窟十馀年，盖亦非偶矣。

大学士伍公弥泰言，向在西藏，见悬崖无路处，石上有天生梵字大悲咒。字字分明，非人力所能，亦非人迹所到。当时曾举其山名，梵音难记，今忘之矣。公一生无妄语，知确非虚构。天地之大，无所不有。宋儒每于理所无者，即断其必无。不知无所不有，即理也。

巴里坤、辟展、乌鲁木齐诸山，皆多狐，然未闻有祟人者。惟根克忒有小儿夜捕狐，为一黑影所扑，堕崖伤足。皆曰狐为妖。此或胆怯目眩，非狐为妖也。大抵自突厥、回鹘以来，即以弋猎为事。今日则投荒者、屯戍者、开垦者、出塞觅食者，搜岩剔穴，采捕尤多。狐恒见伤夷，不能老寿，故不能久而为魅欤？抑僻在荒徼，人已不知导引炼形术，故狐亦不知欤？此可见风俗必有所开，不开则不习；人情沿于所习，不习则不能。道家化性起伪之说，要不为无见。姚安公谓“滇南僻郡，鬼亦淳良”，即此理也。

里人张某，深险诡谲，虽至亲骨肉，不能得其一实语。而口舌巧捷，多为所欺，人号曰“秃项马”。马秃项为无鬃，“鬃”“踪”同音，言其恍惚闪烁，无踪可觅也。一日，与其父夜行迷路，隔陇见数人围坐，呼问当何向。数人皆应曰：“向北。”因陷深淖中。又遥呼问之，皆应曰：“转东。”乃几至灭顶，蹩躠泥涂，困不能出。闻数人拊掌笑曰：“秃项马，尔今知妄语之误人否？”近在耳畔，而不睹其形，方知为鬼所绐也。

妖由人兴，往往有焉。李云举言：一人胆至怯，一人欲戏之。其奴手黑如墨，使藏于室中，密约曰：“我与某坐月下，我惊呼有鬼，尔即从窗隙伸一手。”届期呼之，突一手探出，其大如箕，五指挺然如舂杵。宾主俱惊，仆众哗曰：“奴其真鬼耶？”秉炬持杖入，则奴昏卧于壁角。救之苏，言暗中似有物，以气嘘我，我即迷闷。族叔棨庵言：二人同读书佛寺，一人灯下作缢鬼状，立于前；见是人惊怖欲绝，急呼：“是我，尔勿畏。”是人曰：“固知是尔，尔背后何物也？”回顾乃一真缢鬼。盖机械一萌，鬼遂以机械之心，从而应之。斯亦可为螳螂黄雀之喻矣。

刘乙斋廷尉为御史时，尝租西河沿一宅。每夜有数人击柝，声琅琅彻晓；其转更攒点，一一与谯鼓相应。视之则无形，聒耳至不得片刻睡。乙斋故强项，乃自撰一文，指陈其罪，大书粘壁以驱之。

是夕遂寂。乙斋自诧不减昌黎之驱鳄也。余谓:“君文章道德,似尚未敌昌黎,然性刚气盛,平生尚不作暧昧事,故敢悍然不畏鬼。又拮据迁此宅,力竭不能再徙,计无复之。惟有与鬼以死相持。此在君,为困兽犹斗;在鬼,为穷寇勿追耳。君不记《太平广记》载周书记与鬼争宅,鬼惮其木强而去乎?”乙斋笑击余背曰:“魏收轻薄哉!然君知我者。”

先祖宠予公,原配陈太夫人,早卒。继配张太夫人,于归日,独坐室中。见少妇揭帘入,径坐床畔,著玄帔黄衫,淡绿裙,举止有大家风。新妇不便通寒温,意谓是群从娣姒或姑姊妹耳。其人絮絮言家务得失,婢媪善恶,皆委曲周至。久之,仆妇捧茶入,乃径出。后阅数日,怪家中无是人;细诘其衣饰,即陈太夫人敛时服也。死生相妒,见于载籍者多矣。陈太夫人已掩黄垆,犹虑新人未谙料理,现身指示,无问幽明,此何等居心乎?今子孙登科第历仕宦者,皆陈太夫人所出也。

伯高祖爱堂公,明季有声黉序间,刻意郑、孔之学,无间冬夏,读书恒至夜半。一夕,梦到一公廨,榜额曰“文仪”;班内十许人治案牍,一一恍惚如旧识。见公皆讶曰:“君尚迟七年乃当归,今犹早也。”霍然惊,自知不永,乃日与方外游。偶遇道士,论颇洽,留与共饮。道士别后,途遇奴子胡门德,曰:“顷一书忘付汝主,汝可携归。”公视之,皆驱神役鬼符咒也。闭户肄习,尽通其术,时时用为戏剧,以消遣岁月。越七年,至崇祯丁丑,果病卒。卒半日复苏,曰:“我以亵用‘五雷法’,获阴谴。冥司追还此书,可急焚之。”焚讫复卒,半日又苏,曰:“冥司查检,缺三页,饬归取。”视灰中,果三页未尽;重焚之,乃卒。此事姚安公附载家谱中。公闻之先曾祖,曾祖闻之先高祖。高祖即手焚是书者。孰谓竟无鬼神乎?

余族所居,曰景城,宋故县也。城址尚依稀可辨。或偶于昧爽时,遥望烟雾中,现一城影,楼堞宛然,类乎蜃气。此事他书多载之,然莫明其理。余谓凡有形者,必有精气。土之厚处,即地之精气所聚处，如人之有魂魄也。此城周回数里，其形巨矣。自汉至宋千馀年，为精气所聚已久，如人之取多用宏，其魂魄独强矣。故其形虽化，而精气之盘结者，非一日之所蓄，即非一日所能散。偶然现象，仍作城形，正如人死鬼存，鬼仍作人形耳。然古城郭不尽现形，现形者又不常见，其故何欤？人之死也或有鬼，或无鬼。鬼之存也，或见或不见，亦如是而已矣。

南宫鲍敬之先生言：其乡有陈生，读书神祠。夏夜袒裼睡庑下，梦神召至座前，诃责甚厉。陈辩曰："殿上先有贩夫数人睡，某避于庑下，何反获愆？"神曰："贩夫则可，汝则不可。彼蠢蠢如鹿豕，何足与较？汝读书，而不知礼乎？"盖《春秋》责备贤者，理如是矣。故君子之于世也，可随俗者随，不必苟异；不可随俗者不随，亦不苟同。世于违礼之事，动曰某某曾为之。夫不论事之是非，但论事之有无。自古以来，何事不曾有，人为之可一一据以藉口乎？

渔洋山人记张巡妾转世索命事，余不谓然。其言曰："君为忠臣，我则何罪？而杀以飨士？"夫孤城将破，巡已决志捐生。巡当殉国，妾不当殉主乎？古来忠臣仗节，覆宗族，糜妻子者，不知凡几。使人人索命，天地间无纲常矣。使容其索命，天地间亦无神理矣。王经之母，含笑受刃，彼何人乎？此或妖鬼为祟，托一古事求祭飨，未可知也。或明季诸臣，顾惜身家，偷生视息，造作是言以自解，亦未可知也。儒者著书，当存风化，虽齐谐、志怪，亦不当收悖理之言。

南村董天士，不知其名，明末诸生，先高祖老友也。《花王阁剩稿》中，有哭天士诗四首，曰："事事知心自古难，平生二老对相看。飞来遗札惊投箸，哭到荒村欲盖棺。残稿未收新画册，(原注：天士以画自给。)馀赀惟卖破儒冠。布衾两幅无妨敛，在日黔娄不畏寒。""五岳填胸气不平，谈锋一触便纵横。不逢黄祖真天幸，曾怪嵇康太世情。开牖有时邀月入，杖藜到处避人行。料应尘海无堪语，且试骖鸾向紫清。""百结悬鹑两鬓霜，自餐冰雪润空肠。一生惟得秋冬气，到死不知罗绮香。(原注：天士不娶。)寒贯村醪才破戒，老栖僧舍是还乡。只今一瞑无余事，未要青蝇作吊忙。""廿年相约谢风尘，天地无情殒此人。乱世逃禅聊解脱，衰年哭友倍酸辛。关河泱漭连兵气，齿发沧浪寄病身。泉下有灵应念我，白杨孤冢亦伤神。"天士之生平，可以想见。县志不为立传，盖未见先高祖诗也。相传天士殁后，有人见其骑驴上泰山，呼之不应。俄为老树所遮，遂不见。意或尸解登仙欤？抑貌偶似欤？迹其孤僻之性，似于仙为近也。

先高祖集有《快哉行》一篇，曰："一笑天地惊，此乐古未有。平生不解饮，满引亦一斗。老革昔媚珰，正士皆碎首。宁知时势移，人事反覆手。当年金谷花，今日章台柳。巧哉造化心，此罚胜枷杻。酒酣谈旧事，因果信非偶。淋漓挥醉墨，神鬼运吾肘。姓名讳不书，聊以存忠厚。时皇帝十载，太岁在丁丑，恢台仲夏月，其日二十九。同观者六人，题者河间叟。"盖为许显纯诸姬流落青楼作也。初，诸姬隶乐籍时，有以死自誓者。夜梦显纯浴血来曰："我死不蔽辜，故天以汝等示身后之罚。汝若不从，吾罪益重。"诸姬每举以告客，故有"因果信非偶"句云。

齐舜庭，前所记剧盗齐大之族也。最剽悍，能以绳系刀柄，掷伤人于两三丈外。其党号之曰"飞刀"。其邻曰张七，舜庭故奴视之，强售其住屋广马厩；且使其党恐之曰："不速迁，祸立至矣。"张不得已，携妻女仓皇出，莫知所适。乃诣神祠，祷曰："小人不幸为剧盗逼，穷迫无路。敬植杖神前，视所向而往。"杖仆向东北。乃迤逦行乞至天津，以女嫁灶丁，助之晒盐，粗能自给。三四载后，舜庭劫饷事发，官兵围捕，黑夜乘风雨脱免。念其党有在商舶者，将投之泛海去。昼伏夜行，窃瓜果为粮，幸无觉者。一夕，饥渴交迫，遥望一灯荧然，试叩门。一少妇凝视久之，忽呼曰："齐舜庭在此！"盖追缉之牒，已急递至天津，立赏格募捕矣。众丁闻声毕集，舜庭手无寸刃，乃弭首就擒。少妇即张七之女也。使不迫逐七至是，则舜庭已变服，人无识者。地距海口仅数里，竟扬帆去矣。

王兰洲尝于舟次买一童，年十三四，甚秀雅，亦粗知字义。云父殁，家中落，与母兄投亲不遇，附舟南还，行李典卖尽，故鬻身为道路费。与之语，羞涩如新妇，固已怪之。比就寝，竟弛服横陈。王本买供使令，无他念；然宛转相就，亦意不自持。已而，童伏枕暗泣。问："汝不愿乎？"曰："不愿。"问："不愿何以先就我？"曰："吾父在时，所畜小奴数人，无不荐枕席。有初来愧拒者，辄加鞭笞曰：'思买汝何为？愦愦乃尔！'知奴事主人，分当如是；不如是，则当箠楚。故不敢不自献也。"王蹶起推枕曰："可畏哉！"急呼舟人鼓棹，一夜追及其母兄，以童还之，且赠以五十金。意不自安，复于悯忠寺礼佛忏悔。梦伽蓝语曰："汝作过改过在顷刻间，冥司尚未注籍，可无庸渎世尊也。"

乌鲁木齐八蜡祠道士，年八十馀。一夕，以钱七千布荐下，卧其上而死。众议以是钱营葬。夜见梦于工房吏邬玉麟曰："我守官庙，棺应官给。钱我辛苦所积，乞纳棺中，俟来生我自取。"玉麟悯而从之。葬讫，太息曰："以钱贮棺，埋于旷野，是以璠玙敛也，必暴骨。"余曰："以钱买棺，尚能见梦；发棺攘夺，其为厉必矣，谁能为七千钱，以性命与鬼争？必无恙。"众皆輾然。然玉麟正论也。

董曲江前辈言：顾侠君刻《元诗选》成，家有五六岁童子，忽举手外指曰："有衣冠者数百人，望门跪拜。"嗟乎！鬼尚好名哉？余谓剔抉幽沉，搜罗放佚，以表章之力，发冥漠之光。其衔感九泉，固理所宜有。至于交通声气，号召生徒，祸枣灾梨，递相神圣，不但有明末造，标榜多诬，即月泉吟社诸人，亦病未离乎客矣。盖植党者多私，争名者相轧。即盖棺以后，论定犹难；况乎文酒流连，唱予和汝之日哉。《昭明文选》，以何逊见存。遂不登一字。古人之所见远矣。

卷七　如是我闻一

曩撰《滦阳消夏录》，属草未定，遽为书肆所窃刊，非所愿也。然博雅君子，或不以为纰缪，且有以新事续告者。因补缀旧闻，又成四卷。欧阳公曰："物尝聚于所好。"岂不信哉！缘是知一有偏嗜，必有浸淫而不自已者，天下事往往如斯，亦可以深长思也。辛亥乾隆五十六年七月二十一日题。

太原折生遇兰言：其乡有扶乩者，降坛大书一诗曰："一代英雄付逝波，壮怀空握鲁阳戈。庙堂有策军书急，天地无情战骨多。故垒春滋新草木，游魂夜览旧山河。陈涛十郡良家子，杜老酸吟意若何？"署名曰"柿园败将"。皆悚然，知为白谷孙公也。柿园之役，败于中旨之促战，罪不在公。诗乃以房琯车战自比，引为己过。正人君子用心，视王化贞辈偾辕误国，犹百计卸责于人者，真三光之于九泉矣。大同杜生宜滋，亦录有此诗，"空握"作"辜负"，"春滋"作"春添"，"意若何"作"竟若何"，凡四字不同。盖传写偶异，大旨则无殊也。

许南金先生言：康熙乙未，过阜城之漫河。夏雨泥泞，马疲不进；息路旁树下，坐而假寐。恍惚见女子拜言曰："妾黄保宁妻汤氏也，在此为强暴所逼，以死捍拒，卒被数刃以死。官虽捕贼骈诛，然以妾已被污，竟不旌表。冥官哀其贞烈，俾居此地，为横死诸魂长，今四十馀年矣。夫异乡丐妇，踽踽独行，猝遇三健男子，执缚于树，肆其淫毒；除骂贼求死，别无他术。其啮齿受玷，由力不敌，非节之不固也。司谳者苛责无已，不亦冤乎？公状貌似儒者，当必明理，乞为白之。"梦中欲询其里居，霍然已醒。后问阜城士大夫，无知其事者；问诸老吏，亦不得其案牍。盖当时不以为烈妇，湮没久矣。

张读《宣室志》曰：俗传人死数日，当有禽自柩中出，曰“煞”。太和中，有郑生者，网得一巨鸟，色苍，高五尺馀，忽无所见。访里中民讯之，有对者曰：“里中有人死，且数日。卜者言，今日煞当去。其家伺而视之，有巨鸟色苍，自柩中出。君所获果是乎？”此即今所谓“煞神”也。徐铉《稽神录》曰：彭虎子少壮，有膂力。尝谓无鬼神。母死，俗巫戒之曰：“某日殃煞当还，重有所杀，宜出避之。”合家细弱，悉出逃隐。虎子独留不去。夜中有人推门入，虎子皇遽无计，先有一瓮，便入其中，以板盖头。觉母在板上，有人问：“板下无人耶？”母曰：“无。”此即今所谓“回煞”也。俗云殇子未生齿者，死无煞；有齿者，即有煞。巫觋能预克其期。家奴孙文举、宋文皆通是术。余尝索视其书，特以年月日时干支推算，别无奇奥。其某日逢某凶煞，当用某符禳解，则诡词取财而已。或有室庐偪仄，无地避煞者，又有压制之法，使伏而不出，谓之“斩殃”，尤为荒诞。然家奴宋遇妇死，遇召巫斩殃；迄今所居室中，夜恒作响，小儿女亦多见其形，似又不尽诬矣。天地之大，何所不有；幽明之理，莫得而穷。不必曲为之词，亦不必力攻其说。

景州申君学坤，谦居先生子也。纯厚朴拙，不坠家风，信道学甚笃。尝谓从兄懋园曰：“曩在某寺，见僧以福田诱财物，供酒肉资。因著一论，戒勿施舍。夜梦一神，似彼教所谓伽蓝者，与余侃侃争曰：‘君勿尔也。以佛法论，广大慈悲，万物平等。彼僧尼非万物之一耶？施食及于鸟鸢，爱惜及于虫鼠，欲其生也。此辈藉施舍以生，君必使之饥而死，曾视之不若鸟鸢虫鼠耶？其间破坏戒律，自堕泥犁者，诚比比皆是。然因有枭鸟，而尽戕羽族；因有破獍，而尽戕兽类，有是理耶？以世法论，田不足授，不能不使百姓自谋食。彼僧尼亦百姓之一种，募化亦谋食之一道耳。必以其不耕不织为蠹国耗民，彼不耕不织而蠹国耗民者，独僧尼耶？君何不一一著论禁之也？且天地之大，此辈岂止数十万。一旦绝其衣食之源，羸弱者转乎沟壑，姑勿具论；桀黠者铤而走险，君何以善其后耶？昌黎辟佛，尚曰鳏寡孤独废疾者有养。君无策以养，而徒朘其生，岂但非佛意，恐亦非孔孟意也。驷不及舌，君其图之。'余梦中欲与辩，倏然已觉。其语历历可忆。公以所论为何如？"

懋园沉思良久曰："君所持者正，彼所见者大。然人情所向，'匪今斯今'，岂君一论所能遏？此神刺刺不休，殊多此一争耳。"

同年金门高，吴县人。尝夜泊淮扬之间，见岸上二叟相遇，就坐水次草亭上。一叟曰："君近何事？"一叟曰："主人避暑园林，吾日日入其水阁，观活秘戏图，百媚横生，亦殊可玩。其第五姬尤妖艳，见其与主人剪发为誓，约他年燕子楼中作关盼盼，又约似玉箫再世，重侍韦皋。主人为之感泣。然偶闻其与母窃议，则谓主人已老，宜早储金帛，为琵琶别抱计也。君谓此辈可信乎？"相与太息久之。一叟又曰："闻其嫡甚贤，信乎？"一叟掉头曰："天下之善妒人也，何贤之云！夫妒而嚣争，是为渊驱鱼者也。此妇于妾媵之来，弱者抚之以恩，纵其出入冶游，不复防制，使流于淫佚，其夫自愧而去之；强者待之以礼，阳尊之与己匹，而阴导之与夫抗，使养成骄悍，其夫不堪而去之；有二术所不能饵者，则密相煽构，务使参商两败者，又多有之。幸不即败，而一门之内，诟谇时闻，使其夫人妾之室则怨语愁颜，入妻之室乃柔声怡色。其去就不问而知矣。此天下之善妒人也，何贤之云？"

门高窃听所言，服其中理，而不解其日入水阁语。方凝思间，有官舫鸣钲来，收帆欲泊，二叟转瞬已不见。乃悟其非人也。

里人王五贤，（幼时闻呼其字，是此二音，不知即此二字否也。）老塾师也。尝夜过古墓，闻鞭朴声，并闻责数曰："尔不读书识字，不能明理，将来何事不可为？至上干天律时，尔悔迟矣。"谓深更旷野，谁人在此教子弟。谛听，乃出狐窟中。五贤喟然曰："不图此语闻之此间。"

先叔仪南公，有质库在西城。客作陈忠，主买菜蔬。侪辈皆谓其近多馀润，宜飨众。忠讳无有。次日，箧钥不启，而所蓄钱数千，惟存九百。楼上故有狐，恒隔窗与人语，疑所为。试往叩之，果朗然应曰："九百钱是汝雇值，分所应得，吾不敢取。其馀皆日日所干没，原非汝物。今日端阳，已为汝买粽若干，买酒若干，买肉若干，买鸡鱼及瓜菜果实各若干，并泛酒雄黄，亦为买得，皆在楼下空屋中。汝宜早烹炮，迟则天暑，恐腐败。"启户视之，累累具在。无可消纳，竟与众共餐。此狐可谓恶作剧，然亦颇快意人也。

亥有二首六身，是拆字之权舆矣。汉代图谶，多离合点画。至宋谢石辈，始以是术专门，然亦往往有奇验。乾隆甲戌，余殿试后，尚未传胪，在董文恪公家，偶遇一浙士，能测字。余书一"墨"字。浙士曰："龙头竟不属君矣。'里'字拆之为二甲，下作四点，其二甲第四乎？然必入翰林，四点庶字脚、士吉字头，是庶吉士矣。"后果然。

又戊子秋，余以漏言获谴，狱颇急，日以一军官伴守。一董姓军官云能拆字，余书"董"字使拆。董曰："公远戍矣，是千里万里也。"余又书"名"字，董曰："下为'口'字，上为外字偏旁，是口外矣。日在西为'夕'，其西域乎？"问："将来得归否？"曰："字形类君，亦类召，必赐环也。"问："在何年？"曰："口为'四'字之外围，而中缺两笔，其不足四年乎？今年戊子，至四年为辛卯，'夕'字'卯'之偏旁，亦相合也。"果从军乌鲁木齐，以辛卯六月还京。盖精神所动，鬼神通之；气机所萌，形象兆之。与揲蓍灼龟事同一理，似神异而非神异也。

医者胡宫山，不知何许人。或曰："本姓金，实吴三桂之间谍。三桂败，乃变易姓名。"事无左证，莫之详也。余六七岁时及见之，年八十馀矣，轻捷如猿猱，击技绝伦。尝舟行，夜遇盗，手无寸刃，惟倒持一烟筒，挥霍如风，七八人并刺中鼻孔仆。然最畏鬼，一生不敢独睡。言少年尝遇一僵尸，挥拳击之，如中木石，几为所搏，幸跃上高树之顶。尸绕树踊距，至晓乃抱木不动。有铃驮群过，始敢下视。白毛遍体，目赤如丹砂，指如曲钩，齿露唇外如利刃。怖几失魂。又尝宿山店，夜觉被中蠕蠕动，疑为蛇鼠。俄枝梧撑拄，渐长渐巨，突出并枕，乃一裸妇人。双臂抱持，如巨絙束缚，接吻嘘气，血腥贯鼻，不觉晕绝。次日得灌救，乃苏。自是胆裂。黄昏以后，遇风声月影，即惴惴却步云。

奴子王廷佑之母言：青县一民家，岁除日，有卖通草花者，叩门呼曰："伫立久矣，何花钱尚不送出耶？"诘问家中，实无人买花。而卖者坚执一垂髫女子持入。乃正纷扰间，闻一媪急呼曰："真大怪事，厕中敝帚柄上，竟插花数朵也。"验取，果适所持入。乃锉而焚之，呦呦有声，血出如缕。此魅既解化形，即应潜养灵气，何乃作此变异，使人知而歼除，岂非自取其败耶？天下未有所成，先自炫耀；甫有所得，不自韬晦者，类此帚也夫！

有游士借居万柳堂，夏日，湘帘棐几，列古砚七八，古玉器、铜器、磁器十许，古书册、画卷又十许，笔床、水注、酒盏、茶瓯、纸扇、棕拂之类，皆极精致。壁上所粘，亦皆名士笔迹。焚香宴坐，琴声铿然，人望之若神仙。非高轩驷马，不能登其堂也。一日，有道士二人，相携游览，偶过所居，且行且言曰："前辈有及见杜工部者，形状殆如村翁。吾曩在汴京，见山谷、东坡，亦都似措大风味。不及近日名流，有许多家事。"朱导江时偶同行，闻之怪讶，窃随其后。至马车丛杂处，红尘涨合，倏已不见。竟不知是鬼是仙。

莆田林生霈言：闽一县令，罢官居馆舍。夜有盗破扉入。一媪惊呼，刃中脑仆地。僮仆莫能出。巷有逻者，素弗善所为，亦坐视。盗遂肆意搜掠。其幼子年十四五，以锦衾蒙首卧。盗掣取衾，见姣丽如好女，嘻笑抚摩，似欲为无礼。中刃媪突然跃起，夺取盗刀，径负是子夺门出。追者皆被伤，乃仅捆载所劫去。县令怪媪已六旬，素不闻其能技击，何勇鸷乃尔。急往寻视，则媪挺立大言曰："我某都某甲也，曾蒙公再生恩。殁后执役土神祠，闻公被劫，特来视。宦资是公刑求所得，冥官判饱盗橐，我不敢救。至侵及公子，则盗罪当诛。故附此媪与之战。公努力为善。我去矣。"遂昏昏如醉卧。救苏问之，懵然不忆。盖此令遇贫人与贫人讼，剖断亦甚公明,故卒食其报云。

州县官长随,姓名籍贯皆无一定,盖预防奸赃败露,使无可踪迹追捕也。姚安公尝见房师石窗陈公一长随,自称山东朱文;后再见于高淳令梁公润堂家,则自称河南李定。梁公颇倚任之。临启程时,此人忽得异疾,乃托姚安公暂留于家,约痊时续往。其疾自两足趾寸寸溃腐,以渐而上,至胸膈穿漏而死。死后检其囊箧,有小册作蝇头字,记所阅凡十七官,每官皆疏其阴事,详载某时某地,某人与闻,某人旁睹,以及往来书札、谳断案牍,无一不备录。其同类有知之者,曰:"是尝挟制数官矣。其妻亦某官之侍婢,盗之窃逃,留一函于几上。官竟弗敢追也。今得是疾,岂非天道哉!"霍文易书曰:"此辈依人门户,本为舞弊而来。譬彼养鹰,断不能责以食谷,在主人善驾驭耳。如善其便捷,委以耳目腹心,未有不倒持干戈,授人以柄者。此人不足责,吾责彼十七官也。"姚安公曰:"此言犹未揣其本。使十七官者绝无阴事之可书,虽此人日日橐笔,亦何能为哉。"

理所必无者,事或竟有;然究亦理之所有也,执理者自太固耳。献县近岁有二事:一为韩守立妻俞氏,事祖姑至孝。乾隆庚辰,祖姑失明,百计医祷,皆无验。有黠者绐以刲肉燃灯,祈神佑,则可速愈。妇不知其绐也,竟刲肉燃之。越十馀日,祖姑目竟复明。夫受绐亦愚矣,然惟愚故诚,惟诚故鬼神为之格。此无理而有至理也。一为丐者王希圣,足双挛,以股代足,以肘撑之行。一日,于路得遗金二百,移橐匿草间,坐守以待觅者。俄商家主人张际飞仓皇寻至,叩之,语相符,举以还之。际飞请分取,不受。延至家,议养赡终其身。希圣曰:"吾形残废,天所罚也。违天坐食,将必有大咎。"毅然竟去。后困卧裴圣公祠下,(裴圣公不知何时人,志乘亦不能详。土人云,祈雨时有验。)忽有醉人曳其足,痛不可忍。醉人去后,足已伸矣。由是遂能行。至乾隆己卯乃卒。际飞故先祖门客,余犹及见。自述此事甚详。盖希圣为善宜受报,而以命自安,不受人报,故神代报焉。非似无理而亦有至理乎！戈芥舟前辈尝载此二事于县志，讲学家颇病其语怪。余谓芥舟此志，惟乩仙联句及王生殇子二条，偶不割爱耳。全书皆体例谨严，具有史法。其载此二事，正以见匹夫匹妇，足感神明；用以激发善心，砥砺薄俗，非以小说家言滥登舆记也。汉建安中，河间太守刘照妻葳蕤锁事，载《录异传》；晋武帝时，河间女子剖棺再活事，载《搜神记》。皆献邑故实，何尝不删薙其文哉。

外叔祖张公紫衡，家有小圃，中筑假山，有洞曰"泄云"。洞前为艺菊地，山后养数鹤。有王昊庐先生集欧阳永叔、唐彦谦句题联曰："秋花不比春花落，尘梦那知鹤梦长。"颇为工切。一日，洞中笔砚移动，满壁皆摹仿此十四字，拗捩欹斜，不成点画；用笔或自下而上，自右而左，或应连者断，应断者连，似不识字人所书。疑为童稚游戏，重垩而锸其户。越数日，启视复然，乃知为魅。一夕，闻格格磨墨声，持刃突入掩之。一老猴跃起冲人去。自是不复见矣。不知其学书何意也。

余尝谓小说载异物能文翰者，惟鬼与狐差可信，鬼本人，狐近于人也。其他草木禽兽，何自知声病。至于"浑家门客"并苍蝇草帚亦具能诗，即属寓言，亦不应荒诞至此。此猴岁久通灵，学人涂抹，正其顽劣之本色，固不必有所取义耳。

卷八　如是我闻二

旭升又言：县吏李懋华，尝以事诣张家口。于居庸关外，夜失道，暂憩山畔神祠。俄灯光晃耀，遥见车骑杂遝，将至祠门。意是神灵，伏匿庑下。见数贵官并入祠坐，左侧似是城隍，中四五座则不识何神。数吏抱簿陈案上，一一检视，窃听其语，则勘验一郡善恶也。一神曰："某妇事亲无失礼，然文至而情不至。某妇亦能得姑舅欢，然退与其夫有怨言。"

一神曰："风俗日偷，神道亦与人为善。阴律孝妇延一纪。此二妇减半可也。"佥曰："善。"俄一神又曰："某妇至孝而至淫，何以处之？"一神曰："阳律犯淫罪止杖，而不孝则当诛。是不孝之罪，重于淫也。不孝之罪重，则能孝者福亦重。轻罪不可削重福，宜舍淫而论其孝。"一神曰："服劳奉养，孝之小者；亏行辱亲，不孝之大者。小孝难赎大不孝，宜舍孝而科其淫。"一神曰："孝，大德也，非他恶所能掩。淫，大罚也，非他善所能赎。宜罪福各受其报。"侧坐者磬折请曰："罪福相抵可乎？"神掉首曰："以淫而削孝之福，是使人疑孝无福也；以孝而免淫之罪，是使人疑淫无罪也。相抵恐不可。"一神隔坐言曰："以孝之故，虽至淫而不加罪，不使人愈知孝乎？以淫之故，虽孝而不获福，不使人愈戒淫乎？相抵是。"一神沉思良久曰："此事出入颇重大，请命于天曹可矣。"语讫俱起，各命驾而散。

李故老吏，娴案牍，阴记其语；反复思之，不能决。不知天曹作何判断也。

西城将军教场一宅，周兰坡学士尝居之。夜或闻楼上吟哦声，知为狐，弗讶也。及兰坡移家，狐亦他徙。后田白岩僦居，数月狐乃复归。白岩祭以酒脯，并陈祝词于几曰："闻此蜗庐，曾停鹤驭。

复闻飘然远引，似桑下浮图。鄙人匏系一官，萍飘十载，拮据称贷，卜此一廛。数夕来咳笑微闻，似仙舆复返。岂鄙人德薄，故尔见侵？抑夙有因缘，来兹聚处欤？既承惠顾，敢拒嘉宾！惟冀各守门庭，使幽明异路，庶均归宁谧，异苔不害于同岑。敬布腹心，伏惟鉴烛。"

次日，楼前飘堕一帖云："仆虽异类，颇悦诗书，雅不欲与俗客伍。此宅数十年来皆词人栖息，惬所素好，故挈族安居。自兰坡先生惄然舍我，后来居者，目不胜驵侩之容，耳不胜歌吹之音，鼻不胜酒肉之气。迫于无奈，窜迹山林。今闻先生山蘿之季子，文章必有渊源，故望影来归，非期相扰。自今以往，或检书獭祭，偶动芸签；借笔鸦涂，暂磨鸜眼。此外如一毫陵犯，任先生诉诸明神。愿廓清襟，勿相疑贰。"末题"康默顿首顿首"。从此声息不闻矣。白岩尝以此帖示客，斜行淡墨，似匆匆所书。

或曰："白岩托迹微官，滑稽玩世，故作此以寄诙嘲。寓言十九，是或然欤！"然此与李庆子遇狐叟事，大旨相类，不应俗人雅魅，叠见一时，又同出于山左。或李因田事而附会，或田因李事而推演，均未可知。传闻异词，姑存其砭世之意而已。

宛平何华峰，官宝庆同知时，山行疲困，望水际一草庵，投之暂憩。榜曰"孤松庵"，门联曰："白鸟多情留我住，青山无语看人忙。"有老僧应门，延入具茗，颇香洁；而落落无宾主意。室三楹，亦甚朴雅。中悬画佛一轴，有八分书题曰："半夜钟磬寂，满庭风露清。琉璃青黯黯，静对古先生。"不署姓名，印章亦模糊不辨。旁一联曰："花幽防引蝶，云懒怯随风。"亦不题款。指问："此师自题耶？"漠然不应，以手指耳而已。归途再过其地，则波光岚影，四顾萧然，不见向庵所在。从人记遗烟筒一枝，寻之，尚在老柏下。竟不知是佛祖是鬼魅也。华峰画有《佛光示现卷》，并自记始末甚悉。华峰殁后，想已云烟过眼矣。

族兄次辰言：其同年康熙甲午孝廉某，尝游嵩山，见女子汲溪水。试求饮，欣然与一瓢；试问路，亦欣然指示。因共坐树下语，似颇涉翰墨，不类田家妇。疑为狐魅。爱其娟秀，且相款洽。女子忽振衣起曰：“危乎哉！吾几败。”怪而诘之。赧然曰：“吾从师学道百馀年，自谓此心如止水。师曰：‘汝能不起妄念耳，妄念故在也。不见可欲故不乱，见则乱矣。平沙万顷中，留一粒草子，见雨即芽。汝魔障将至，明日试之，当自知。’今果遇君，问答留连，已微动一念；再片刻则不自持矣。危乎哉！吾几败。”踊身一跃，直上木杪，瞥如飞鸟而去。

次辰又言：族祖征君公讳灵，康熙己未举博学鸿词。以天性疏放，恐妨游览，称疾不预试。尝至登州观海市，过一村塾小憩。见案上一旧端砚，背刻狂草十六字，曰：“万木萧森，路古山深；我坐其间，写《上堵吟》。”侧书“惜哉此叟”四字，盖其号也。问所自来。塾师云：“村南林中有厉鬼，夜行者遇之辄病。一日，众伺其出，持兵杖击之，追至一墓而灭。因共发掘，于墓中得此砚。吾以粟一斗易之也。”案《上堵吟》乃孟达作。是必胜国旧臣，降而复叛，败窜入山以死者。生既进退无据，殁又不自潜藏，取暴骨之祸。真顽梗不灵之鬼哉！

献县王生相御，生一子，有抱之者，辄空中掷与数十钱。知县杨某自往视，乃掷下白金五星。此子旋夭亡，亦无他异。或曰：“王生倩作戏术者搬运之，将托以箕敛。”或曰：“狐所为也。”是皆不可知。然居官者遇此等事，即确有鬼凭，亦当禁治，使勿荧民听，正不必论其真妄也。

李又聃先生言：雍正末年，东光城内忽一夜家家犬吠，声若潮涌。皆相惊出视，月下见一人披发至腰，衰衣麻带，手执巨袋，袋内有千百鹅鸭声，挺立人家屋脊上，良久又移过别家。次日，凡所立之处，均有鹅鸭二三只，自檐掷下。或烹而食，与常畜者味无异，莫知何怪。后凡得鹅鸭之家，皆有死丧，乃知为凶煞偶现也。先外舅马公周箓家，是夜亦得二鸭。是岁，其弟靖逆同知庚长公卒。信又聃先生语不谬。

顾自古及今，遭丧者恒河沙数，何以独示兆于是夜？是夜之中，何以独示兆于是地？是地之中，何以独示兆于数家？其示兆皆掷以鹅鸭，又义何所取？鬼神之故，有可知有不可知，存而不论可矣。

老儒刘挺生言：东城有猎者，夜半睡醒，闻窗纸淅淅作响，俄又闻窗下窸窣声，披衣叱问。忽答曰："我鬼也。有事求君，君勿怖。"问其何事。曰："狐与鬼自古不并居，狐所窟穴之墓，皆无鬼之墓也。我墓在村北三里许，狐乘我他往，聚族据之，反驱我不得入。欲与斗，则我本文士，必不胜。欲讼诸土神，即幸而得申，彼终亦报复，又必不胜。惟得君等行猎时，或绕道半里，数过其地，则彼必恐怖而他徙矣。然傥有所遇，勿遽殪获，恐事机或泄，彼又修怨于我也。"猎者如其言。后梦其来谢。夫鹊巢鸠据，事理本直。然力不足以胜之，则避而不争；力足以胜之，又长虑深思而不尽其力。不求幸胜，不求过胜，此其所以终胜欤！孱弱者遇强暴，如此鬼可矣。

奇节异烈，湮没无传者，可胜道哉！姚安公闻诸云台公曰："明季避乱时，见夫妇同逃者，其夫似有腰缠。一贼露刃追之急。妇忽回身屹立，待贼至，突抱其腰。贼以刃击之，血流如注，坚不释手。比气绝而仆，则其夫脱去久矣。惜不得其名姓。"又闻诸镇番公曰："明季，河北五省皆大饥，至屠人鬻肉，官弗能禁。有客在德州景州间，入逆旅午餐，见少妇裸体伏俎上，绷其手足，方汲水洗涤。恐怖战悚之状，不可忍视。客心悯恻，倍价赎之；释其缚，助之著衣，手触其乳。少妇艴然曰：'荷君再生，终身贱役无所悔。然为婢媪则可，为妾媵则必不可。吾惟不肯事二夫，故鬻诸此也。君何遽相轻薄耶？'解衣掷地，仍裸体伏俎上，瞑目受屠。屠者恨之，生割其股肉一脔。哀号而已，终无悔意。惜亦不得其姓名。"

余布衣萧客言：有士人宿会稽山中，夜间隔涧有讲诵声。侧耳谛听，似皆古训诂。次日越涧寻访，杳无踪迹。徘徊数日，冀有所逢。忽闻木杪人语曰："君嗜古乃尔，请此相见。"回顾之顷，石室洞开，室中列坐数十人，皆掩卷振衣，出相揖让。士人视其案上，皆诸经注疏。居首坐者拱手曰："昔尼山奥旨，传在经师；虽旧本犹存，斯文未丧；而新说叠出，嗜古者稀。先圣恐久而渐绝，乃搜罗鬼录，征召幽灵。凡历代通儒，精魂尚在者，集于此地，考证遗文；以次转轮，生于人世。冀递修古学，延杏坛一线之传。子其记所见闻，告诸同志，知孔孟所式凭，在此不在彼也。"士人欲有所叩，倏似梦醒，乃倚坐老松之下。

萧客闻之，裹粮而往。攀萝扪葛，一月有馀，无所睹而返。此与朱子颖所述经香阁事，大旨相类。或曰："萧客喜谈古义，尝撰《古经解钩沉》，故士人投其所好以戏之。"是未可知。或曰："萧客造此言，以自托降生之一。"亦未可知也。

姚安公闻先曾祖润生公言：景城有姜三莽者，勇而戆。一日，闻人说宋定伯卖鬼得钱事，大喜曰："吾今乃知鬼可缚。如每夜缚一鬼，唾使变羊，晓而牵卖于屠市，足供一日酒肉赀矣。"于是夜夜荷梃执绳，潜行墟墓间，如猎者之伺狐兔，竟不能遇。即素称有鬼之处，佯醉寝以诱致之，亦寂然无睹。一夕，隔林见数磷火，踊跃奔赴；未至间，已星散去。懊恨而返。如是月馀，无所得，乃止。盖鬼之侮人，恒乘人之畏。三莽确信鬼可缚，意中已视鬼蔑如矣，其气焰足以慑鬼，故鬼反避之也。

申铁蟾，名兆定，阳曲人。以庚辰举人官知县，主余家最久。庚戌秋在陕西试用，忽寄一札与余诀。其词恍惚迷离，抑郁幽咽，都不省为何语。而铁蟾固非不得志者，疑不能明也。未几，讣音果至。既而见邵二云赞善，始知铁蟾在西安病数月。病愈后，入山射猎，归而目前见二圆物如球，旋转如风轮，虽瞑目亦见之。如是数日，忽爆然裂，二小婢从中出，称仙女奉邀。魂不觉随之往。至则琼楼贝阙，一女子色绝代，通词自媒。铁蟾固谢，托以不惯居此宅。女子薄怒，挥之出，霍然而醒。越月馀，目中见二圆物如前，爆出二小婢亦如前，仍邀之往。已别构一宅，幽折窈窱，颇可爱。问：“此何地？”曰：“佛桑。”请题堂额。因为八分书“佛桑香界”字。女子再申前议。意不自持，遂定情。自是恒梦游。久而女子亦昼至，禁铁蟾勿与所亲通。遂渐病。病剧时，方士李某以赤丸饵之，呕逆而卒。其事甚怪。始知前札乃得心疾时作也。

铁蟾聪明绝特，善诗歌，又工八分，驰骋名场，翛然以风流自命。与人交，意气如云，邮筒走天下。中年忽慕神仙，遂生是魔障，迷罔以终。妖以人兴，象由心造。才高意广，翻以好异陨生，其可惜也夫。

甲与乙相善，甲延乙理家政。及官抚军，并使佐官政，惟其言是从。久而资财皆为所干没，始悟其奸，稍稍谯责之。乙挟甲阴事，遽反噬。甲不胜愤，乃投牒诉城隍。夜梦城隍语之曰：“乙险恶如是，公何以信任不疑？”甲曰：“为其事事如我意也。”神喟然曰：“人能事事如我意，可畏甚矣。公不畏之而反喜之，不公之绐而绐谁耶？渠恶贯将盈，终必食报。若公则自贻伊戚，可无庸诉也。”此甲亲告姚安公者。事在雍正末年。甲滇人，乙越人也。

《杜阳杂编》记李辅国香玉辟邪事，殊怪异，多疑为小说荒唐。然世间实有香玉。先外祖母有一苍玉扇坠，云是曹化淳故物，自明内府窃出。制作朴略，随其形为双螭纠结状。有血斑数点，色如熔蜡。以手摩热，嗅之作沉香气；如不摩热，则不香。疑李辅国玉，亦不过如是，记事者点缀其词耳。先太夫人尝密乞之，外祖母曰：“我死则传汝。”后外祖母殁，舅氏疑在太夫人处。太夫人又疑在舅氏处。卫氏姨母曰：“母在时佩此不去身，殆携归黄壤矣。”侍疾诸婢皆言殓时未见。因此又疑在卫氏姨母处。今姨母久亡，卫氏式微已甚，家藏玩好，典卖略尽，终未见此物出鬻。竟不知其何往也。

有客携柴窑片磁，索数百金，云嵌于胄，临阵可以辟火器。然无由知确否。余曰：“何不绳悬此物，以铳发铅丸击之。如果辟火，必不碎，价数百金不为多；如碎，则辟火之说不确，理不能索价数百金也。”鬻者不肯，曰：“公于赏鉴非当行，殊杀风景。”急怀之去。后闻鬻于贵家，竟得百金。夫君子可欺以其方，难罔以非其道。炮火横冲，如雷霆下击，岂区区片瓦所能御？且雨过天青，不过泑色精妙耳，究由人造，非出神功，何断裂之馀，尚有灵如是耶？余作旧瓦砚歌有云：“铜雀台址颓无遗，何乃剩瓦多如斯？文士例有好奇癖，心知其妄姑自欺。”柴片亦此类而已矣。

昌吉遣犯彭杞，一女年十七，与其妻皆病瘵。妻先殁，女亦垂尽。彭有官田耕作，不能顾女，乃弃置林内，听其生死。呻吟凄楚，见者心恻。同遣者杨熺语彭曰：“君大残忍，世宁有是事！我愿舁归疗治，死则我葬，生则为我妻。”彭曰：“大善。”即书券付之。越半载竟不起。临殁，语杨曰：“蒙君高义，感沁心脾。缘伉俪之盟，老亲慨诺，故饮食寝处，不畏嫌疑；搔仰抚摩，都无避忌。然病骸憔悴，迄未能一荐枕衾，实多愧负。若殁而无鬼，夫复何言；若魂魄有知，当必有以奉报。”呜咽而终。杨涕泣葬之。葬后，夜夜梦女来，狎昵欢好，一若生人；醒则无所睹。夜中呼之，终不出；才一交睫，即弛服横陈矣。往来既久，梦中亦知是梦，诘以不肯现形之由。曰：“吾闻诸鬼矣：人阳而鬼阴，以阴侵阳，必为人害。惟睡则敛阳而入阴，可以与鬼相见，神虽遇而形不接，乃无害也。”此丁亥春事，至辛卯春四年矣。余归之后，不知其究竟如何。

夫卢充金碗，于古尝闻；宋玉瑶姬，偶然一见。至于日日相觌，皆在梦中，则载籍之所希睹也。

交河苏斗南，雍正癸丑会试归。至白沟河，与一友遇于酒肆中。友方罢官，饮酣后，牢骚抑郁，恨善恶之无报。适一人褶裤急装，系马于树，亦就对坐。侧听良久，揖其友而言曰：“君疑因果有爽耶？夫好色者必病，嗜博者必败，势也；劫财者必诛，杀人者必抵，理也。同好色而禀有强弱，同嗜博而技有工拙，则势不能齐；同劫财而有首有从，同杀人而有误有故，则理宜别论。此中之消息微矣。其间功过互偿，或以无报为报；罪福未尽，或有报而不即报。

毫厘比较，益微乎微矣。君执目前所见，而疑天道之难明，不亦颠乎？且君亦何可怨天道，君命本当以流外出身，官至七品。以君机械多端，伺察多术，工于趋避，而深于挤排，遂削减为八品。君迁八品之时，自谓以心计巧密，由九品而升。不知正以心计巧密，由七品而降也。”因附耳密语，语讫，大声曰：“君忘之乎？”友骇汗浃背，问何以能知。微笑曰：“岂独我知，三界孰不知？”掉头上马。惟见黄尘滚滚然，斯须灭迹。

乾隆壬戌、癸亥间，村落男妇往往得奇疾。男子则尻骨生尾，如鹿角，如珊瑚枝。女子则患阴挺，如葡萄，如芝菌。有能医之者，一割立愈。不医则死。喧言有妖人投药于井，使人饮水成此病，因以取利。内阁学士永公，时为河间守。或请捕医者治之。公曰：“是事诚可疑，然无实据。一村不过三两井，严守视之，自无所施其术。倘一逮问，则无人复敢医此证，恐死者多矣。凡事宜熟虑其后，勿过急也。”固不许。患亦寻息。郡人或以为镇定，或以纵奸。

后余在乌鲁木齐，因牛少价昂，农颇病。遂严禁屠者，价果减。然贩牛者闻牛贱，皆不肯复来。次岁牛价乃倍贵。弛其禁，始渐平。又深山中盗采金者，殆数百人。捕之恐激变，听之又恐养痈。因设策断其粮道，果饥而散出。然散出之后，皆穷为盗。巡防察缉，竟日纷纭。经理半载，始得靖。乃知天下事但知其一，不知其二，有收目前之效而贻日后之忧者。始服永公“熟虑其后”一言，真“瞻言百里”也。

卷九　如是我闻三

王征君载扬言：尝宿友人蔬圃中，闻窗外人语曰："风雪寒甚，可暂避入空屋。"又闻一人语曰："后垣半圮，偷儿阑入，将奈何？食人之食，不可不事人之事。"意谓僮仆之守夜者。天晓启户，地无人迹，惟二犬偃卧墙缺下，雪没腹矣。嘉祥曾映华曰："此载扬寓言，以愧僮仆之负心者也。"余谓犬之为物，不烦驱策而警夜不失职，宁忍寒饿而恋主不他往，天下为僮仆者，实万万不能及。其足使人愧，正不在能语不能语耳。

诸桐屿言：其乡旧家有书楼，恒镐钥。每启视，必见凝尘之上有女子足迹，纤削仅二寸有奇，知为鬼魅。然数十年寂无形声，不知何怪也。里人刘生，性轻脱，妄冀有王轩之遇。祈于主人，独宿楼上，具茗果酒肴，焚香切祝，明烛就寝。屏息以伺，亦无所见闻，惟渐觉阴森之气砭入肌骨，目能视，耳能听，而口不能言，四肢不能动。久而寒沁肺腑，如卧层冰积雪中，苦不可忍。至天晓，乃能出语，犹若冻僵。至是无敢复下榻者。此怪形踪可云隐秀，即其料理刘生，不动声色，亦有雅人深致也。

顾非熊再生事，见段成式《酉阳杂俎》，又见孙光宪《北梦琐言》；其父顾况集中，亦载是诗，当非诬造。近沈云椒少宰撰其母陆太夫人志，称太夫人于归，甫匝岁，赠公即卒，遗腹生子恒，周三岁亦殇。太夫人哭之恸，曰："吾之为未亡人也，以有汝在；今已矣，吾不忍吾家之宗祀，自此而绝也。"于其敛，以朱志其臂，祝曰："天不绝吾家，若再生以此为验。"时雍正己酉十二月也。是月族人有比邻而居者，生一子，臂朱灼然。太夫人遂抚之以为后，即少宰也。余官礼部尚书时，与少宰同事。少宰为余口述尤详。盖释氏书中，诞妄者原有；其徒张皇罪福，诱人施舍，诈伪者尤多。惟轮回之说，则凿然有证。司命者每因一人一事，偶示端倪，彰神道之教。少宰此事，即借转生之验，以昭苦节之感者也。儒者甚言无鬼，又乌乎知之。

先师赵横山先生，少年读书于西湖，以寺楼幽静，设榻其上。夜闻室中窸窣声，似有人行，叱问："是鬼是狐，何故扰我？"徐闻嗫嚅而对曰："我亦鬼亦狐。"又问："鬼则鬼，狐则狐耳。何亦鬼亦狐也？"良久，复对曰："我本数百岁狐，内丹已成，不幸为同类所搤杀，盗我丹去。幽魂沉滞，今为狐之鬼也。"问："何不诉诸地下？"曰："凡丹由吐纳导引而成者，如血气附形，融合为一，不自外来，人弗能盗也。其由采补而成者，如劫夺之财，本非己物，故人可杀而吸取之。吾媚人取精，所伤害多矣。杀人者死。死当其罪，虽诉神，神不理也。故宁郁郁居此耳。"问："汝据此楼，作何究竟？"曰："本匿影韬声，修太阴炼形之法。以公阳光熏烁，阴魄不宁，故出而乞哀，求幽明各适。"言讫，惟闻搏颡声，问之不复再答。先生次日即移出。尝举以告门人曰："取非所有者，终不能有，且适以自戕也。可畏哉！"

余某者，老于幕府，司刑名四十馀年。后卧病濒危，灯前月下，恍惚似有鬼为厉者。余某慨然曰："吾存心忠厚，誓不敢妄杀一人，此鬼胡为乎来耶？"夜梦数人浴血立，曰："君知刻酷之积怨，不知忠厚亦能积怨也。夫茕茕孱弱，惨被人戕，就死之时，楚毒万状；孤魂饮泣，衔恨九泉，惟望强暴就诛，一申积愤。而君但见生者之可悯，不见死者之可悲，刀笔舞文，曲相开脱。遂使凶残漏网，白骨沈冤。君试设身处地：如君无罪无辜，受人屠割，魂魄有知，旁观谳是狱者改重伤为轻，改多伤为少，改理曲为理直，改有心为无心，使君切齿之仇，纵容脱械，仍纵横于人世，君感乎怨乎？不是之思，而诩诩以纵恶为阴功。被枉死者，不仇君而仇谁乎？"余某惶怖而寤，以所梦备告其子，回手自挝曰："吾所见左矣！吾所见左矣！"就枕未安而殁。

沧州刘太史果实，襟怀夷旷，有晋人风。与饴山老人、莲洋山人皆友善，而意趣各殊。晚岁家居，以授徒自给。然必孤贫之士，乃容执贽。修脯皆无几，箪瓢屡空，晏如也。尝买米斗馀，贮罂中，食月馀不尽，意甚怪之。忽闻檐际语曰："仆是天狐，慕公雅操，日日私益之耳。勿讶也。"刘诘曰："君意诚善。然君必不能耕，此粟何来？吾不能饮盗泉也，后勿复尔。"狐叹息而去。

故城刁飞万言：其乡有与狐女生子者，其父母怒谇之。狐女涕泣曰："舅姑见逐，义难抗拒。但子未离乳，当且携去耳。"越两岁馀，忽抱子诣其夫曰："儿已长，今还汝。"其夫遵父母戒，掉首不与语。狐女太息抱之去。此狐殊有人理，但抱去之儿，不知作何究竟。将人所生者仍为人，庐居火食，混迹闾阎欤？抑妖所生者即为妖，幻化通灵，潜踪墟墓欤？或虽为妖而犹承父姓，长育子孙，在非妖非人之界欤？虽为人而犹依母党，往来窟穴，在亦人亦妖之间欤？惜见首不见尾，竟莫得而质之。

道士庞斗枢，雄县人。尝客献县高鸿胪家。先姚安公幼时，见其手撮棋子布几上，中间横斜萦带，不甚可辨；外为八门，则井然可数。投一小鼠，从生门入，则曲折寻隙而出；从死门入，则盘旋终日不得出。以此信鱼腹阵图，定非虚语。然斗枢谓此特戏剧耳。至国之兴亡，系乎天命；兵之胜败，在乎人谋。一切术数，皆无所用。从古及今，有以壬遁星禽成事者耶？即如符咒厌劾，世多是术，亦颇有验时。然数千年来，战争割据之世，是时岂竟无传？亦未闻某帝某王某将某相死于敌国之魇魅也，其他可类推矣。姚安公曰："此语非术士所能言，此理亦非术士所能知。"

从舅安公介然言：佃户刘子明，家粗裕。有狐居其仓屋中，数十年一无所扰，惟岁时祭以酒五盏、鸡子数枚而已。或遇火盗，辄叩门窗作声，使主人知之。相安已久，一日，忽闻吃吃笑不止。问之不答，笑弥甚。怒而诃之。忽应曰："吾自笑厚结盟之兄弟，而疾其亲兄弟者也。吾自笑厚其妻前夫之子，而疾其前妻之子者也。何预于君，而见怒如是？"刘大惭，无以应。俄闻屋上朗诵《论语》曰："法语之言，能无从乎？改之为贵。巽语之言，能无说乎？绎之为贵。"太息数声而寂。刘自是稍改其所为。后余以告邵闇谷，闇谷曰："此至亲密友所难言，而狐能言之；此正言庄论所难入，而狐以诙谐悟之。东方曼倩何加焉！予傥到刘氏仓屋，当向门三揖之。"

世有圆光术：张素纸于壁，焚符召神，使五六岁童子视之。童子必见纸上突现大圆镜，镜中人物，历历示未来之事，犹卦影也。但卦影隐示其象，此则明著其形耳。庞斗枢能此术，某生素与斗枢狎，尝觊觎一妇，密祈斗枢圆光，观谐否。斗枢骇曰："此事岂可渎鬼神。"固强之。不得已勉为焚符，童子注视良久曰："见一亭子，中设一榻，三娘子与一少年坐其上。"三娘子者，某生之亡妾也。方诟责童子妄语，斗枢大笑曰："吾亦见之。亭中尚有一匾，童子不识字耳。"怒问："何字？"曰："'己所不欲'四字也。"某生默然，拂衣去。或曰："斗枢所焚实非符，先以饼饵诱童子，教作是语。"是殆近之。虽曰恶谑，要未失朋友规过之义也。

两世夫妇，如韦皋、玉箫者，盖有之矣。景州李西崖言：乙丑会试，见贵州一孝廉，述其乡民家生一子，甫能言，即云我前生某氏之女，某氏之妻，夫名某字某；吾卒时夫年若干，今年当若干；所居之地，距民家四五日程耳。此语渐闻。至十四五岁时，其故夫知有是说，径来寻问。相见涕泗，述前生事悉相符。是夕竟抱被同寝。其母不能禁，疑而窃听，灭烛以后，已妮妮儿女语矣。母怒，逐其故夫去。此子愤悒不食，其故夫亦栖迟旅舍不肯行。一日，防范偶疏，竟相偕遁去，莫知所终。异哉，此事！古所未闻也。此谓发乎情而不止乎礼矣。

东光霍从占言：一富室女，五六岁时，因夜出观剧，为人所掠卖。越五六年，掠卖者事败，供曾以药迷此女。移檄来问，始得归。归时，视其肌肤，鞭痕、杖痕、剪痕、锥痕、烙痕、烫痕、爪痕、齿痕遍体如刻画，其母抱之泣数日。每言及，辄沾襟。先是女自言主母酷暴无人理，幼时不知所为，战栗待死而已；年渐长，不胜其楚，思自裁。夜梦老人曰："尔勿短见，各烙两次，鞭一百，业报满矣。"果一日缚树受鞭，甫及百而县吏持符到。盖其母御婢极残忍，凡觳觫而侍立者，鲜不带血痕；回眸一视，则左右无人色。故神示报于其女也。然竟不悛改，后疽发于项死。子孙今亦式微。从占又云：一宦家妇，遇婢女有过，不加鞭捶，但褫下衣，使露体伏地。自云如蒲鞭之示辱也。后患颠痫，每防守稍疏，辄裸而舞蹈云。

帝王以刑赏劝人善，圣人以褒贬劝人善。刑赏有所不及，褒贬有所弗恤者，则佛以因果劝人善。其事殊，其意同也。缁徒执罪福之说，诱胁愚民，不以人品邪正分善恶，而以布施有无分善恶。福田之说兴，瞿昙氏之本旨晦矣。

闻有走无常者，以血盆经忏有无利益问冥吏。冥吏曰："无是事也。夫男女构精，万物化生，是天地自然之气，阴阳不息之机也。化生必产育，产育必秽污，虽淑媛贤母，亦不得不然，非自作之罪也。如以为罪，则饮食不能不便溺，口鼻不能不涕唾，是亦秽污，是亦当有罪乎？为是说者，盖以最易惑者惟妇女，而妇女所必不免者惟产育，以是为有罪，以是罪为非忏不可；而闺阁之财，无不充功德之费矣。尔出入冥司，宜有闻见，血池果在何处？堕血池者果有何人？乃犹疑而问之欤！"走无常后以告人，人讫无信其言者。积重不返，此之谓矣。

吴惠叔言：医者某生，素谨厚。一夜有老媪持金钏一双，就买堕胎药。医者大骇，峻拒之。次夕，又添持珠花两枝来。医者益骇，力挥去。越半载馀，忽梦为冥司所拘，言有诉其杀人者。至则一披发女子，项勒红巾，泣陈乞药不与状。医者曰："药以活人，岂敢杀人以渔利！汝自以奸败，与我何尤？"女子曰："我乞药时，孕未成形，倘得堕之，我可不死。是破一无知之血块，而全一待尽之命也。既不得药，不能不产，以致子遭扼杀，受诸痛苦，我亦见逼而就缢。是汝欲全一命，反戕两命矣。罪不归汝，反归谁乎？"冥官喟然曰："汝之所言，酌乎事势；彼所执者，则理也。宋以来，固执一理而不揆事势之利害者，独此人也哉？汝且休矣！"拊几有声，医者悚然而寤。

卷十　如是我闻四

长山聂松岩言：安邱张卯君先生家，有书楼为狐所据，每与人对语。媪婢童仆，凡有隐慝，必对众暴之。一家畏若神明，惕惕然不敢作过。斯亦能语之绳规，无形之监史矣。然奸黠者或敬事之，则讳其所短，不肯质言。盖聪明有馀，正直则不足也。斯狐之所以为狐欤！

沧州插花庙老尼董氏言：尝夜半睡醒，闻佛殿磬声铿然，如有人礼拜者。次日，告其徒。曰："师耳鸣也。"至夜复然，乃潜起蹑足窥之。佛火青荧，依稀辨物，见击磬者乃其亡师，一少妇对佛长跪，喁喁絮祝。回面向内，不识为谁。细听所祝，则为夫病祈福也。恐怖失措，触朱槅有声。阴气冥蒙，灯火骤暗。再明，则已无睹矣。先外祖雪峰张公曰："此少妇已入黄泉，犹忧夫病，闻之使人增伉俪之情。"

董尼又言：近一卖花媪，夜经某氏墓，突见某夫人魂立树下，以手招之。无路可避，因战栗拜谒。某夫人曰："吾夜夜在此，待一相识人寄信，望眼几穿，今乃见尔。归告我女我婿：一切阴谋，鬼神皆已全知，无更枉抛心力。吾在冥府，大受鞭笞；地下先亡，更人人唾詈。无地自容，日惟避此树边，苦雨凄风，醉辛万状。尚不知沉沦几载，得付转轮。似闻须所夺小郎赀财耗散都尽，始冀有生路也。又婿有密札数纸，病中置螺甸小箧中。嘱其检出毁灭，免为他日口实。"叮咛再三，呜咽而灭。媪潜告其女，女怒曰："为小郎游说耶！"迨于箧中，见前札，乃始悚然。后女家日渐消败。亲串中知其事者，皆合掌曰："某夫人生路近矣。"

沧州瞽者蔡某，每过南门楼下，即有一叟邀之弹唱，且对饮。

渐相狎，亦时到蔡家共酌。自云姓蒲，江西人，因贩磁到此。久而觉其为狐，然契分甚深，狐不讳，蔡亦不畏也。

会有以闺阃蜚语涉讼者，众议不一。偶与狐言及，曰："君既通灵，必知其审。"狐艴然曰："我辈修道人，岂干预人家琐事？夫房帏秘地，男女幽期，暧昧难明，嫌疑易起。一犬吠影，每至于百犬吠声。即使果真，何关外人之事？乃快一时之口，为人子孙数世之羞，斯已伤天地之和，召鬼神之忌矣。况杯弓蛇影，恍惚无凭，而点缀铺张，宛如目睹。使人忍之不可，辨之不能，往往致抑郁难言，含冤毕命。其怨毒之气，尤历劫难消。苟有幽灵，岂无业报？恐刀山剑树之上，不能不为是人设一坐也。汝素朴诚，闻此事自当掩耳；乃考求真伪，意欲何为？岂以失明不足，尚欲犁舌乎？"投杯径去，从此遂绝。蔡愧悔，自批其颊。恒述以戒人，不自隐匿也。

舅氏张公梦征言：所居吴家庄西，一丐者死于路，所畜犬守之不去。夜有狼来啖其尸，犬奋啮不使前；俄诸狼大集，犬力尽踣，遂并为所啖。惟存其首，尚双目怒张，眦如欲裂。有佃户守瓜田者亲见之。又程易门在乌鲁木齐，一夕，有盗入室，已逾垣将出。所畜犬追啮其足。盗抽刃斫之，至死啮终不释。因就擒。时易门有仆，曰龚起龙，方负心反噬。皆曰程太守家有二异：一人面兽心，一兽面人心。

献县令某，临殁前，有门役夜闻书斋人语曰："渠数年享用奢华，禄已耗尽。其父诉于冥司，探支来生禄一年，治未了事。未知许否也？"俄而令暴卒。董文恪公尝曰："天道凡事忌太甚。故过奢过俭，皆足致不祥。然历历验之，过奢之罚，富者轻而贵者重；过俭之罚，贵者轻而富者重。盖富而过奢，耗己财而已；贵而过奢，其势必至于贪婪。权力重，则取求易也。贵而过俭，守己财而已；富而过俭，其势必至于刻薄，计较明则机械多也。士大夫时时深念，知益己者必损人。凡事留其有馀，则召福之道矣。"

小奴玉保言：特纳格尔农家，忽一牛入其牧群，甚肥健。久而无追寻者，询访亦无失牛者，乃留畜之。其女年十三四，偶跨此牛往亲串家。牛至半途，不循蹊径，负女度岭蓦涧，直入乱山。崖陡谷深，堕必糜碎，惟抱牛颈呼号。樵牧者闻声追视，已在万峰之顶，渐灭没于烟霭间。其或饲虎狼，或委溪壑，均不可知矣。皆咎其父贪攘此牛，致罹大害。余谓此牛与此女，合是夙冤，即驱逐不留，亦必别有以相报也。

许文木言：其亲串有新得官者，盛具牲醴享祖考。有巫能视鬼，窃语人曰："某家先灵受祭时，皆颜色惨沮，如欲下泪。而后巷某家之鬼，乃坐对门屋脊上，翘足而笑。是何故也？"后其人到官未久，即伏法。始悟其祖考悲泣之由。而某甲之喜，则终不解。久而有知其阴事者曰："某甲女有色，是尝遣某妪诱以金珠，同宿数夕。人不知而鬼知也，谁谓冥冥中可堕行哉！"

姚安公言：昔在舅氏陈公德音家，遇骤雨，自巳至午乃息，所雨皆沤麻水也。时西席一老儒方讲学，众因叩曰："此雨究竟是何理？"老儒掉头面壁曰："子不语怪。"

刘香畹言：曩客山西时，闻有老儒经古冢，同行者言中有狐。老儒詈之，亦无他异。老儒故善治生，冬不裘，夏不絺，食不肴，饮不荈，妻子不宿饱。铢积锱累，得四十金，熔为四铤，秘缄之。而对人自诉无担石。自詈狐后，所储金或忽置屋颠树杪，使梯而取。或忽在淤泥浅水，使濡而求。甚或忽投圊溷，使探而濯。或移易其地，大索乃得。或失去数日，从空自堕。或与客对坐，忽纳于帽檐。或对人拱揖，忽铿然脱袖。千变万化，不可思议。一日，忽四铤跃掷空中，如蛱蝶飞翔，弹丸击触，渐高渐远，势将飞去。不得已，焚香拜祝，始自投于怀。自是不复相嬲，而讲学之气焰已索然尽矣。说是事时，一友曰："吾闻以德胜妖，不闻以詈胜妖也。其及也固宜。"一友曰："使周、张、程、朱詈，妖必不兴。惜其古貌不古心也。"一友曰："周、张、程、朱必不轻詈。惟其不足于中，故悻悻于外耳。"香畹首肯曰："斯言洞见症结矣。"

香畹又言：一孝廉颇善储蓄，而性啬。其妹家至贫，时逼除夕，炊烟不举。冒风雪徒步数十里，乞贷三五金，期明春以其夫馆谷偿。坚以窘辞。其母涕泣助请，辞如故。母脱簪珥付之去，孝廉如弗闻也。是夕，有盗穴壁入，罄所有去。迫于公论，弗敢告官捕。越半载，盗在他县败，供曾窃孝廉家，其物犹存十之七。移牒来问，又迫于公论，弗敢认。其妇惜财不能忍，阴遣子往认焉。孝廉内愧，避弗见客者半载。

夫母子天性，兄妹至情；以啬之故，漠如陌路，此真闻之扼腕矣。乃盗遽乘之，使人一快；失而弗敢言，得而弗敢取，又使人再快。至于椎心茹痛，自匿其瑕，复败于其妇，瑕终莫匿，更使人不胜其快。颠倒播弄，如是之巧，谓非若或使之哉！然能愧不见客，吾犹取其足为善。充此一愧，虽以孝友闻可也。

乾隆己卯、庚辰间，献县掘得唐张君平墓志。大中七年明经刘伸撰，字画尚可观，文殊鄙俚。余拓示李廉衣前辈，曰："公谓古人事事胜今人，此非唐文耶？天下率以名相耀耳。如核其实，善笔札者必称晋，其时亦必有极拙之字。善吟咏者必称唐，其时亦必有极恶之诗。非晋之厮役皆羲、献，唐之屠沽皆李、杜也。西子、东家实为一姓，盗跖、柳下乃是同胞，岂能美则俱美，贤则俱贤耶？赏鉴家得一宋砚，虽滑不受墨，亦宝若球图；得一汉印，虽谬不成文，亦珍逾珠璧。问何所取，曰取其古耳。东坡诗曰：'嗜好与俗殊酸咸。'斯之谓欤！"

交河老儒刘君琢，名璞，素谨厚，以长者称。在余家设帐二十馀年，从兄懋园(坦居)、从弟东白(羲轩)皆其弟子也。尝自河间岁试归，中途遇雨，借宿民家。主人曰："家惟有屋两楹，尚可栖止；然素有魅，不知狐与鬼也。君能不畏，则请解装。"不得已宿焉。灭烛以后，承尘上轰轰震响，如怒马奔腾。君琢起著衣冠，长揖仰祝曰："偃蹇寒儒，偶然宿此，欲祸我耶？我非君仇。欲戏我耶？与君素不狎昵。欲逐我耶？今夜必不能行，明朝亦必不能住，何必多此扰攘耶?”俄闻承尘上似老媪语曰:“客言殊有理,尔辈勿太造次。”闻足音橐橐然,向西北隅去,顷刻寂然矣。君琢尝以告门人曰:“遇意外之横逆,平心静气,或有解时。当时如怒詈之,未必不抛砖掷瓦。”

又刘景南尝僦一寓,迁入之夕,大为狐扰。景南诃之曰:“我自出钱租宅,汝何得鸠占鹊巢?”狐厉声答曰:“使君先居此,我续来争,则曲在我。我居此宅五六十年,谁不知者。君何处不可租宅,而必来共住?是恃气相凌也,我安肯让君?”景南次日遂移去。何励庵先生曰:“君琢所遇之狐,能为理屈;景南所遇之狐,能以理屈人。”先兄晴湖曰:“屈狐易,能屈于狐难。”

族侄肇先言:有书生读书僧寺,遇放焰口。见其威仪整肃,指挥号令,若可驱役鬼神。喟然曰:“冥司之敬彼教,乃过于儒。”灯影朦胧间,一叟在旁语曰:“经纶宇宙,惟赖圣贤,彼仙佛特以神道补所不及耳。故冥司之重圣贤,在仙佛上;然所重者真圣贤。若伪圣伪贤,则阴干天怒,罪亦在伪仙伪佛上。古风淳朴,此类差稀。四五百年以来,累囚日众,已别增一狱矣。盖释道之徒,不过巧陈罪福,诱人施舍。自妖党聚徒谋为不轨外,其伪称我仙我佛者,千万中无一。儒则自命圣贤者,比比皆是。民听可惑,神理难诬。是以生拥皋比,殁沈阿鼻,以其贻害人心,为圣贤所恶故也。”书生骇愕,问:“此地府事,公何由知?”一弹指间,已无所睹矣。

甲乙有夙怨,乙日夜谋倾甲。甲知之,乃阴使其党某以他途入乙家,凡为乙谋,皆算无遗策;凡乙有所为,皆以甲财密助其费,费省而功倍。越一两岁,大见信,素所倚任者皆退听。乃乘间说乙曰:“甲昔阴调我妇,讳弗敢言,然衔之实次骨。以力弗敌,弗敢婴。闻君亦有仇于甲,故效犬马于门下。所以尽心于君者,固以报知遇,亦为是谋也。今有隙可抵,盍图之。”乙大喜过望,出多金使谋甲。某乃以乙金为甲行赂,无所不曲到。阱即成,伪造甲恶迹及证佐姓名以报乙,使具牒。比庭鞫,则事皆子虚乌有,证佐亦莫不倒戈,遂一败涂地,坐诬论戍。愤恚甚,以昵某久,平生阴事皆在其手,不敢再举,竟气结死。死时誓诉于地下,然越数十年卒无报。论者谓难端发自乙,甲势不两立,乃铤而走险,不过自救之兵,其罪不在甲。某本为甲反间,各忠其所事,于乙不为负心,亦不能甚加以罪,故鬼神弗理也。此事在康熙末年。《越绝书》载子贡谓越王曰:“夫有谋人之心,而使人知之者,危也。”岂不信哉!

尝与杜少司寇凝台同宿南石槽,闻两家轿夫相语曰:“昨日怪事:我表兄朱某在海淀为人守墓,因入城未返,其妻独宿。闻园中树下有斗声,破窗纸窃窥,见二人攘臂奋击,一老翁举杖隔之,不能止。俄相搏仆地,并现形为狐,跳踉摆拨,触老翁亦仆。老翁蹶起,一手按一狐呼曰:‘逆子不孝!朱五嫂可助我。’朱伏不敢出,老翁顿足曰:‘当诉诸土神。’恨恨而散。次夜,闻满园铃铛声,似有所搜捕。觉几上瓦瓶似微动,怪而视之,瓶中小语曰:‘乞勿言,当报恩。’朱怒曰:‘父母恩且不肯报,何有于我!’与瓶掷门外碑趺上,訇然而碎。即闻嗷嗷有声,意其就执矣。”一轿夫曰:“斗触父母倒是何大事,乃至为土神捕捉?殊可怖也。”凝台顾余笑曰:“非轿夫不能作此言。”

卷十一　槐西杂志一

余再掌乌台，每有法司会谳事，故寓直西苑之日多。借得袁氏婿数楹，榜曰“槐西老屋”。公馀退食，辄憩息其间。距城数十里，自僚属白事外，宾客殊稀，昼长多暇，晏坐而已。旧有《滦阳消夏录》、《如是我闻》二书，为书肆所刊刻，缘是友朋聚集，多以异闻相告，因置一册于是地，遇轮直则忆而杂书之，非轮直之日则已。其不能尽忆则亦已。岁月骎寻，不觉又得四卷，孙树馨录为一帙，题曰《槐西杂志》。其体例则犹之前二书耳。自今以往，或竟懒而辍笔欤？则以为《挥麈》之三录可也；或老不能闲，又有所缀欤？则以为《夷坚》之丙志亦可也。壬子六月，观弈道人识。

《隋书》载兰陵公主死殉后夫，登于《列女传》之首，颇乖史法。（祖君彦檄隋文称，兰陵公主逼幸告终，盖欲甚炀帝之恶，当以史文为正。）沧州医者张作霖言，其乡有少妇，夫死未周岁辄嫁。越两岁，后夫又死，乃誓不再适，竟守志终身。尝问一邻妇病，邻妇忽瞋目作其前夫语曰：“尔甘为某守，不为我守，何也？”少妇毅然对曰：“尔不以结发视我，三年曾无一肝鬲语，我安得为尔守？彼不以再醮轻我，两载之中，恩深义重，我安得不为彼守。尔不自反，乃敢咎人耶？”鬼竟语塞而退。

此与兰陵公主事相类。盖亦豫让众人遇我，众人报之；国士遇我，国士报之之意也。然五伦之中，惟朋友以义合，不计较报施，厚道也。即计较报施，犹直道也。兄弟天属，已不可言报施；况君臣父子夫妇，义属三纲哉！渔洋山人作《豫让桥》诗，曰：“国士桥边水，千年恨不穷；如闻柱厉叔，死报莒敖公。”自谓可以敦薄，斯言允矣。然柱厉叔以不见知而放逐，乃挺身死难，以愧人君不知其臣者。(事见刘向《说苑》。)是犹怨怼之意，特与君较是非，非为君捍社稷也。其事可风，其言则未协乎义，或记载者之失乎？

董秋原言：昔为钜野学官时，有门役典守节孝祠，即携家居祠侧。一日秋祀，门役夜起洒扫，其妻犹寝，梦中见妇女数十辈，联袂入祠，心知神降，亦不恐怖。忽见所识二贫媪亦在其中，再三审视，真不谬。怪问其未邀旌表，何亦同来？一媪答曰："人世旌表，岂能遍及穷乡蔀屋？湮没不彰者在在有之。鬼神愍其荼苦，虽祠不设位，亦招之来飨，或藏瑕匿垢，冒滥馨香，虽位设祠中，反不容入。故我二人得至此也。"此事颇创闻。然揆以神理，似当如是。

又献县礼房吏魏某，临终喃喃自语曰："吾处闲曹，自谓未尝作恶业，不虞贫妇请旌，索其常例，冥谪如是其重也。"二事足相发明。信忠孝节义，感天地动鬼神矣。

族叔行止言：有农家妇与小姑并端丽。月夜纳凉，共睡檐下。突见赤发青面鬼，自牛栏后出，旋舞跳掷，若将搏噬。时男子皆外出守场圃，姑嫂悸不敢语。鬼一一攫搦强污之。方跃上短墙，忽嗷然失声，倒投于地。见其久不动，乃敢呼人。邻里趋视，则墙内一鬼，乃里中恶少某，已昏仆不知人。墙外一鬼屹然立，则社公祠中土偶也。父老谓社公有灵，议至晓报赛。一少年哑然曰："某甲恒五鼓出担粪，吾戏抱神祠鬼卒置路侧，便骇走，以博一笑；不虞遇此伪鬼，误为真鬼惊踣也。社公何灵哉！"中一叟曰："某甲日日担粪，尔何他日不戏之，而此日戏之也？戏之术亦多矣，尔何忽抱此土偶也，土偶何地不可置，尔何独置此家墙外也？此其间神实凭之，尔自不知耳。"乃共醵金以祀，其恶少为父母舁去，困卧数日，竟不复苏。

田白岩言：尝与诸友扶乩，其仙自称真山民，宋末隐君子也。(按：山民有诗集，今著录《四库全书》中。)倡和方洽，外报某客某客来，乩忽不动。他日复降，众叩昨遽去之故，乩判曰："此二君者，其一世故太深,酬酢太熟,相见必有谀词数百句。云水散人,拙于应对,不如避之为佳。其一心思太密,礼数太明,其与人语,恒字字推敲,责备无已,闲云野鹤,岂能耐此苛求,故逋逃尤恐不速耳。”后先姚安公闻之,曰:“此仙究狷介之士,器量未宏。”

从孙树森言:晋人有以赀产托其弟而行商于外者,客中纳妇,生一子。越十馀年,妇病卒,乃携子归。弟恐其索还赀产也,诬其子抱养异姓,不得承父业,纠纷不决,竟鸣于官。官故愦愦,不牒其商所问其赝,而依古法滴血试,幸血相合,乃笞逐其弟。弟殊不信滴血事,自有一子,刺血验之果不合,遂执以上诉。谓县令所断不足据。乡人恶其贪婬无人理。佥曰:“其妇夙与其私昵,子非其子,血宜不合。”众口分明,具有征验,卒证实奸状。拘妇所欢鞫之,亦俯首引伏。弟愧不自容,竟出妇逐子,窜身逃去,赀产反尽归其兄,闻者快之。

按陈业滴血,见《汝南先贤传》。则自汉已有此说。然余闻诸老吏曰:“骨肉滴血必相合,论其常也;或冬月以器置冰雪上,冻使极冷,或夏月以盐醋拭器,使有酸咸之味,则所滴之血,入器即凝,虽至亲亦不合。故滴血不足成信谳。”然此令不刺血,则商之弟不上诉,商之弟不上诉,则其妇之野合生子,亦无从而败。此殆若或使之,未可全咎此令之泥古矣。

卖花者顾媪,持一旧磁器求售。似笔洗而略浅,四周内外及底皆有泑色,似哥窑而无冰纹,中平如砚,独露磁骨,边线界画甚明,不出入毫发,殊非剥落。不知何器,以无用还之。后见《广异志》载嵇胡见石室道士案头朱笔及杯语,《乾巽子》载何元让所见天狐有朱盏笔砚语,又《逸史》载叶法善有持朱钵画符语。乃悟唐以前无朱砚,点勘文籍则研朱于杯盏;大笔濡染,则贮朱于钵。杯盏略小而口哆,以便掭笔;钵稍大而口敛,以便多注浓沈也。顾媪所持,盖即朱盏,向来赏鉴家未及见耳。急呼之来,问:“此盏何往?”曰:“本以三十钱买得,云出自井中,因公斥为无用,以二十钱卖诸杂物摊上，今将及一年，不能复问所在矣。”深为惋惜。世多以高价市赝物，而真古器或往往见摈。余尚非规方竹漆断纹者，而交臂失之尚如此。然则蓄宝不彰者，可胜数哉！余后又得一朱盏，制与此同，为陈望之抚军持去。乃知此物世尚多有，第人不识耳。

先师介公野园言：亲串中有不畏鬼者，闻有凶宅，辄往宿。或言西山某寺后阁，多见变怪。是岁值乡试，因僦住其中。奇形诡状，每夜环绕几榻间，处之恬然，然亦弗能害也。一夕月明，推窗四望，见艳女立树下，哑然曰："怖我不动，来魅我耶？尔是何怪，可近前。"女亦哑然曰："尔固不识我，我尔祖姑也，殁葬此山。闻尔日日与鬼角，尔读书十馀年，将徒博一不畏鬼之名耶？抑亦思奋身科目，为祖父光、为门户计耶？今夜而斗争，昼而倦卧，试期日近，举业全荒，岂尔父尔母遣尔裹粮入山之本志哉？我虽居泉壤，于母家不能无情，故正言告尔。尔试思之。"言讫而隐。私念所言颇有理，乃束装归。归而详问父母，乃无是祖姑。大悔，顿足曰："吾乃为黠鬼所卖。"奋然欲再往，其友曰："鬼不敢以力争，而幻其形以善言解，鬼畏尔矣，尔何必追穷寇！"乃止。此友可谓善解纷矣。然鬼所言者正理也，正理不能禁，而权词能禁之，可以悟销熔刚气之道也。

育婴堂、养济院，是处有之。惟沧州别有一院养瞽者，而不隶于官。瞽者刘君瑞曰："昔有选人陈某过沧州，资斧匮竭，无可告贷，进退无路，将自投于河。有瞽者悯之，倾囊以助其行。选人入京，竟得官，荐至州牧。念念不能忘瞽者，自赍数百金，将申漂母之报。而遍觅瞽者不可得，并其姓名无知者。乃捐金建是院，以收养瞽者。此瞽者与此选人，均可谓古之人矣。"君瑞又言："众瞽者留室一楹，旦夕炷香拜陈公。"余谓陈公之侧，瞽者亦宜设一坐。君瑞嗫嚅曰："瞽者安可与官坐？"余曰："如以其官而祀之，则瞽者自不可坐；如以其义而祀之，则瞽者之义与官等，何不可坐耶？"此事在康熙中。君瑞告余在乾隆乙亥、丙子间，尚能举居是院者为某某，今已三十馀年，不知其存与废矣。

曹慕堂宗丞言：有夜行遇鬼者，奋力与角。俄群鬼大集，或抛掷沙砾，或牵拽手足。左右支吾，大受箠击，颠踣者数矣。而愤恚弥甚，犹死斗不休。忽坡上有老僧持灯呼曰："檀越且止！此地鬼之窟宅也，檀越虽猛士，已陷重围。客主异形，众寡异势，以一人气血之勇，敌此辈无穷之变幻，虽贲、育无幸胜也。况不如贲、育者乎？知难而退，乃为豪杰。何不暂忍一时，随老僧权宿荒刹耶？"此人顿悟，奋身脱出，随其灯影而行，群鬼渐远，老僧亦不知所往。坐息至晓，始觅得路归。此僧不知是人是鬼，可谓善知识耳。

自黄村至丰宜门（俗谓之南西门）凡四十里，泉源水脉，络带钩连，积雨后污潦沮洳，车马颇为阻滞。有李秀者，御空车自固安返，见少年约十五六，娟丽如好女，蹩躠泥涂，状甚困惫。时日已将没，见秀行过，有欲附载之色，而愧沮不言。秀故轻薄，挑与语，邀之同车，忸怩而上。沿途市果饵食之，亦不甚辞。渐相软款，间以调谑，面赪微笑而已。行数里后视其貌似稍苍，尚不以为意。又行十馀里，暮色昏黄，觉眉目亦似渐改。将近南苑之西门，则广颡高颧，鬑鬑有须矣。自讶目眩，不敢致诘。比至逆旅下车，乃须髯皓白，成一老翁，与秀握手作别曰："蒙君见爱，怀感良深。惟暮齿衰颜，今夕不堪同榻，愧相负耳。"一笑而去，竟不知为何怪也。秀表弟为余厨役，尝闻秀自言之，且自悔少年无状，致招狐鬼之侮云。

文安王岳芳言：有杨生者，貌姣丽，自虑或遇强暴，乃精习技击。十六七时，已可敌数十人。会诣通州应试，暂住京城。偶独游陶然亭，遇二回人，强邀入酒肆。心知其意，姑与饮啖，且故索珍味食。二回人喜甚，因诱至空寺，左右挟坐，遽拥于怀。生一手按一人，并踣于地。以足踏背，各解带反接，抽刀拟颈曰："敢动者死！"褫其下衣并淫之，且数之曰："尔辈年近三十，岂足供狎昵！然尔辈污人多矣，吾为孱弱童子复仇也。"徐释其缚，掉臂径出。后与岳芳同行，遇其一于途，顾之一笑。其人掩面鼠窜去，乃为岳芳具道之。岳芳曰："戕命者使还命，攘财者使还财，律也。此当相偿者也。惟淫人者有治罪之律，无还使受淫之律，此不当偿者也。子之所为，谓之快心则可，谓之合理则未也。”

从侄虞惇言：闻诸任丘刘宗万曰：“有旗人赴任丘催租，适村民夜演剧，观至二鼓乃散。归途酒渴，见树旁茶肆，因系马而入。主人出，言火已熄，但冷茶耳。入室良久，捧茶半杯出，色殷红而稠粘，气似微腥。饮尽，更求益，曰：‘瓶已罄矣。当更觅残剩，须坐此稍待，勿相窥也。’既而，久待不出，潜窥门隙，则见悬一裸女子，破其腹，以木撑之，而持杯刮取其血。惶骇退出，乘马急奔。闻后有追索茶钱声，沿途不绝。比至居停，已昏瞀坠仆。居停闻马声出视，扶掖入。次日乃苏，述其颠末。共往迹之，至系马之处，惟平芜老树，荒冢累累，丛棘上悬一蛇，中裂其腹，横支以草茎而已。”此与裴硎《传奇》载卢涵遇盟器婢子杀蛇为酒事相类。然婢子留宾，意在求偶。此鬼鬻茶胡为耶？鬼所需者冥镪，又向人索钱何为耶？

同郡某孝廉未第时，落拓不羁，多来往青楼中。然倚门者视之，漠然也。惟一妓名椒树者（此妓佚其姓名，此里巷中戏谑之称也。）独赏之。曰：“此君岂长贫贱者哉！”时邀之狎饮，且以夜合资供其读书。比应试，又为捐金治装，且为其家谋薪米。孝廉感之，握臂与盟曰：“吾傥得志，必纳汝。”椒树谢曰：“所以重君者，怪姊妹惟识富家儿；欲人知脂粉绮罗中，尚有巨眼人耳。至白头之约，则非所敢闻。妾性冶荡，必不能作良家妇；如已执箕帚，仍纵怀风月，君何以堪？如幽闭闺阁，如坐囹圄，妾又何以堪！与其始相欢合，终致仳离，何如各留不尽之情，作长相思哉！”后孝廉为县令，屡招之不赴。中年以后，车马日稀，终未尝一至其署，亦可云奇女子矣。使韩淮阴能知此意，乌有“鸟尽弓藏”之憾哉。

胶州法南野，飘泊长安，穷愁颇甚。一日，于李符千御史座上，言曾于泺口旅舍见二诗，其一曰：“流落江湖十四春，徐娘半老尚风尘。西楼一枕鸳鸯梦，明月窥窗也笑人。”其二曰：“含情不忍诉琵琶，几度低头掠鬓鸦。多谢西川贵公子，肯持红烛赏残花。”不署年月姓名,不知谁作也。余曰:“此君自寓坎坷耳,然五十六字足抵一篇琵琶行矣。”

益都李生文渊,南涧弟也。嗜古如南涧,而博辩则过之。不幸夭逝,南涧乞余志其墓。匆匆未果,并其事状失之,至今以为憾也。

一日,在余生云精舍讨论古礼,因举所闻一事曰:博山有书生,夜行林莽间,见贵官坐松下,呼与语。谛视,乃其已故表丈某公也。不得已近前拜谒。问家事甚悉,生因问:“古称体魄藏于野,而神依于庙主。丈人有家祠,何为在此?”某公曰:“此泥于古不墓祭之文也。夫庙祭地也,主祭位也,神之来格,以是地是位为依归焉耳。如神常居于庙,常附于主,是世世祖妣与子孙人鬼杂处也。且有庙有主,为有爵禄者言之耳。今一邑一乡之中,能建庙者万家不一二,能立祠者千家不一二,能设主者百家不一二,如神依主而不依墓,是百千亿万贫贱之家,其祖妣皆无依之鬼也,有是理耶?知鬼神之情状者,莫若圣人。明器之礼,自夏后氏以来矣。使神在主而不在墓,则明器当设于庙,乃皆瘗之于墓中,是以器供神,而置于神所不至也,圣人顾若是颠耶?卫人之祔离之,殷礼也;鲁人之祔合之,周礼也。孔子善周,使神不在墓,则墓之分合,了无所异,有何善不善耶?礼曰:‘父没而不忍读,父之书手泽存焉尔。母亡而不忍用其杯棬,口泽存焉尔。’一物之微,尚且如是,顾以先人体魄,视如无物,而别植数寸之木,曰此吾父吾母之神也。毋乃不知类耶?寺钟将动,且与子别。子今见吾,此后可毋为竖儒所惑矣。”生匆遽起立,东方已白。视之正其墓道前也。

陈裕斋言:有僦居道观者,与一狐女狎,靡夕不至。忽数日不见,莫测何故。一夜,搴帘含笑入。问其旷隔之由,曰:“观中新来一道士,众目曰仙,虑其或有神术,姑暂避之。今夜化形为小鼠,自壁隙潜窥,直大言欺世者耳。故复来也。”问:“何以知其无道力?”曰:“伪仙伪佛,技止二端:其一故为静默,使人不测;其一故为颠狂,使人疑其有所托。然真静默者,必淳穆安恬,凡矜持者伪也;真托于颠狂者,必游行自在,凡张皇者伪也。此如君辈文士,故为名高,或迂僻冷峭,使人疑为狷;或纵酒骂座,使人疑为狂,同一术耳。此道士张皇甚矣,足知其无能为也。"时共饮钱稼轩先生家,先生曰:"此狐眼光如镜,然词锋太利,未免不留馀地矣。"

司爨者曹媪,其子僧也。言尝见粤东一宦家,到寺营斋,云其妻亡已十九年。一夕,灯下见形曰:"自到黄泉,无时不忆,尚冀君百年之后,得一相见。不意今配入转轮,从此茫茫万古,无复会期。故冒冥司之禁,赂监送者来一取别耳。"其夫骇痛,方欲致词,忽旋风入室卷之去,尚隐隐闻泣声。故为饭僧礼忏,资来世福也。此夫此妇,可谓两个不相负矣。《长恨歌》曰:"但令心如金钿坚,天上人间会相见。"安知不以此一念,又种来世因耶!

李樵风言:杭州涌金门外有渔舟,泊神祠下,闻祠中人语嘈杂。既而神诃曰:"汝曹野鬼,何辱文士?罪当笞。"又闻辩诉曰:"人静月明,诸幽魂暂游水次,稍释羁愁,此二措大独讲学谈诗,刺刺不止。众皆不解,实所厌闻。窃相耳语,微示不满,稍稍引去则有之,非敢有所触犯也。"神默然少顷,曰:"论文雅事,亦当择地择人。先生休矣。"俄而磷火如萤,自祠中出,遥闻吃吃笑不已,四散而去。

卷十二　槐西杂志二

安中宽言：有人独行林莽间，遇二人，似是文士，吟哦而行。一人怀中落一书册，此人拾得。字甚拙涩，波磔皆不甚具，仅可辨识。其中或符篆、或药方、或人家春联，纷糅无绪，亦间有经书古文诗句。展阅未竟，二人遽追来夺去，倏忽不见。疑其狐魅也。一纸条飞落草间，俟其去远，觅得之。上有字曰："《诗经》於字皆音乌，《易经》无字左边无点。"

余谓此借言粗材之好讲文艺者也，然能刻意于是，不愈于饮博游冶乎？使读书人能奖励之，其中必有所成就。乃薄而挥之，斥而笑之，是未思圣人之待互乡、阙党二童子也。讲学家崖岸过峻，使人甘于自暴弃，皆自沽己名，视世道人心如膜外耳。

景州宁逊公，能以琉璃舂碎调漆，堆为擘窠书。凹凸皴皱，俨若石纹，恒挟技游富贵家。喜索人酒食，或闻燕集，必往搀末席。一日，值吴桥社会，以所作对联匾额往售。至晚，得数金。忽遇十数人邀之，曰："我辈欲君殚一月工，堆字若干，分赠亲友，冀得小津润。今先屈先生一餐，明日奉迎至某所。"宁大喜，随入酒肆，共恣饮啖。至漏下初鼓，主人促闭户。十数人一时不见，座上惟宁一人。无可置辩，乃倾囊偿值。懊恼而归。不知为幻术，为狐魅也。李露园曰："此君自宜食此报。"

又奴子张凯，初为沧州隶，后夜闻罪人暗泣声，心动辞去，鬻身于先姚安公。年四十馀无子。一日，其妇临蓐，凯愀然曰："其女乎？"已而果然。问："何以知之？"曰："我为隶时，有某控其妇与邻人张九私。众知其枉，而事涉暧昧，无以代白也。会官遣我拘张九。我禀曰：'张九初五日以逋赋拘，初八日笞十五去矣，今不知所往，乞宽其限。'官检征比册，良是，怒某曰：'初七日张九方押禁，何由至汝嫂室乎？'杖而遣之，其实别一张九，吾借以支吾得免也。去岁，闻此妇死。昨夜梦其向我拜，知其转生为我女也。"后此女嫁为贾人妇，凯夫妇老且病，竟赖其孝养以终。杨椒山有《罗刹成佛记》。若此奴者，亦近于罗刹成佛欤？

冯平宇言：有张四喜者，家贫佣作。流转至万全山中，遇翁妪留治圃。爱其勤苦，以女赘之。越数岁，翁妪言往塞外省长女，四喜亦挈妇他适，久而渐觉其为狐，耻与异类偶，伺其独立，潜弯弧射之，中左股。狐女以手拔矢，一跃直至四喜前，持矢数之曰："君太负心，殊使人恨！虽然，他狐媚人，苟且野合耳。我则父母所命，以礼结婚，有夫妇之义焉。三纲所系，不敢仇君。君既见弃，亦不敢强住聒君。"握四喜之手痛哭，逾数刻，乃蹶然逝。四喜归，越数载，病死，无棺以敛。狐女忽自外哭入，拜谒姑舅，具述始末。且曰："儿未嫁，故敢来也。"其母感之，詈四喜无良。狐女俯不语，邻妇不平，亦助之詈。狐女瞋视曰："父母詈儿，无不可者。汝奈何对人之妇，詈人之夫？"振衣竟出，莫知所往。去后，于四喜尸旁得白金五两，因得成葬。后四喜父母贫困，往往于盎中箧内，无意得钱米，盖亦狐女所致也。皆谓此狐非惟形化，人心亦化人矣。或又谓狐虽知礼，不至此。殆平宇故撰此事，以愧人之不如者。姚安公曰："平宇虽村叟，而立心笃实，平生无一字虚妄。与之谈，讷讷不出口，非能造作语言者也。"

余督学闽中时，院吏言：雍正中，学使有一姬堕楼死，不闻有他故，以为偶失足也。久而有泄其事者，曰：姬本山东人，年十四五，嫁一窭人子。数月矣，夫妇甚相得，形影不离。会岁饥不能自活，其姑卖诸贩鬻妇女者。与其夫相抱，泣彻夜，啮臂为志而别。夫念之不置，沿途乞食，兼程追及贩鬻者，潜随至京师，时于车中一觌面。幼年怯懦，惧遭诃詈，不敢近相视，挥涕而已。既入官媒家，时时候于门侧，偶得一睹，彼此约勿死。冀天上人间，终一相见也。

后闻为学使所纳，因投身为其幕友仆，共至闽中。然内外隔绝，无由通问，其妇不知也。一日病死。妇闻婢媪道其姓名、籍贯、形状、年齿，始知之。时方坐笔捧楼上，凝立良久，忽对众备言始末，长号数声，奋身投下死。学使讳言之，故其事不传，然实无可讳也。

大抵女子殉夫，其故有二：一则揞柱纲常，宁死不辱，此本乎礼教者也；一则忍耻偷生，苟延一息，冀乐昌破镜，再得重圆。至望绝势穷，然后一死以明志，此生于情感者也。此女不死于贩鬻之手，不死于媒氏之家，至玉玷花残，得故夫凶问而后死，诚为太晚。然其死志则久定矣，特私爱缠绵，不能自割。彼其意中，固不以当死不死为负夫之恩，直以可待不待为辜夫之望。哀其遇，悲其志，惜其用情之误则可矣。必执春秋大义，责不读书之儿女，岂与人为善之道哉！

壬申七月，小集宋蒙泉家，偶谈狐事。聂松岩曰：贵族有一事，君知之乎？曩以乡试在济南，闻有纪生者，忘其为寿光为胶州也。尝暮遇女子独行，泥泞颠蹶，倩之扶掖，念此必狐女，姑试与昵，亦足以知妖魅之情状。因语之曰："我识尔，尔勿诳我。然得妇如尔亦自佳。人静后可诣书斋，勿在此相调，徒多迂折。"女子笑而去，夜半果至，狎媟者数夕，觉渐为所惑，因拒使勿来。狐女怨詈不肯去。生正色曰："勿如是也。男女之事，权在于男。男求女，女不愿，尚可以强暴得；女求男，男不愿，则心如寒铁，虽强暴亦无所用之。况尔为盗我精气来，非以情合，我不为负尔情。尔阅人多矣，难以节言，我亦不为堕尔节。始乱终弃，君子所恶，为人言之，不为尔曹言之也。尔何必恋恋于此，徒为无益。"狐女竟词穷而去。乃知一受蛊惑，缠绵至死，符篆不能驱遣者，终由情欲牵连，不能自割耳。使泊然不动，彼何所取而不去哉。

法南野又说一事曰：里有恶少数人，闻某氏荒冢有狐，能化形媚人。夜携罝罟布穴口，果掩得二牝狐。防其变幻，急以锥刺其髀，贯之以索，操刃胁之曰："尔果能化形为人，为我辈行酒，则贷尔命，否则立磔尔！”二狐嗥叫跳掷，如不解者，恶少怒，刺杀其一；其一乃人语曰：“我无衣履，及化形为人，成何状耶？”又以刃拟颈，乃宛转成一好女子，裸无寸缕。众大喜，迭肆无礼，复拥使侑觞，而始终掣索不释手。狐妮妮软语，祈求解索，甫一脱手，已瞥然逝。归未到门，遥见火光，则数家皆焦土，杀狐者一女焚焉。知狐之相报也，狐不扰人，人乃扰狐，多行不义，其及也宜哉。

清远先生亦说一事曰：朱某一婢，粗材也。稍长，渐慧黠，眉目亦渐秀媚，因纳为妾。颇有心计，摒挡井井，米盐琐屑，家人纤毫不敢欺，欺则必败。又善居积，凡所贩鬻，来岁价必贵，朱以渐裕，宠之专房。一日忽谓朱曰：“君知我为谁？”朱笑曰：“尔颠耶？”因戏举其小名曰：“尔非某耶？”曰：“非也，某逃去久矣，今为某地某人妇，生子已七八岁。我本狐女，君九世前为巨商，我为司会计。君遇我厚，而我干没君三千馀金。冥谪堕狐身，炼形数百年，幸得成道，然坐此负累，终不得升仙，故因此婢之逃，幻其貌以事君。计十馀年来，所入足以敌所逋，今尸解去矣。我去之后，必现狐形。君可付某仆埋之。彼必裂尸而取革，君勿罪彼。彼四世前为饿殍时，我未成道，曾啖其尸，听彼碎磔我，庶冤可散也。”俄化狐仆地，有好女长数寸，出顶上，冉冉去，其貌则别一人矣。朱不忍而自埋之，卒为此仆窃发，剥卖其皮。朱知为夙业，浩叹而已。

费长房劾治百鬼，乃后失其符，为鬼所杀。明崇俨卒，剚刃陷胸，莫测所自。人亦谓役鬼太苦，鬼刺之也。恃术者终以术败，盖多有之。

刘香畹言：有僧善禁咒，为狐诱至旷野，千百为群，嗥叫搏噬。僧运金杵，击踣人形一老狐，乃溃围出。后遇于途，老狐投地膜拜曰：“曩蒙不杀，深自忏悔。今愿皈依受五戒。”僧欲摩其顶，忽掷一物幂僧面，遁形而去。其物非帛非革，色如琥珀，粘若漆，牢不可脱。瞀闷不可忍，使人奋力揭去，则面皮尽剥，痛晕殆绝，后痂落无复人状矣。又一游僧，榜门曰“驱狐”。亦有狐来诱，僧识为魅，摇铃诵梵咒。狐骇而逃。旬月后，有媪叩门，言家近墟墓，日为狐扰，乞往禁治。僧出小镜照之，灼然人也，因随往。媪导至堤畔，忽攫其书囊掷河中，符箓法物，尽随水去。妪亦奔匿秫田中，不可踪迹。方懊恼间，瓦砾飞击，面目俱败。幸赖梵咒自卫，狐不能近，狼狈而归。次日即愧遁，久乃知妪即土人，其女与狐昵；因其女赂以金，使盗其符耳。此皆术足以胜狐，卒为狐算。狐有策而僧无备，狐有党而僧无助也。况术不足胜而轻与妖物角乎？

画士张无念，寓京师樱桃斜街。书斋以巨幅阔纸为窗帧，不着一棂，取其明也。每月明之夕，必有一女子全影在帧心。启户视之，无所睹，而影则如故，以不为祸祟，亦姑听之。一夕谛视，觉体态生动，宛然入画。戏以笔四周钩之，自是不复见；而墙头时有一女子露面下窥。忽悟此鬼欲写照，前使我见其形，今使我见其貌也。与语不应，注视之亦不羞避，良久乃隐。因补写眉目衣纹，作一仕女图。夜闻窗外语曰："我名亭亭。"再问之，已寂。乃并题于幨上。后为一知府买去（或曰是李中山）。或曰："狐也，非鬼也，于事理为近。"或曰："本无是事，无念神其说耳。"是亦不可知。然香魂才鬼，恒欲留名于后世。由今溯古，结习相同，固亦理所宜有也。

姚安公官刑部江苏司郎中时，西城移送一案，乃少年强污幼女者，男年十六，女年十四。盖是少年游西顶归，见是女撷菜圃中，因相逼胁。逻卒闻女号呼声，就执之。讯未竟，两家父母俱投词，乃其未婚妻，不相知而误犯也。于律未婚妻和奸有条，强奸无条。方拟议间，女供亦复改移，称但调谑而已，乃薄责而遣之。或曰："是女之父母受重赂，女亦爱此子丰姿，且家富，故造此虚词以解纷。"姚安公曰："是未可知，然事止婚姻，与贿和人命，冤沈地下者不同。其奸未成，无可验；其贿无据，难以质。女子允矣，父母从矣，媒保有确证，邻里无异议矣。两造之词，亦无一毫之牴牾矣。君子可欺以其方，不能横加锻炼，入一童子远戍也。"

文水李华廷言：去其家百里一废寺，云有魅，无敢居者。有贩羊者十余人，避雨宿其中。夜闻呜呜声，暗中见一物，臃肿团圞，不辨面目，蹒跚而来，行甚迟重。众皆无赖少年，殊不恐怖，共以破砖掷击，中声铮然，渐缩退欲却。觉其无能，噪而追之，至寺门坏墙侧，屹然不动。逼视，乃一破钟，内多碎骨，意其所食也。次日，告土人，冶以铸器，自此怪绝。此物之钝极矣，而亦出嬲人，卒自碎其质。殆见夫善幻之怪，有为祟者，从而效之也。余家一婢，沧州山果庄人也。言是庄故盗薮，有人见盗之获利，亦从之。行捕者急，他盗格斗跳免，而此人就执伏法焉。其亦此钟之类也夫。

舅氏安公介然言：有柳某者，与一狐友，甚昵。柳故贫，狐恒周其衣食。又负巨室钱，欲质其女。狐为盗其券，事乃已。时来其家，妻子皆与相问答，但惟柳见其形耳。狐媚一富室女，符箓不能遣，募能劾治者予百金。柳夫妇素知其事。妇利多金，怂恿柳伺隙杀狐。柳以负心为歉。妇谇曰："彼能媚某家女，不能媚汝女耶？昨以五金为汝女制冬衣，其意恐有在，此患不可不除也。"柳乃阴市砒霜，沽酒以待。狐已知之。会柳与乡邻数人坐，狐于檐际呼柳名，先叙相契之深，次陈相周之久，次乃一一发其阴谋，曰："吾非不能为尔祸，然周旋已久，宁忍便作寇仇？"又以布一匹，棉一束自檐掷下，曰："昨尔幼儿号寒苦，许为作被，不可失信于孺子矣！"众意不平，咸诮让柳。狐曰："交不择人，亦吾之过，世情如是，亦何足深尤？吾姑使知之耳。"太息而去。柳自是不齿于乡党，亦无肯资济升斗者。挈家夜遁，竟莫知所终。

侍姬郭氏，其父大同人，流寓天津。生时，其母梦鬻端午彩符者，买得一枝，因以为名。年十三归余。生数子，皆不育，惟一女，适德州卢荫文，晖吉观察子也。晖吉善星命，尝推其命，寿不能四十，果三十七而卒。余在西域时，姬已病瘵，祈签关帝，问："尚能相见否？"得一签曰："喜鹊檐前报好音，知君千里有归心。绣帏重结鸳鸯带，叶落霜雕寒色侵。"谓余即当以秋冬归，意甚喜。时门人邱二田在寓闻之，曰："见则必见，然末句非吉语也。"后余辛卯六月还。姬病良已，至九月，忽转剧，日渐沈绵，遂以不起。殁后，晒其遗箧，余感赋二诗，曰："风花还点旧罗衣，惆怅酴醾片片飞。恰记香山居士语：'春随樊素一时归。'(姬以三月三十日亡，恰送春之期也。)百折湘裙飐画栏，临风还忆步珊珊。明知神谶曾先定，终惜'芙蓉不耐寒'。"(未必长如此，"芙蓉不耐寒"，寒山子诗也，即用签中意也。)

霍养仲言：一旧家壁悬仙女骑鹿图，款题"赵仲穆"，不知确否也。(仲穆名雍，松雪之子也。)每室中无人，则画中人缘壁而行，如灯戏之状。一日，预系长绳于轴首，伏人伺之。俟其行稍远，急掣轴出，遂附形于壁上，彩色宛然，俄而渐淡，俄而渐无，越半日而全隐。疑其消散矣。余尝谓画无形质，亦无精气，通灵幻化，似未必然；古书所谓画妖，疑皆有物凭之耳。后见林登《博物志》载北魏元兆，捕得云门黄花寺画妖，兆诘之曰："尔本虚空，画之所作，奈何有此妖形？"画妖对曰"形本是画，画以象真；真之所示，即乃有神。况所画之上，精灵有凭可通。此臣之所以有感，感而幻化，臣实有罪"云云。其言似亦近理也。

骁骑校萨音绰克图与一狐友。一日，狐仓皇来曰："家有妖祟，拟借君坟园栖眷属。"怪问："闻狐祟人，不闻有物更祟狐，是何魅欤？"曰："天狐也，变化通神，不可思议；鬼出电入，不可端倪。其祟人，人不及防；或祟狐，狐亦弗能睹也。"问："同类何不相惜欤？"曰："人与人同类，强凌弱，智绐愚，宁相惜乎？"魅复遇魅，此事殊奇。天下之势，辗转相胜；天下之巧，层出不穷，千变万化，岂一端所可尽乎？

卷十三　槐西杂志三

丁卯同年郭彤纶，戊辰上公车，宿新中驿旅舍。灯下独坐吟哦，闻窗外曰："公是文士，西壁有一诗请教。"出视无所睹；至西壁拂尘寻视，有旅邸卧病诗八句，词甚凄苦，而鄙俚不甚成句。岂好㧟壁人，死尚结习未忘耶？抑欲彤纶传其姓名，俾人知某甲旅卒于是，冀家人归其骨也？

吴惠叔言：太湖有渔户嫁女者，舟至波心，风浪陡作，舵师失措，已攲仄欲沉。众皆相抱哭，突新妇破帘出，一手把舵，一手牵篷索，折戗飞行，直抵婿家，吉时犹未过也。洞庭人传以为奇，或有以越礼讥者，惠叔曰："此本渔户女，日日船头持篙橹，不能责以必为宋伯姬也。"

又闻吾郡有焦氏女，不记何县人，已受聘矣。有谋为媵者，中以蜚语，婿家欲离婚。父讼于官，而谋者陷阱已深，非惟证佐凿凿，且有自承为所欢者。女见事急，竟倩邻媪导至婿家，升堂拜姑曰："女非妇比，贞不贞有明证也。儿与其献丑于官媒，仍为所诬，不如献丑于母前。"遂阖户弛服，请姑验。讼立解。此较操舟之新妇更越礼矣。然危急存亡之时，有不得不如是者。讲学家动以一死责人，非通论也。

杨雨亭言：劳山深处，有人兀坐木石间，身已与木石同色矣。然呼吸不绝，目炯炯尚能视。此婴儿炼成，而闭不能出者也。不死不生，亦何贵于修道，反不如鬼之逍遥矣。大抵仙有仙骨，质本清虚；仙有仙缘，诀逢指授。不得真传而妄意冲举，因而致害者不一。此人亦其明鉴也。或曰："以刃破其顶，当兵解去。"此亦臆度之词，谈何容易乎！

古者大夫祭五祀，今人家惟祭灶神。若门神、若井神、若厕神、若中霤神，或祭或不祭矣。但不识天下一灶神欤？一城一乡一灶神欤，抑一家一灶神欤？如天下一灶神，如火神之类，必在祀典，今无此祀典也；如一城一乡一灶神，如城隍社公之类，必有专祠，今未见处处有专祠也；然则一家一灶神耳，又不识天下人家，如恒河沙数，天下灶神亦当如恒河沙数，此恒河沙数之灶神，何人为之？何人命之？神不太多耶？人家迁徙不常，兴废亦不常，灶神之闲旷者何所归？灶神之新增者何自来？日日铨除移改，神不又太烦耶？此诚不可以理解。然而遇灶神者，乃时有之。余小时见外祖雪峰张公家，一司爨妪好以秽物扫入灶。夜梦乌衣人呵之，且批其颊。觉而颊肿成痈，数日巨如杯，脓液内溃，从口吐出，稍一呼吸辄入喉，呕哕欲死。立誓虔祷，乃愈。是又何说欤？或曰："人家立一祀必有一鬼凭之，祀在则神在，祀废则神废，不必一一帝所命也。"是或然矣。

崔崇屽，汾阳人，以卖丝为业。往来于上谷、云中有年矣。一岁，折阅十馀金，其曹偶有怨言。崇屽恚愤，以刃自剖其腹。肠出数寸，气垂绝。主人及其未死，急呼里胥与其妻至，问："有冤耶？"曰："吾拙于贸易，致亏主人资。我实自愧，故不欲生，与人无预也。其速移我返，毋以命案为人累。"主人感之，赠数十金为棺敛费。奄奄待尽而已。有医缝其肠纳之腹中，敷药结痂，竟以渐愈，惟遗矢从刃伤处出，谷道闭矣。后贫甚，至鬻其妻。旧共卖丝者怜之，各赠以丝，俾捻线自给。渐以小康，复娶妻生子。至乾隆癸巳、甲午间，年七十乃终。其乡人刘炳为作传，曹受之侍御录以示余，因撮记其大略。

夫贩鬻丧资，常事也。以十馀金而自戕，崇屽可谓轻生矣。然其本生，则以本无毫发私，而其迹有似于干没，心不能白，以死自明，其平生之自好可知矣。濒死之顷，对众告明里胥，使官府无可疑；切嘱其妻，使眷属无可讼，用心不尤忠厚欤？当死不死，有天道焉，事似异而非异也。

乾隆甲子，余在河间应科试。有同学以帕幂首，云堕驴伤额也。既而有同行者知之，曰："是于中途遇少妇，靓妆独立官柳下，忽按辔问途。少妇曰：'南北驿路，车马往来，岂有迷途之患？尔直欺我孤立耳。'忽有飞瓦击之，流血被面。少妇径入秫田去，不知是人是狐是鬼也。但未见举手而瓦忽横击，疑其非人，鬼又不应白日出，疑其狐矣。"高梅村曰："此不必深问。无论是人是狐是鬼，总之当击耳。"又丁卯秋，闻有京官子，暮过横街东，为娼女诱入室。突其夫半夜归，胁使尽解衣履，裸无寸缕，负置门外丛冢间。京官子无计，乃号呼称遇鬼，有人告其家，迎归。姚安公时官户部，闻之笑曰："今乃知鬼能作贼。此均足为佻薄者戒也。"

季廉夫言：泰兴有贾生者，食饩于庠，而癖好符录禁咒事。寻师访友，炼五雷法，竟成。后病笃，恍惚见鬼来摄。举手作诀，鬼不能近。既而家人闻屋上金铁声，奇鬼狰狞，汹涌而入。咸悚惶避出。遥闻若相格斗者，彻夜乃止。比晓视之，已伏于床下死，手掊地成一深坎，莫知何故也。夫死生数也，数已尽矣，犹以小术与人争，何其不知命乎？

廉夫又言：钟太守光豫官江宁时，有幕友二人，表兄弟也。一司号籍，一司批发，恒在一室同榻寝。一夕，一人先睡，一人犹秉烛，忽见案旁一红衣女子坐，骇极呼其一醒，拭目惊视，则非女子，乃奇形鬼也。直前相搏，二人并昏仆。次日，众怪门不启，破扉入，视其先见者已死，后见者气息仅属，灌治得活。乃具述夜来状。鬼无故扰人，事或有之；至现形索命，则未有无故而来者。幕府宾佐非官，而操官之权，笔墨之间，动关生死，为善易，为恶亦易，是必冤谴相寻，乃有斯变。第不知所缘何事耳。

乌鲁木齐军吏茹大业言：古浪回民有踞佛殿饮博者，寺僧孤弱，勿能拒也。一夜，饮方酣，一人舒拇指呼曰："一。"突有大拳，如五斗栲栳，自门探入，五指齐张，厉声呼曰："六。"举掌一拍，烛灭几碎,十馀人并惊仆。至晓,乃各渐苏,自是不敢复至矣。佛于众生无计较心,其护法善神之示现乎?

献县刑房吏王瑾,初作吏时,受贿欲出一杀人罪。方濡笔起草,纸忽飞著承尘上,旋舞不下。自是不敢枉法取钱,恒举以戒其曹偶,不自讳也。后一生温饱,以老寿终。又一吏恒得贿舞文,亦一生无祸,然三女皆为娼。其次女事发当杖,伍伯夙戒其徒曰:“此某师傅女(土俗呼吏曰“师傅”),宜从轻。”女受杖讫,语鸨母曰:“微我父曾为吏,我今日其殆矣。”嗟乎!乌知其父不为吏,今日原不受杖哉!

交河有姊妹二妓,皆为狐所媚,羸病欲死。其家延道士劾治,狐不受捕。道士怒,趣设坛,牒雷部。狐化形为书生,见道士曰:“炼师勿苦相仇也。夫采补杀人,诚干天律,然亦思此二女者何人哉!饰其冶容,蛊惑年少,无论其破人之家,不知凡几,废人之业,不知凡几,间人之夫妇,不知凡几,罪皆当死。即彼摄人之精,吾摄其精,彼致人之疾,吾致其疾,彼戕人之命,吾戕其命。皆所谓请君入瓮,天道宜然,炼师何必曲庇之?且炼师之劾治,谓人命至重耳。夫人之为人,以有人心也。此辈机械万端,寒暖百变,所谓人面兽心者也。既已兽心,即以兽论。以兽杀兽,事理之常,深山旷野,相食者不啻恒河沙数,可一一上渎雷部耶?”道士乃舍去。论者谓道士不能制狐,造此言也。然其言则深切著明矣。

鱼门又言:游士某,在广陵纳一妾,颇娴文墨。意甚相得,时于闺中倡和。一日,夜饮归,僮婢已睡,室内暗无灯火。入视阒然,惟案上一札曰:“妾本狐女,僻处山林,以夙负应偿,从君半载。今业缘已尽,不敢淹留。本拟暂住待君,以展永别之意,恐两相凄恋,弥难为怀。是以茹痛竟行,不敢再面。临风回首,百结柔肠。或以此一念,三生石上,再种后缘,亦未可知耳!诸惟自爱,勿以一女子之故,至损清神。则妾虽去,而心稍慰矣。”某得书悲感,以示朋旧,咸相嘻叹。以典籍尝有此事,勿致疑也。后月馀,妾与所欢北上,舟行被盗,鸣官待捕;稽留淮上者数月,其事乃露。盖其母重鬻于人,伪以狐女自脱也。周书昌曰："是真狐女，何伪之云？吾恐志异诸书所载，始遇仙姬，久而舍去者，其中或不无此类也乎？"

余在翰林日，侍读索公尔逊，同斋戒于待诏厅，(厅旧有何义门书"衡山旧署"一匾，又联句一对。今联句尚存，匾则久亡矣。)索公言：前征霍集占时，奉参赞大臣檄调。中途逢大雪，车仗不能至，仅一行帐随，姑支以憩。苦无枕，觅得二三死人首，主仆枕之，夜中并蠕蠕掀动，叱之乃止。余谓此非有鬼，亦非因叱而止也。当断首时，生气未尽，为严寒所束，郁伏于中，得人气温蒸，冻解而气得外发，故能自动。已动则气散，故不再动矣。凡物生性未尽者，以火炙之皆动，是其理也。索公曰："从古战场，不闻逢鬼，吾心恶之，谓吾命衰也。今日乃释此疑。"

有富室子病危，绝而复苏，谓家人曰："吾魂至冥司矣。吾尝捐金活二命，又尝强夺某女也。今活命者在冥司具状保，而女之父亦诉牒喧辩。尚未决，吾且归也。"越二日，又绝而复苏曰："吾不济矣。冥吏谓夺女大恶，活命大善，可相抵。冥王谓活人之命，而复夺其女，许抵可也。今所夺者此人之女，而所活者彼人之命；彼人活命之德，报此人夺女之仇，以何解之乎？既善业本重，未可全销，莫若冥司不刑赏，注来生恩自报恩，怨自报怨可也。"语讫而绝。

案欧罗巴书不取释氏轮回之说，而取其天堂地狱，亦谓善恶不相抵，是绝恶人为善之路也。大抵善恶可抵，而恩怨不可抵，所谓冤家债主，须得本人是也。寻常善恶可抵，大善大恶不可抵。曹操赎蔡文姬，不得不谓之义举，岂足抵篡弑之罪乎？曹操虽未篡，然以周文王自比，其志则篡也。特畏公议耳。至未来生中，人未必相遇，事未必相值。故因缘凑合者，或在于数世之后耳。

宋村厂(从弟东白庄名，土人省语呼"厂里"。)仓中旧有狐。余家未析箸时，姚安公从王德庵先生读书是庄。仆隶夜入仓院，多被瓦击，而不见其形，惟先生得纳凉其中，不遭扰戏。然时见男女往来，且木榻藤枕，俱无纤尘，若时拂拭者。一日，暗中见一人循墙走，似是一翁。呼问之曰:“吾闻狐不近正人,吾其不正乎?”翁拱手对曰:“凡兴妖作祟之狐,则不敢近正人。若读书知礼之狐,则乐近正人。先生君子也,故虽少妇稚女,亦不相避,信先生无邪心也。先生何反自疑耶?”先生曰:“虽然,幽明异路,终不宜相接,请勿见形,可乎?”翁磬折曰:“诺。”自是不复睹矣。

瑞彰又言:尝偕数友游西山,至林峦深处,风日暄妍,泉石清旷,杂树新绿,野花半开。眺赏间,闻木杪诵书声。仰视无人,因揖而遥呼曰:“在此朗吟,定为仙侣。叨同儒业,可请下一谈乎?”诵声忽止,俄琅琅又在隔溪。有欲觅路追寻者,瑞彰曰:“世外之人,趁此良辰,尚耽研典籍。我辈身列黉宫,乃在此携酒榼看游女,其鄙而不顾宜矣。何必多此跋涉乎?”众乃止。

沧州有一游方尼,即前为某夫人解说因缘者也。不许妇女至其寺,而肯至人家。虽小家以粗粝为供,亦欣然往。不劝妇女布施,惟劝之存善心,作善事。外祖雪峰张公家,一范姓仆妇,施布一匹。尼合掌谢讫,置几上片刻,仍举付此妇曰:“檀越功德,佛已鉴照矣。既蒙见施,布即我布。今已九月,顷见尊姑犹单衫。谨以奉赠,为尊姑制一絮衣,可乎?”仆妇踧踖无一词,惟面赪汗下。姚安公曰:“此尼乃深得佛心,惜闺阁多传其轶事,竟无人能举其名。”

先太夫人乳母廖媪言:四月二十八日,沧州社会也,妇女进香者如云。有少年于日暮时,见城外一牛车向东去,载二女,皆妙丽,不类村妆。疑为大家内眷,又不应无一婢媪,且不应坐露车。正疑思间,一女遗红帕于地,其中似裹数百钱,女及御者皆不顾。少年素朴愿,恐或追觅为累,亦未敢拾。归以告母,谯诃其痴。越半载,邻村少年为二狐所媚,病瘵死。有知其始末者,曰:“正以拾帕索帕,两相调谑媾合也。”母闻之,憬然悟曰:“吾乃知痴是不痴,不痴是痴。”

先师陈文勤公言:有一同乡,不欲著其名,平生亦无大过恶,惟事事欲利归于己,害归于人,是其本志耳。一岁,北上公车,与数友投逆旅。雨暴作，屋尽漏。初觉漏时，惟北壁数尺无渍痕。此人忽称感寒，就是榻蒙被取汗。众知其诈病，而无词以移之也。雨弥甚，众坐屋内如露宿，而此人独酣卧。俄北壁颓圮。众未睡皆急奔出；此人正压其下，额破血流，一足一臂并折伤，竟舁而归。此足为有机心者戒矣。因忆奴子于禄，性至狡。从余往乌鲁木齐，一日早发，阴雨四合。度天欲雨，乃尽置其衣装于车箱，以余衣装覆其上。行十馀里，天竟放晴，而车陷于淖，水从下入，反尽濡焉。其事亦与此类。信巧者造物之所忌也。

李应弦言：甲与乙邻居世好，幼同嬉戏，长同砚席，相契如兄弟。两家男女时往来，虽隔墙，犹一宅也。

或为甲妇造谤，谓私其表弟。甲侦无迹，然疑不释，密以情告乙，祈代侦之。乙故谨密畏事，谢不能。甲私念未侦而谢不能，是知其事而不肯侦也，遂不再问，亦不明言。然由是不答其妇。妇无以自明，竟郁郁死。死而附魂于乙，曰："莫亲于夫妇。夫妇之事，乃密祈汝侦，此其信汝何如也。使汝力白我冤，甲疑必释；或阳许侦而徐告以无据，甲疑亦必释。汝乃虑脱侦得实，不告则负甲，告则汝将任怨也。遂置身事外，恝然自全，致我赍恨于泉壤，是杀人而不操兵也。今日诉汝于冥王，汝其往质。"竟颠痫数日死。甲亦曰："所以需朋友，为其缓急相资也。此事可欺我，岂能欺人？人疏者或可欺，岂能欺汝？我以心腹托汝，无则当言无，直词责我勿以浮言间夫妇，有则宜密告我，使善为计，勿以秽声累子孙。乃视若路人，以推诿启疑窦，何贵有此朋友哉！"遂亦与绝。死竟不吊焉。

乙岂真欲杀人哉？世故太深，则趋避太巧耳。然畏小怨，致大怨；畏一人之怨，致两人之怨，卒杀人而以身偿，其巧安在乎？故曰：非极聪明人，不能作极懵懂事。

特纳格尔为唐金满县地，尚有残碑。吉木萨有唐北庭都护府故城，则李卫公所筑也。周四十里，皆以土墼垒成。每墼厚一尺，阔一尺五六寸，长二尺七八寸。旧瓦亦广尺馀，长一尺五六寸。城中一寺已圮尽，石佛自腰以下陷入土，犹高七八尺。铁钟一，高出人头，四围皆有铭，锈涩模糊，一字不可辨识。惟刮视字棱，相其波磔，似是八分书耳。城中皆黑煤，掘一二尺乃见土。额鲁特云："此城昔以火攻陷，四面炮台，即攻城时所筑。"其为何代何人，则不能言之。盖在准噶尔前矣。城东南山岗上一小城，与大城若相犄角。额鲁特云："以此一城阻碍，攻之不克，乃以炮攻也。"

庚寅冬，乌鲁木齐提督标增设后营，余与永馀斋（名庆，时为迪化城督粮道，后官至湖北布政使。）奉檄筹画驻兵地，万山丛杂，议数日未定。余谓馀斋曰："李卫公相度地形，定胜我辈。其所建城必要隘，盍因之乎？"馀斋以为然，议乃定。即今古城营也。（名"破城"，大学士温公为改此名。）其城望之似悬孤，然山中千蹊万径，其出也必过此城，乃知古人真不可及矣。褚筠心学士修《西域图志》时，就访古迹，偶忘语此，今附识之。

桐城姚别峰，工吟咏，书仿赵吴兴，神骨逼肖。尝摹吴兴体作伪迹，薰暗其纸，赏鉴家勿能辨也。与先外祖雪峰张公交相善，往来恒主其家，动淹旬月。后闻其观潮没于水，外祖甚悼惜之。余小时多见其笔迹，惜年幼不知留意，竟忘其名矣。舅祖紫衡张公（先祖母与先母为姑侄，凡祖母兄弟，惟雪峰公称外祖，有服之亲，从其近也；余则皆称舅祖，统于尊也。）尝延之作书，居宅西小园中。一夕月明，见窗上有女子影，出视则无。四望园内，似有翠裙红袖，隐隐树石花竹间。东就之则在西，南就之则在北。环走半夜，迄不能一睹，倦而憩息。闻窗外语曰："君为书《金刚经》一部，则妾当相见拜谢。不过七千馀字，君肯见许耶？"别峰故好事，急问："卿为谁？"寂不应矣。适有宣纸素册，次日，尽谢他笔墨，一意写经。写成，炷香供几上，觊其来取。夜中已失之。至夕，徘徊怅望，果见女子冉冉花外来，叩颡至地。别峰方举手引之，挺然起立，双目上视，血淋漓胸臆间，乃自刭鬼也。噭然惊仆，馆僮闻声持烛至，已无睹矣。顿足恨为鬼所卖。雪峰公曰："鬼云拜谢，已拜谢矣。鬼不卖君，君自生妄念，于鬼何尤？"

于南溟明经曰："人生苦乐，皆无尽境；人心忧喜，亦无定程。曾经极乐之境，稍不适则觉苦；曾经极苦之境，稍得宽则觉乐矣。尝设帐康宁屯，馆室湫隘，几不可举头。门无帘，床无帐，院落无树。久旱炎郁，如坐炊甑；解衣午憩，蝇扰扰不得交睫。烦躁殆不可耐，自谓此猛火地狱也。久之，倦极睡去，梦乘舟去大海中，飓风陡作，天日晦冥，樯断帆摧，心胆碎裂，顷刻覆没。忽似有人提出，掷于岸上，即有人持绳束缚，闭置地窖中。暗不睹物，呼吸亦咽塞不通，恐怖窘急，不可言状。俄闻耳畔唤声，霍然开目，则仍卧三脚木榻上。觉四体舒适，心神开朗，如居蓬莱、方丈间也。是夕月明，与弟子散步河干，坐柳下，敷陈此义，微闻草际叹息曰：'斯言中理，我辈沉沦水次，终胜于地狱中人。'"

田白岩曰："名妓月宾，尝来往渔洋山人家，如东坡之于琴操也。"苏斗南因言少时见山东一妓，自云月宾之孙女，尚有渔洋所赠扇。索观之，上画一临水草亭，傍倚二柳，题"庚寅三月道冲写"。不知为谁。左侧有行书一诗曰："烟缕濛濛蘸水青，纤腰相对斗娉婷。樽前试问香山老，柳宿新参第几星？"不署名字，一小印已模糊。斗南以为高年耆宿，偶赋闲情，故讳不自著也。余谓诗格风流，是新城宗派。然渔洋以辛卯夏卒，庚寅是其前一岁，是时不当有老友。"香山老"定指何人，如云自指，又不当云"试问"。且词意轻巧，亦不类老笔。或是维摩丈室，偶留天女散花，他少年代为题扇，以此调之。妓家借托盛名，而不解文义，遂误认颜标耳。

列子谓蕉鹿之梦，非黄帝孔子不能知。谅哉斯言！余在西域，从办事大臣巴公履视军台。巴公先归，余以未了事暂留，与前副将梁君同宿。二鼓有急递，台兵皆差出，余从睡中呼梁起，令其驰送，约至中途，遇台兵则使接递。梁去十余里，相遇即还，仍复酣寝。次日告余曰："昨梦公遣我赍廷寄，恐误时刻，鞭马狂奔。今日髀肉尚作楚，真大奇事！"以真为梦，仆隶皆粲然。余《乌鲁木齐杂诗》曰："一笑挥鞭马似飞，梦中驰去梦中归。人生事事无痕过，（东坡诗：

“事如春梦了无痕。”）蕉鹿何须问是非？”即纪此事也。又有以梦为真者，族兄次辰言：静海一人，就寝后，其妇在别屋夜绩。此人忽梦妇为数人劫去，噩而醒，不自知其梦也。遽携梃出门追之。奔十馀里，果见旷野数人携一妇，欲肆强暴。妇号呼震耳。怒焰炽腾，力奋死斗，数人皆被创逸去。近前慰问，乃近村别一人妇，为盗所劫者也。素亦相识，姑送还其家。惘惘自返，妇绩未竟，一灯尚荧然也。此则鬼神或使之，又不以梦论矣。

临清李名儒言：其乡屠者买一牛，牛知为屠也，缒不肯前。鞭之则横逸。气力殆竭，始强曳以行。牛过一钱肆，忽向门屈两膝跪，泪涔涔下。钱肆悯之，问知价钱八千，如数乞赎。屠者恨其犷，坚不肯卖，加以子钱亦不许，曰：“此牛可恶，必剸刃而甘心，虽万贯不易也。”牛闻是言，蹶然自起，随之去。屠者煮其肉于釜，然后就寝。五更，自起开釜，妻子怪不回，疑而趋视，则已自投釜中，腰以上与牛俱糜矣。

夫凡属含生，无不畏死。不以其畏而悯恻，反以其畏而恚愤，牛之怨毒，加寻常数等矣。厉气所凭，报不旋踵，宜哉！先叔仪南公，尝见屠者许学牵一牛。牛见先叔跪不起，先叔赎之，以与佃户张存。存豢之数年，其驾耒服辕，力作较他牛为倍，然则恩怨之间，物犹如此，人可不深长思哉！

甲与乙望衡而居，皆宦裔也。其妇皆以姣丽称，二人相契如弟兄，二妇亦相契如姊妹。乙俄卒，甲妇亦卒，乃百计图谋娶乙妇。士论讥焉。纳币之日，厅事有声登登然，如挝叠鼓。却扇之夕，风扑花烛灭者再，人知为乙之灵也。一日，甲妇忌辰，悬画像以祀，像旁忽增一人影，立妇椅侧，左手自后凭其肩，右手戏摩其颊，画像亦侧眸流盼，红晕微生，谛视其形，宛然如乙。似淡墨所渲染，而绝无笔痕；似隐隐隔纸映出，而眉目衣纹，又纤微毕露。心知鬼祟，急裂而焚之。然已众目共睹，万口喧传矣。异哉，岂幽冥恶其薄行，判使取偿于地下，示此变幻，为负死友者戒乎？

卷十四　槐西杂志四

林教谕清标言：曩馆崇安，传有士人居武夷山麓，闻采茶者言，某岩月夜有歌吹声，遥望皆天女也。士人故佻达，借宿山家，月出辄往，数夕无所遇。山家亦言有是事，但恒在月望，岁或一两闻，不常出也。士人托言习静，留待旬馀。一夕，隐隐似有声，乃潜踪急往，伏匿丛薄间。果见数女皆殊绝，一女方拈笛欲吹，瞥见人影，以笛指之，遽僵如束缚。然耳目犹能视听。俄清响透云，曼声动魄，不觉自赞曰："虽遭禁制，然妙音媚态已具赏矣。"语未竟，突一帕飞蒙其首，遂如梦魇，无闻无见，似睡似醒。迷惘约数刻，渐似苏息。诸女叱群婢曳出，谯呵曰："痴儿无状，乃窥伺天上花耶？"趣折修篁，欲行箠楚。士人苦自申理，言性耽音律，冀窃听幔亭法曲，如李謩之傍宫墙，实不敢别有他肠，希彩鸾甲帐。一女微哂曰："悯汝至诚，有小婢亦解横吹，姑以赐汝。"士人匐匍叩谢，举头已杳。回顾其婢，广颡巨目，短发鬈鬙，腰腹彭亨，气咻咻如喘。惊骇懊恼，避欲却走。婢固引与狎，捉搦不释。愤击仆地，化一豕嗥叫去，岩下乐声，自此遂绝。观是婢，殆是妖，非仙矣。或曰："仙借豕化婢戏之也。"倘或然欤？

刘燮甫言：有一学子，年十六七；聪俊韶秀，似是近上一流，甚望成立。一日，忽发狂谵语，如见鬼神。俟醒时问之，自云："景城社会观剧，不觉夜深，归途过一家求饮。惟一少妇，取水饮我，留我小坐，言其夫应官外出，须明日方归。流目送盼，似欲相就，爱其婉媚，遂相燕好。临行涕泣，嘱勿再来。以二钏赠我。次日视之，铜青斑斑，微有银色，似多年土中者。心知是鬼，而忆念不忘，昨再至其地，徘徊寻视，突有黑面长髯人，手批我颊。跄踉奔归，彼亦随至。从此时时见之，向我诟厉。我即忽睡忽醒，不知其他也。”父母为诣墓设奠，并埋其钏，俄其子瞋目呼曰：“我妇失钏，疑有别故；而未得主名，仅倒悬鞭五百，转鬻远处。今见汝窃来，乃知为汝所诱。此何等事，可以酒食金钱谢耶？”颠痫月馀，竟以不起。然则钻穴逾墙，即地下亦尚有祸患矣。

李云举言：东光有熏狐者，每载燧挟罟，来往墟墓间。一夜，伏伺之际，见一方巾襕衫人，自墓顶出，䰰䰰(苦侯反。说文曰：“鬼声也。”)长啸，群狐四集，围绕丛薄，狰狞嗥叫，齐呼捕此恶人，煮以作脯。熏狐者无路可逃，乃攀援上高树。方巾者指挥群狐，令锯树倒。即闻锯声訇訇然。熏狐者窘急，俯而号曰：“如蒙见释，不敢再履此地。”群狐不应，锯声更厉。如是号再三。方巾者曰：“果尔可设誓。”誓讫，鬼狐具不见。此鬼此狐，均可谓善了事矣。

盖侵扰无已，势不得不铤而走险，背城借一。以群狐之力，原不难于杀一人；然杀一人易，杀一人而激众人之怒，不焚巢犁穴不止也。仅使知畏而纵之，姑取和焉，则后患息矣。有力者不尽其力，乃可以养其威；屈人者使人易从，乃可以就服。召陵之役，不责以僭王，而责以苞茅，使易从也。屈完来盟即旋师，不尽其力，以养威也。讲学家说《春秋》者，动议齐桓之小就，方城汉水之固，不识可一战胜乎？一战而不胜，天下事尚可为乎？淮西符离之事，吾征诸史册矣。

虞惇又言：落星石北有渔梁，土人世擅其利，岁时以特牲祀梁神。偶有人教以毒鱼法，用芫花于上流挼渍，则下流鱼虾皆自死浮出，所得十倍于网罟。试之良验。因结团焦于上流，日施此术。一日，天方午，黑云自龙潭暴涌出，狂风骤雨，雷火赫然，燔其庐为烬。众惧，乃止。夫佃渔之法，肇自庖羲；然数罟不入，仁政存焉。绝流而渔，圣人尚恶；况残忍暴殄，聚族而坑哉！干神怒也宜矣。

周书昌曰：“昔游鹊华，借宿民舍。窗外老树森翳，直接冈顶。主人言时闻鬼语，不辨所说何事也。是夜月黑，果隐隐闻之，不甚了了。恐惊之散去，乃启窗潜出，匍匐草际，渐近窃听。乃讲论韩、柳、欧、苏文，各标举其佳处。一人曰：'如此乃是中声，何前后七子，必排斥不数，而务言秦汉，遂启门户之争？'一人曰：'质文递变，原不一途。宋末文格猥琐，元末文格纤秾，故宋景濂诸公，力追韩、欧，救以舂容大雅。三杨以后，流为台阁之体，日就肤廓，故李崆峒诸公，又力追秦、汉，救以奇伟博丽。隆万以后，流为伪体，故长沙一派又反唇焉。大抵能挺然自为宗派者，其初必各有根柢，是以能传其后，亦必各有流弊，是以互诋。然董江都、司马文园文格不同，同时而不相攻也。李、杜、王、孟诗格不同，亦同时而不相攻也。彼所得者深焉耳。后之学者，论甘则忌辛，是丹则非素，所得者浅焉耳。'语未竟，我忽作嗽声，遂乃寂然，惜不尽闻其说也。"

余曰："此与李词畹记饴山事，均以平心之论，托诸鬼魅语，已尽无庸歆后矣。"书昌微愠曰："永年百无一长，然一生不能作妄语。先生不信，亦不敢固争。"

袁愚谷制府，（讳守侗，长山人，官至直隶总督，谥"清悫"。）少与余同砚席，又为姻家。自言三四岁时，尚了了记前生。五六岁时，即恍惚不甚记。今则但记是一岁贡生，家去长山不远；姓名籍贯，家世事迹，全忘之矣。余四五岁时，夜中能见物，与昼无异。七八岁后，渐昏暗。十岁后遂全无睹。或夜半睡醒，偶然能见，片刻则如故。十六七后以至今，则一两年或一见，如电光石火，弹指即过。盖嗜欲日增，则神明日减耳。

同年邹道峰言：有韩生者，丁卯夏读书山中。窗外为悬崖，崖下为涧。涧绝陡，两岸虽近，然可望而不可至也。月明之夕，每见对岸有人影，虽知为鬼，度其不能越，亦不甚怖。久而见惯，试呼与语，亦响应。自言是堕涧鬼，在此待替。戏以馀酒凭窗洒涧内，鬼下就饮，亦极感谢，自此遂为谈友，诵肄之暇，颇消岑寂。

一日试问："人言鬼前知。吾今岁应举，汝知我得失否？"鬼曰："神不检籍，亦不能前知，何况于鬼？鬼但能以阳气之盛衰，知人年运；以神光之明晦，知人邪正耳。若夫禄命，则冥官执役之鬼，或旁窥窃听而知之；城市之鬼，或辗转相传而闻之，山野之鬼弗能也。城市之中，亦必捷巧之鬼乃闻之，钝鬼亦勿能也。譬君静坐此山，即官府之事不得知，况朝廷之机密乎？”一夕闻隔涧呼曰：“与君送喜。顷城隍巡山，与社公相语，似言今科解元是君也。”生亦窃自贺。及榜发，解元乃韩作霖，鬼但闻其姓同。其生太息曰：“乡中人传官里事，果若斯乎？”

王史亭编修言：有崔生者，以罪戍广东。恐携孥有意外，乃留其妻妾，只身行。到戍后，穷愁抑郁，殊不自聊；且回思少妇登楼，弥增怊怛。

偶遇一叟，自云姓董，字无念。言颇契，愍其流落，延为子师，亦甚相得。一夕，宾主夜酌，楼高月满，忽动离怀，把酒倚栏，都忘酬酢。叟笑曰：“君其有‘云鬟玉臂’之感乎？托在契末，已早为经纪，但至否未可知，故先不奉告，旬月后当有耗耳。”

又半载，叟忽戒僮婢扫治别室，意甚匆遽。顷之，则三小肩舆至，妻妾及一婢揭帘出矣。惊喜怪问，皆曰：“得君信相迓，嘱随某官眷属至。急不能久待，故草草来。家事托几房几兄代治，约岁得租米，岁岁鬻金寄至矣。”问：“婢何来？”曰：“即某官之媵，嫡不能容，以贱价就舟中鬻得也。”生感激拜叟，至于涕零。从此完聚成家，无复故园之梦。越数月，叟谓生曰：“此婢中途邂逅，患难相从，当亦是有缘，似当共侍巾栉，无独使向隅也。”

又数载，遇赦得归。生喜跃不能寐，而妻妾及婢俱惨惨有离别之色。生慰之曰：“尔辈恋主人恩耶？倘不死，会有日相报耳。”皆不答，惟趣为生治装。濒行，翁治酒作饯，并呼三女出曰：“今日事须明言矣。”因拱手对生曰：“老夫地仙也。过去生中，与君同官。殁后，君百计营求，归吾妻子，恒耿耿不忘。今君别鹤离鸾，自合为君料理；但山川绵邈，二孱弱女子，何以能来？因摄招花妖，俾先至君家中半年，窥尊室容貌语言，摹拟具似；并刺知家中旧事，使君有证不疑。渠本三姊妹，故多增一婢耳。渠皆幻相，君勿复思，到家相对旧人，仍与此间无异矣。”生请与三女俱归，叟曰：“鬼神各有地界，可暂出不可久越也。”三女握手作别，洒泪沾衣。俯仰间已俱不见。登舟时遥见立岸上，招之不至矣。归后，妻子具言家日落，赖君岁岁寄金来，得活至今，盖亦此叟所为也。

使世间离别人，皆逢此叟，则无复牛衣银河之恨矣。史亭曰：“信然。然粤东有地仙，他处亦必有地仙；董叟有此术，他仙亦必有此术。所以无人再逢者，当由过去生中，原未受恩，故不肯竭尽心力，缩地补天耳。”

有客在泊镇宿妓，与以金。妓反覆审谛，就灯铄之，微笑曰：“莫纸锭否？”怪问其故。云数日前粮艘演剧赛神，往看至夜深归。遇少年与以金，就河干草屋野合。至家探怀，觉太轻，取出乃一纸锭，盖遇鬼也。因言相近一妓家，有客赠衣饰甚厚。去后皆已箧中物，钥故未启，疑为狐所给矣。客戏曰：“天道好还。”

又瞽者刘君瑞言：青县有人与狐友，时共饮甚昵。忽久不见，偶过丛莽，闻有呻吟声，视之，此狐也。问：“何狼狈乃尔？”狐愧沮良久曰：“顷见小妓颇壮盛，因化形往宿，冀采其精。不虞妓已有恶疮，采得之后，毒渗命门，与平生所采混合为一，如油入面，不可复分。遂溃裂蔓延，达于面部。耻见故人，故久疏来往耳。”此又狐之败于妓者，机械相乘，得失倚伏，胶胶扰扰，将伊于胡底乎？

李千之侍御言：某公子美丰姿，有卫玠璧人之目。雍正末，值秋试，于丰宜门内租僧舍过夏，以一室设榻，一室读书。每晨兴，书室几榻笔墨之类，皆拂拭无纤尘；乃至瓶插花，砚池注水，亦皆整顿如法，非粗材所办。忽悟北地多狐女，或借通情愫，亦未可知。于意亦良得。既而盘中稍稍置果饵，皆精品。虽不敢食，然益以美人之贻，拭目以待佳遇。一夕月明，潜至北牖外，穴纸窃窥，冀睹艳质，夜半，闻器具有声，果一人在室料理。谛视，则修髯伟丈夫也。怖而却走，次日即移寓。移时，承尘上似有叹声。

康师，杜林镇僧也。北俗呼僧多以姓，故名号不传焉。工疡医。余小时曾及见之。言其乡人家一婢，怀春死。魂不散，时出祟人。然不现形，不作声，亦不附人语，不使人病。惟时与少年梦中接，稍尪瘦，则别媚他少年，亦不至杀人。故为祟而不以为祟。即尝为所祟者，亦梦境恍惚，莫能确执。如是数十年，不为人所畏，亦不为人所劾治。真黠鬼哉！可谓善藏其用，善遁于虚，善留其不尽，善得老氏之旨矣。然终有人知之，有人传之，则黠巧终无不败也。

周泰宇言：有刘哲者，先与一狐女狎，因以为继妻。操作如常人，孝舅姑，睦娣姒，抚前妻子女如己出，尤人所难能。老而死，其尸亦不变狐形。或曰："是本奔女，讳其事，托言狐也。"或曰："实狐也，炼成人道，未得仙，故有老有死，已解形，故死而尸如人。"

余曰："皆非也，其心足以持之也。凡人之形，可以随心化。郗皇后之为蟒，封使君之为虎，其心先蟒先虎，故其形亦蟒亦虎也。旧说狐本淫妇阿紫所化，其人而狐心也，则人可为狐；其狐而人心也，则狐亦可为人。缁衣黄冠，或坐蜕不仆；忠臣烈女，或骸存不腐，皆神足以持其形耳。此狐死不变形，其类是夫！"泰宇曰："信然。相传刘初纳狐，不能无疑惮，狐曰：'妇欲宜家耳，苟宜家，狐何异于人？且人徒知畏狐，而不知往往与狐侣。彼妇之容止无度，生疾损寿，何异狐之采补乎？彼妇之逾墙钻穴，密会幽欢，何异狐之冶荡乎？彼妇之长舌离间，生衅家庭，何异狐之媚惑乎？彼妇之隐盗赀产，私给亲爱，何异狐之攘窃乎？彼妇之嚣凌诟谇，六亲不宁，何异狐之祟扰乎？君何不畏彼而反畏我哉？'是狐之立志，欲在人上矣。宜其以人始以人终也。若所说种种类狐者，六道轮回，惟心所造，正恐眼光落地，不免堕入彼中耳。"

古者世禄世官，故宗子必立后，支子不祭，则礼无必立后之文。孟皮不闻有后，亦不闻孔子为立后，非嫡故也。支子之立后，其为茕嫠守志，不忍节妇之无祀乎？譬诸士本无主诔，而县贲父，则始诛，死职故也。童子本应殇，而汪踦则不殇，卫社稷故也。礼以义起，遂不可废。凡支子之无后者，亦遂沿为例不可废，而家庭之难，即往往由是作焉。

董曲江言：东昌有兄弟三人，仲先死无后。兄欲以其子继，弟亦欲以其子继。兄曰弟当让兄。弟曰兄子幼而其子长，弟又当让兄。讼经年，卒为兄夺。弟恚甚，郁结成疾。疾甚时，语其子曰："吾必求直于地下。"既而昏眩，经半日复苏，曰："岂特阳官悖哉，阴官之悖乃更甚。顷魂游冥司，陈诉此事，一阴官诘我曰：'汝为汝兄无后耶？汝兄已有后矣，汝特为赀产争耳。见兽于野，两人并逐，捷足者先得，汝何讼焉？'竟不理也。夫争继原为赀产，乃瞋目与我讲宗祀，何不解事至此耶？多置纸笔我棺中，我且诉诸上帝也。"此真至死不悟者欤？曲江曰："吾犹取其不自讳也。"

乙卯典试山西时，陶序东以乐平令充同考官。卷未入时，共闲话仙鬼事。序东言：有友尝游南岳，至林壑深处，见女子倚石坐花下，稔闻智琼、兰香事，遽往就之。女子以纨扇障面，曰："与君无缘，不宜相近。"曰："缘自因生，不可从此种因乎？"女子曰："因须夙造，缘须两合，非一人欲种即种也。"翳然灭迹，疑为仙也。余谓情欲之因缘，此女所说是也。至恩怨之因缘，则一人欲种即种，又当别论矣。

大同宋中书瑞言：昔在家中戏扶乩，乩动，请问仙号。即书曰："我本住深山，来往白云里。天风忽飒然，云动如流水。我偶随之游，飘飘因至此。荒村茅舍静，小坐亦可喜。莫问我姓名，我忘已久矣。且问此门前，去山凡几里？"书讫，乩遂不动，或者此乃真仙欤？

和和呼通诺尔之战，兵士有没蕃者。乙亥平定伊犁，望大兵旗帜，投出宥死，安置乌鲁木齐，呼之曰"小李陵"。此人不知李陵为谁，亦漫应之，久而竟迷其本名。己丑、庚寅间，余在乌鲁木齐，犹见其人，已老矣。言在准噶尔转鬻数主，皆司牧羊。大兵将至前一岁八月中旬，夜栖山谷，望见沙碛有火光。西域诸部，每互相钞掠，疑为劫盗。登冈眺望，乃见一巨人，长丈许，衣冠华整，侍从秉炬前导，约七八十人。俄列队分立，巨人端拱向东拜，意甚虔肃，知为山灵。时适准噶尔乱，已微闻阿睦尔撒纳款塞请兵事，窃意或此地当内属，故鬼神预东向耶？既而果然。时尚不知八月中旬为圣节，归正后，乃悟天声震叠，为遥祝万寿云。

甘肃李参将，名璇，精康节观梅之术，占事多验。平定西域时，从大学士温公在军营。有兵士遗火，焚辕前枯草，阔丈许。公使占何祥，曰："此无他，公数日内当有密奏耳。火得枯草，行最速，急递之象也；烟气上升，上达之象也，知为密奏。凡密奏，当焚草也。"公曰："我无当密奏事。"曰："遗火亦无心，非预定也。"既而果然。其占人终身，则使随手拈一物；或同拈一物，而所断又不同。至京师时，一翰林拈烟筒，曰："贮火而其烟呼吸通于内，公非冷局官也；然位不甚通显，尚待人吹嘘故也。"问："历官当几年？"曰："公毋怪直言。火本无多，一熄则为灰烬，热不久也。"问："寿几何？"摇首曰："铜器原可经久，然不见百年烟筒也。"其人愠去。后岁馀，竟如所言。又一郎官同在座，亦拈此烟筒，观其复何所云，曰："烟筒火已息，公必冷官也。已置于床，是曾经停顿也；然再拈于手，是又遇提携复起矣。将来尚有热时，但热又占与前同耳。"后亦如所言。

舅氏实斋安公言：程老，村夫子也。女颇韶秀，偶门前买脂粉，为里中少年所挑，泣告父母。惮其暴横，弗敢较。然恚愤不可释。居恒郁郁，故与一狐友，每至辄对饮。一日，狐怪其惨沮。以实告。狐默然去。后此少年复过其门，见女倚门笑，渐相软语，遂野合于小圃空屋中。临别，女涕泣不舍，相约私奔。少年因夜至门外，引以归。防程老追索，以刃拟妇曰："敢泄者死！"越数日，无所闻；知程老讳其事，意甚得，益狎昵无度。后此女渐露妖迹，乃知为魅；然相悦甚，弗能遣也。岁馀病瘵，惟一息仅存，此女乃去。百计医药，幸得不死，赀产已荡然。夫妇露栖，又尫弱不任力作，竟食妇夜合之资,非复从前之悍气矣。程老不知其由,向狐述说。狐曰:“是吾遣黠婢戏之耳。必假君女形,非是不足饵之也;必使知为我辈,防败君女之名也;濒危而舍之,其罪不至死也。报之已足,君无更怏怏矣。”此狐中之朱家、郭解欤? 其不为已甚,则又非朱家、郭解所能也。

北方之桥,施栏楯以防失足而已。闽中多雨,皆于桥上覆以屋,以庇行人。邱二田言:有人夜中遇雨,趋桥屋。先有一吏携案牍,与军役押数人避屋下,枷锁琅然。知为官府录囚,惧不敢近,但畏缩于一隅。中一囚号哭不止,吏叱曰:“此时知惧,何如当日勿作耶?”囚泣曰:“吾为吾师所误也。吾师日讲学,凡鬼神报应之说,皆斥为佛氏之妄语。吾信其言,窃以为机械能深,弥缝能巧,则种种惟所欲为,可以终身不败露;百年之后,气反太虚,冥冥漠漠,并毁誉不闻,何惮而不恣吾意乎? 不虞地狱非诬,冥王果有。始知为其所卖,故悔而自悲也。”又一囚曰:“尔之堕落由信儒,我则以信佛误也。佛家之说,谓虽造恶业,功德即可以消灭;虽堕地狱,经忏即可以超度。吾以为生前焚香布施,殁后延僧持诵,皆非吾力所不能。既有佛法护持,则无所不为,亦非地府所能治。不虞所谓罪福,乃论作事之善恶,非论舍财之多少。金钱虚耗,舂煮难逃,向非恃佛之故,又安敢纵恣至此耶?”语讫长号,诸囚亦皆痛哭。乃知其非人也。

夫《六经》具在,不谓无鬼神;三藏所谈,非以敛财赂。自儒者沽名,佛者渔利,其流弊遂至此极。佛本异教,缁徒借是以谋生,是未足为责。儒者亦何必乃尔乎?

倪媪,武清人,年未三十而寡。舅姑欲嫁之,以死自誓。舅姑怒,逐诸门外,使自谋生。流离艰苦,抚二子一女,皆婚嫁,而皆不才。茕茕无倚,惟一女孙度为尼,乃寄食佛寺,仅以自存,今七十八岁矣。所谓青年矢志,白首完贞者欤! 余悯其节,时亦周之,马夫人尝从容谓曰:“君为宗伯,主天下节烈之旌典。而此媪失诸目睫前，其故何欤？”余曰：“国家典制，具有条格。节妇烈女，学校同举于州郡，州郡条上于台司，乃具奏请旨，下礼曹议，从公论也。礼曹得察核之，进退之，而不得自搜罗之，防私防滥也。譬司文柄者，棘闱墨牍，得握权衡，而不能取未试遗材，登诸榜上。此媪久去其乡，既无举者；京师人海，又谁知流寓之内，有此孤嫠？沧海遗珠，盖由于此。岂余能为而不为欤？”念古来潜德，往往借稗官小说，以发幽光。因撮厥大凡，附诸琐录。虽书原志怪，未免为例不纯，于表章风教之旨，则未始不一耳。

卷十五　姑妄听之一

余性耽孤寂，而不能自闲。卷轴笔砚，自束发至今，无数十日相离也。三十以前，讲考证之学，所坐之处，典籍环绕如獭祭。三十以后，以文章与天下相驰骤，抽黄对白，恒彻夜构思。五十以后，领修秘籍，复折而讲考证。今老矣，无复当年之意兴，惟时拈纸墨，追录旧闻，姑以消遣岁月而已。故已成《滦阳消夏录》等三书，复有此集。缅昔作者，如王仲任、应仲远，引经据古，博辨宏通；陶渊明、刘敬叔、刘义庆，简淡数言，自然妙远。诚不敢妄拟前修，然大旨期不乖于风教。若怀挟恩怨，颠倒是非，如魏泰、陈善之所为，则自信无是矣。适盛子松云欲为剞劂，因率书数行弁于首。以多得诸传闻也，遂采庄子之语，名曰《姑妄听之》。乾隆癸丑七月二十五日，观弈道人自题。

冯御史静山家，一仆忽发狂自挝，口作谵语云："我虽落拓以死，究是衣冠。何物小人，傲不避路？今惩尔使知。"静山自往视之，曰："君白昼现形耶？幽明异路，恐于理不宜。君隐形耶？则君能见此辈，此辈不能见君，又何从而相避？"其仆俄如昏睡，稍顷而醒，则已复常矣。

门人桐城耿守愚，狷介自好，而喜与人争礼数。余尝与论此事，曰："儒者每盛气凌轹，以邀人敬，谓之自重。不知重与不重，视所自为。苟道德无愧于圣贤，虽王侯拥彗不能荣，虽胥靡版筑不能辱。可贵者在我，则在外者不足计耳。如必以在外为重轻，是待人敬我我乃荣，人不敬我我即辱。舆台仆妾，皆可操我之荣辱，毋乃自视太轻欤？"守愚曰："公生长富贵，故持论如斯。寒士不贫贱骄人，则崖岸不立，益为人所贱矣。”余曰：“此田子方之言，朱子已驳之。其为客气不待辩，即就其说而论，亦谓道德本重，不以贫贱而自屈，非毫无道德，但贫贱即可骄人也。信如君言，则乞丐较君为更贫，奴隶较君为更贱，群起而骄君，君亦谓之能立品乎？先师陈白崖先生，尝手题一联于书室曰：‘事能知足心常惬，人到无求品自高。’斯真探本之论，七字可以千古矣。”

卜者童西硐言：尝见有二人对弈，一客预点一弈图，如黑九三、白六五之类，封置笥中。弈毕发视，一路不差。竟不知其操何术。按《前定录》载：开元中，宣平坊王生，为李揆卜进取。授以一缄，可数十纸，曰：“君除拾遗日发此。”后揆以李珍荐，命宰臣试文词：一题为《紫丝盛露囊赋》，一题为《答吐蕃书》，一题为《代南越献白孔雀表》。揆自午至酉而成，凡涂八字，旁注两句。翌日，授左拾遗。旬馀，乃发王生之缄视之，三篇皆在其中，涂注者亦如之。是古有此术，此人偶得别传耳。夫操管运思，临枰布子，虽当局之人，有不能预自主持者。而卜者乃能先知之。是任我自为之事，尚莫逃定数，巧取强求，营营然日以心斗者，是亦不可以已乎！

陈来章先生，余姻家也。尝得一古砚，上刻云中仪凤形。梁瑶峰相国为之铭曰：“其鸣将将，乘云翱翔。有妫之祥，其鸣归昌。云行四方，以发德光。”时癸巳闰三月也，（按：原题惟作闰月，盖古例如斯。）至庚子，为人盗去。丁未，先生仲子闻之，多方购得。癸丑六月，复乞铭于余。余又为之铭曰：“失而复得，如宝玉大弓。孰使之然？故物适逢。譬威凤之翀云。翩没影于遥空。及其归也，必仍止于梧桐。”故家子孙，于祖宗手泽，零落弃掷者多矣。余尝见媒媪携玉佩数事，云某公家求售。外裹残纸，乃北宋椠《公羊传》四页，为怅惘久之。闻之于先人已失之器，越八载购得，又乞人铭以求其传。人之用心，盖相去远矣。

乾隆戊午，运河水浅，粮艘衔尾不能进，共演剧赛神，运官皆在。方演《荆钗记·投江》一出，忽扮钱玉莲者长跪哀号，泪随声下，口喃喃诉不止，语作闽音，啁哳无一字可辨。知为鬼附，诘问其故，鬼又不能解人语。或投以纸笔，摇首似道不识字，惟指天画地，叩额痛哭而已。无可如何，掖于岸上，尚呜咽跳掷，至人散乃已。久而稍苏，自云突见一女子，手携其头自水出。骇极失魂，昏然如醉，以后事皆不知也。此必水底羁魂，见诸官会集，故出鸣冤。然形影不睹，言语不通，遣善泅者求尸，亦无迹。旗丁又无新失女子者，莫可究诘。乃连衔具牒，焚于城隍祠。越四五日，有水手无故自刭死。或即杀此女子者，神谴之欤？

郑太守慎人言：尝有数友论闽诗，于林子羽颇致不满。夜分就寝，闻笔砚格格有声，以为鼠也。次日，见几上有字二行，曰："如'檄雨古潭暝，礼星寒殿开'，似钱、郎诸公，都未道及，可尽以为唐摹晋帖乎？"时同寝数人，书皆不类。数人以外，又无人能作此语者。知文士争名，死尚未已。郑康成为厉之事，殆不虚乎。

"遗秉""滞穗"，寡妇之利，其事远见于周雅。乡村麦熟时，妇孺数十为群，随刈者之后，收所残剩，谓之拾麦。农家习以为俗，亦不复回顾，犹古风也。人情渐薄，趋利若鹜，所残剩者不足给，遂颇有盗窃攘夺，又浸淫而失其初意者矣。故四五月间，妇女露宿者遍野。

有数人在静海之东，日暮后趁凉夜行，遥见一处有灯火，往就乞饮。至则门庭华焕，僮仆皆鲜衣，堂上张灯设乐，似乎燕宾。遥望三贵人据榻坐，方进酒行炙。众陈投止意，阍者为白主人，颔之。俄又呼回，似附耳有所嘱。阍者出，引一媪悄语曰："此去城市稍远，仓卒不能致妓女。主人欲于同来女伴中，择端正者三人侑酒荐寝，每人赠百金，其馀亦各有犒赏。媪为通词，犒赏当加倍。"媪密告众。众利得赀，怂恿幼妇应其请。遂引三人入，沐浴妆饰，更衣裙侍客。诸妇女皆置别室，亦大有酒食。至夜分，三贵人各拥一妇人别院，阖家皆灭烛就眠。诸妇女行路疲困，亦酣卧不知晓。比日高睡醒，则第宅人物，一无所睹，惟野草芃芃，一望无际而已。寻觅三妇,皆裸露在草间。所更衣裙已不见,惟旧衣抛十馀步外,幸尚存。视所与金,皆纸铤。疑为鬼,而饮食皆真物,又疑为狐。或地近海滨,蛟螭水怪所为欤?

贪利失身,乃只博一饱。想其惘然相对,忆此一宵,亦大似邯郸枕上矣。先兄晴湖则曰:“舞衫歌扇,仪态万方,弹指繁华,总随逝水。鸳鸯社散之日,茫茫回首,旧事皆空,亦与三女子裸露草间,同一梦醒耳!岂但海市蜃楼,为顷刻幻景哉?”

郑慎人言:曩与数友往九鲤湖,宿仙游山家。夜凉未寝,出门步月。忽清风泠然,穿林而过,木叶簌簌,栖鸟惊飞。觉有种种花香,沁人心骨。出林后沿溪而去,水禽亦磔格乱鸣,似有所见,然凝睇无睹也,心知为仙灵来往。次日,寻视林内,微雨新晴,绿苔如罽,步步皆印弓弯,又有跣足之迹,然总无及三寸者。溪边泥迹亦然,数之,约二十馀人。指点徘徊,相与叹异,不知是何神女也。慎人有四诗纪之,忘留其稿,不能追忆矣。

三座塔(蒙古名古尔板苏巴尔,汉唐之营州柳城县,辽之兴中府。今为喀剌沁右翼地。)金巡检(裘文达公之侄婿,偶忘其名。)言:有樵者山行遇虎,避入石穴中,虎亦随入。穴故嵌空而缭曲,辗转内避,渐不容虎。而虎必欲搏樵者,努力强入。樵者窘迫,见旁一小窦,尚足容身,遂蛇行而入。不意蜿蜒数步,忽睹天光,竟反出穴外。乃力运数石,窒虎退路,两穴并聚柴以焚之。虎被熏灼,吼震岩谷,不食顷,死矣。此事亦足为当止不止之戒也。

陈句山前辈移居一宅,搬运家具时,先置书十馀箧于庭。似闻树后小语曰:“三十馀年,此间不见此物也。”视之阒如。或曰:“必狐也。”句山掉首曰:“解作此语,狐亦大佳。”

献县一令,待吏役至有恩。殁后,眷属尚在署,吏役无一存问者。强呼数人至,皆狰狞相向,非复曩时。夫人愤恚,恸哭柩前,倦而假寐。恍惚见令语曰:“此辈无良,是其本分。吾望其感德已大误,汝责其负德,不又误乎?”霍然忽醒,遂无复怨尤。

康熙末，张歌桥（河间县地）有刘横者（横读去声，以其强悍得此称，非其本名也。）居河侧。会河水暴涨，小舟重载者往往漂没。偶见中流一妇，抱断橹浮沉波浪间，号呼求救。众莫敢援，横独奋然曰："汝曹非丈夫哉，乌有见死不救者！"自掉舴艋追三四里，几覆没者数，竟拯出之，越日，生一子。月馀，横忽病，即命妻子治后事。时尚能行立，众皆怪之。横太息曰："吾不起也。吾援溺之夕，恍惚梦至一官府。吏卒导入，官持簿示吾曰：'汝平生积恶种种，当以今岁某日死，堕豕身，五世受屠割之刑。幸汝一日活二命，作大阴功，于冥律当延二纪。今销除寿籍，用抵业报，仍以原注死日死。缘期限已迫，恐世人昧昧，疑有是善事，反促其生，故召尔证明，使知其故。今生因果并完矣，来生努力可也。'醒而心恶之，未以告人。今届期果病，尚望活乎？"既而竟如其言。此见神理分明，毫厘不爽。乘除进退，恒合数世而计之。勿以偶然不验，遂谓天道无知也。

吴僧慧贞言：有浙僧立志精进，誓愿坚苦，胁未尝至席。一夜，有艳女窥户。心知魔至，如不见闻。女蛊惑万状，终不能近禅榻。后夜夜必至，亦终不能使起一念。女技穷，遥语曰："师定力如斯，我固宜断绝妄想。虽然，师忉利天中人也，知近我则必败道，故畏我如虎狼。即努力得到非非想天，亦不过柔肌着体，如抱冰雪；媚姿到眼，如见尘壒，不能离乎色相也。如心到四禅天，则花自照镜，镜不知花；月自映水，水不知月，乃离色相矣。再到诸菩萨天，则花亦无花，镜亦无镜，月亦无月，水亦无水，乃无色无相，无离不离，为自在神通不可思议。师如敢容我一近，而真空不染，则摩登伽一意皈依，不复再扰阿难矣。"僧自揣道力足以胜魔，坦然许之。偎倚抚摩，竟毁戒体。懊丧失志，侘傺以终。

夫"磨而不磷，涅而不缁"，惟圣人能之，大贤以下弗能也。此僧中于一激，遂开门揖盗。天下自恃可为，遂为人所不敢为，卒至溃败决裂者，皆此僧也哉！

德音斋扶乩，其仙降坛不作诗，自署名曰"刘仲甫"，众不知为谁。有一国手在侧，曰："是南宋国手，著有《棋诀》四篇者也。"因请对弈。乩判曰："弈则我必负。"固请，乃许。乩果负半子。众曰："大仙谦挹，欲奖成后进之名耶？"乩判曰："不然。后人事事不及古，惟推步与弈棋则皆胜古。或谓因古人所及，更复精思，故已到竿头，又能进步，是为推步言，非为弈棋言也。盖风气日薄，人情日巧，其倾轧攻取之术，两机激薄，变幻万端，吊诡出奇，不留馀地。古人不肯为之事，往往肯为；古人不敢冒之险，往往敢冒；古人不忍出之策，往往忍出。故一切世事心计，皆出古人上。弈棋亦心计之一，故宋元国手，至明已差一路，今则差一路半矣。然古之国手，极败不过一路耳。今之国手，或败至两路三路，是则踏实蹈虚之辨也。"问："弈竟无常胜法乎？"又判曰："无常胜法，而有常不负法，不弈则常不负矣。仆猥以夙慧，得作鬼仙。世外闲身，名心都尽。逢场作戏，胜败何关？若当局者角争得失，尚慎旃哉！"四座有经历世故者，多喟然太息。

霍养仲言：雍正初，东光有农家，粗具中人产。一夕，有劫盗，不甚搜财物，惟就衾中曳其女，掖入后圃，仰缚曲项老树上，盖其意本不在劫也。女哭詈。客作高斗，睡圃中，闻之跃起，挺刃出与斗。盗尽披靡，女以免。女恚愤泣涕，不语不食，父母宽譬终不解，穷诘再三，始出一语曰："我身裸露，可令高斗见乎？"父母喻意，竟以妻斗。此与楚钟建事适相类。然斗始愿不及此，徒以其父病，主为医药；及死为棺敛，葬以隙地，而招其母司炊煮，故感激出死力耳。罗大经《鹤林玉露》载咏朱亥诗曰："高论唐虞儒者事，负君卖友岂胜言。凭君莫笑金椎陋，却是屠沽解报恩。"至哉言乎！

太白诗曰："徘徊映歌扇，似月云中见；相见不相亲，不如不相见。"此为冶游言也。人家夫妇有睽离阻隔，而日日相见者，则不知是何因果矣。

郭石洲言：中州有李生者，娶妇旬馀而母病，夫妇更番守侍，衣不解结者七八月。母殁后，谨守礼法，三载不内宿。后贫甚，同依外家。外家亦仅仅温饱，屋宇无多，扫一室留居。未匝月，外姑之弟远就馆，送母来依姊。无室可容，乃以母与女共一室，而李生别榻书斋，仅早晚同案食耳。阅两载，李生入京规进取，外舅亦携家就幕江西。后得信，云妇已卒。李生意气懊丧，益落拓不自存，仍附舟南下觅外舅。外舅已别易主人，随往他所。无所栖托，姑卖字糊口。一日，市中遇雄伟丈夫，取视其字曰："君书大好。能一岁三四十金，为人书记乎？"李生喜出望外，即同登舟。烟水渺茫，不知何处。至家，供张亦甚盛。及观所属笔札，则绿林豪客也。无可如何，姑且依止。虑有后患，因诡易里籍姓名。主人性豪侈，声伎满前，不甚避客。每张乐，必召李生。偶见一姬，酷肖其妇，疑为鬼。姬亦时时目李生，似曾相识。然彼此不敢通一语。盖其外舅江行，适为此盗所劫，见妇有姿首，并掠以去。外舅以为大辱，急市薄槥，诡言女中伤死，伪为哭敛，载以归。妇惮死失身，已充盗后房。故于是相遇，然李生信妇已死，妇又不知李生改姓名，疑为貌似，故两相失。大抵三五日必一见，见惯亦不复相目矣。如是六七年。一日，主人呼李生曰："吾事且败，君文士不必与此难。此黄金五十两，君可怀之，藏某处丛荻间。候兵退，速觅渔舟返。此地人皆识君，不虑其不相送也。"语讫，挥手使急去伏匿。未几，闻哄然格斗声。既而闻传呼曰："盗已全队扬帆去，且籍其金帛妇女。"时已曛黑，火光中窥见诸乐伎皆披发肉袒，反接系颈，以鞭杖驱之行，此姬亦在内，惊怖战栗，使人心恻。明日，岛上无一人，痴立水次。良久，忽一人棹小舟呼曰："某先生耶？大王故无恙，且送先生返。"行一日夜，至岸。惧遭物色，乃怀金北归。至则外舅已先返。仍住其家，货所携，渐丰裕。念夫妇至相爱，而结褵十载，始终无一月共枕席。今物力稍充，不忍终以薄槥葬。拟易佳木，且欲一睹其遗骨，亦夙昔之情。外舅力沮不能止，词穷吐实。急兼程至豫章，冀合乐昌之镜。则所俘乐伎，分赏已久，不知流落何所矣。每回忆六七年中，咫尺千里，辄惘然如失。又回忆被俘时，缧绁鞭笞之状，不知以后摧折，更复若何，又辄肠断也。从此不娶。闻后竟为僧。

戈芥舟前辈曰："此事竟可作传奇，惜末无结束，与《桃花扇》相等。虽曲终不见，江上峰青，绵邈含情，正在烟波不尽，究未免增人怊怅耳。"

居卫河侧者言：河之将决，中流之水必凸起，高于两岸；然不知其在何处也。至棒椎鱼集于一处，则所集之处不一两日溃矣。父老相传，验之百不失一。棒椎鱼者，象其形而名，平时不知在何所，网钓亦未见得之者，至河暴涨乃麇至。护堤者见其以首触岸，如万杵齐筑，则决在斯须间矣，岂非数哉！然唐尧洪水，天数也；神禹随刊，则人事也。惟圣人能知天，惟圣人不委过于天。先事而绸缪，后事而补救，虽不能消弭，亦必有所挽回。

先曾祖母王太夫人八旬时，宾客满堂。奴子李荣司茶酒，窃沧酒半罂，匿房内。夜归将寝，闻罂中有鼾声，怪而撼之。罂中忽语曰："我醉欲眠，尔勿扰。"知为狐魅，怒而极撼之。鼾益甚。探手引之，则一人首出罂口，渐巨如斗，渐巨如栲栳。荣批其颊，则掉首一摇，连罂旋转，砰然有声，触瓮而碎，已涓滴不遗矣。荣顿足极骂，闻梁上语曰："长孙无礼！（长孙，荣之小名也。）许尔盗不许我盗耶？尔既惜酒，我亦不胜酒。今还尔。"据其项而呕，自顶至踵，淋漓殆遍。此与余所记西城狐事相似而更恶作剧。然小人贪冒，无一事不作奸，稍料理之。未为过也。

安州陈大宗伯，宅在孙公园。（其后废墟即孙退谷之别业。）后有楼贮杂物，云有狐居，然不甚露形声也。一日，闻似相诟谇；忽乱掷牙牌于楼下，琤琤如雹。数之，得三十一扇，惟阙二四一扇耳。二四幺二，牌家谓之至尊，（以合为九数故也。）得者为大捷。疑其争此二扇，怒而抛弃欤？余儿时曾亲见之。杜工部大呼五白，韩昌黎博塞争财，李习之作《五木经》，杨大年喜叶子戏，偶然寄兴，借此消闲，名士风流，往往不免。乃至"元邱校尉"亦复沿波。余性迂疏，终以为非雅戏也。

门人葛观察正华，吉州人。言其乡有数商，驱骡纲行山间。见樵径上立一道士，青袍棕笠，以麈尾招其中一人曰："尔何姓名？"具以对。又问籍何县，曰："是尔矣。尔本谪仙，今限满当归紫府。吾是尔本师，故来导尔。尔宜随我行。"此人私念平生不能识一字，鲁钝如是，不应为仙人转生；且父母年已高，亦无弃之求仙理，坚谢不往。道士太息，又招众人曰："彼既堕落，当有一人补其位。诸君相遇，即是有缘，有能随我行者乎？千载一遇，不可失也。"众亦疑骇无应者，道士怫然去。众至逆旅，以此事告人。或云仙人接引，不去可惜。或云恐或妖物，不去是。有好事者，次日循樵径探之。甫登一岭，见草间残骸狼藉，乃新被虎食者也。惶遽而返。此道士殆虎伥欤？故无故而致非常之福，贪冒者所喜，明哲者所惧也。无故而作非分之想，侥悻者其偶，颠越者其常也。谓此人之鲁钝，正此人之聪明可矣。

宋人咏蟹诗曰："水清讵免双螯黑，秋老难逃一背红。"借寓朱勔之贪婪必败也。然他物供庖厨，一死焉而已。惟蟹则生投釜甑，徐受蒸煮，由初沸至熟，至速亦逾数刻，其楚毒有求死不得者。意非夙业深重，不堕是中。相传赵公宏燮官直隶巡抚时，(时直隶尚未设总督。)一夜梦家中已死僮仆媪婢数十人，环跪阶下，皆叩额乞命，曰："奴辈生受豢养恩，而互结朋党，蒙蔽主人，久而枝蔓牵缠，根柢胶固，成牢不可破之局。即稍有败露，亦众口一音，巧为解结，使心知之而无如何。又久而阴相掣肘，使不如众人之意，则不能行一事。坐是罪恶，堕入水族，使世世罹汤镬之苦。明日主人供膳蟹，即奴辈后身，乞见赦宥。"公故仁慈，天曙，以梦告司庖，饬举蟹投水，且为礼忏作功德。时霜蟹肥美，使宅所供，尤精选膏腴。奴辈皆窃笑曰："老翁狡狯，造此语怖人耶！吾辈岂受汝给者。"竟效校人之烹，而以已放告；又干没其功德钱，而以佛事已毕告。赵公竟终不知也。此辈作奸，固其常态；要亦此数十僮仆婢媪者，留此锢习，适以自戕。请君入瓮，此之谓欤！

里媪遇饭食凝滞者，即以其物烧灰存性，调水服之。余初斥其妄，然亦往往验。审思其故，此皆油腻凝滞者也。盖油腻先凝，物稍过多，则遇之必滞。凡药物入胃，必凑其同气。故某物之灰，能自到某物凝滞处。凡油腻得灰即解散，故灰到其处，滞者自行，犹之以灰浣垢而已。若脾弱之凝滞，胃满之凝滞，气郁之凝滞，血瘀痰结之凝滞，则非灰所能除矣。

乌鲁木齐军校王福言：曩在西宁，与同队数人入山射生。遥见山腰一番妇独行，有四狼随其后。以为狼将搏噬，番妇未见也，共相呼噪。番妇如不闻。一人引满射狼，乃误中番妇，倒掷堕山下。众人惊悔，视之，亦一狼也。四狼则已逸去矣。盖妖兽幻形，诱人而啖，不幸遭殪也。岂恶贯满盈，若或使之欤！

卷十六 姑妄听之二

天下事，情理而已。然情理有时而互妨。里有姑虐其养媳者，惨酷无人理，遁归母家。母怜而匿别所，诡言未见，因涉讼。姑以朱老与比邻，当见其来往，引为证。朱私念言女已归，则驱人就死；言女未归，则助人离婚。疑不能决，乞签于神，举筒屡摇，签不出。奋力再摇，签乃全出。是神亦不能决也。辛彤甫先生闻之曰："神殊愦愦。十岁幼女，而日日加炮烙，恩义绝矣。听其逃死不为过。"

《新齐谐》(即《子不语》之改名。)载雄鸡卵事，今乃知竟实有之。其大如指，顶形似闽中落花生，不能正圆，外有斑点，向日映之，其中深红如琥珀，以点目眚，甚效。德少司空成、汪副宪承霈皆尝以是物合药。然不易得，一枚可以值十金。阿少司农迪斯曰："是虽罕睹，实亦人力所为。以肥壮雄鸡闭笼中，纵群雌绕笼外，使相近而不能相接。久而精气抟结，自能成卵。"此亦理所宜然。然鸡秉巽风之气，故食之发疮毒。其卵以盛阳不泄，郁积而成，自必蕴热，不知何以反明目？又《本草》之所不载，医经之所未言，何以知其能明目？此则莫明其故矣。汪副宪曰："有以蛇卵售欺者，但映日不红，即为伪托。"亦不可不知也。

沈媪言：里有赵三者，与母俱佣于郭氏。母殁后年馀，一夕，似梦非梦，闻母语曰："明日大雪，墙头当冻死一鸡，主人必与尔。尔慎勿食。我尝盗主人三百钱，冥司判为鸡以偿。今生卵足数而去也。"次日，果如所言。赵三不肯食，泣而埋之。反复穷诘，始吐其实。此数年内事也。然则世之供车骑受刲煮者，必有前因焉，人不知耳。此辈之狡黠攘窃者，亦必有后果焉，人不思耳。

余十一二岁时，闻从叔灿若公言：里有齐某者，以罪戍黑龙江，殁数年矣。其子稍长，欲归其骨，而贫不能往，恒蹙然如抱深忧。一日，偶得豆数升，乃屑以为末，水抟成丸；衣以赭土，诈为卖药者以往，姑以给取数文钱供口食耳。乃沿途买其药者，虽危证亦立愈。转相告语，颇得善价，竟借是达戍所，得父骨，以箧负归。归途于窝集遇三盗，急弃其资斧，负箧奔。盗追及，开箧见骨，怪问其故。涕泣陈述。共悯而释之，转赠以金。方拜谢间，一盗忽擗踊大恸曰："此人孱弱如是，尚数千里外求父骨。我堂堂丈夫，自命豪杰，顾乃不能耶？诸君好住，吾今往肃州矣。"语讫，挥手西行，其徒呼使别妻子，终不反顾，盖所感者深矣。惜人往风微，无传于世。余作《滦阳消夏录》诸书，亦竟忘之。癸丑三月三日，宿海淀直庐，偶然忆及，因录以补志乘之遗。倘亦潜德未彰，幽灵不泯，有以默启余衷乎！

南皮郝子明言：有士人读书僧寺，偶便旋于空院，忽有飞瓦击其背。俄闻屋中语曰："汝辈能见人，人则不能见汝辈。不自引避，反嗔人耶？"方骇愕间，屋内又语曰："小婢无礼，当即笞之，先生勿介意。然空屋多我辈所居，先生凡遇此等处，宜面墙便旋，勿对门窗，则两无触忤矣。"此狐可谓能克己。

余尝谓僮仆吏役与人争角而不胜，其长恒引以为辱，世态类然。夫天下至可耻者，莫过于悖理。不问理之曲直，而务求我所隶属人不能犯以为荣，果足为荣也耶？昔有属官私其胥魁，百计袒护。余戏语之曰："吾侪身后，当各有碑志一篇，使盖棺论定，撰文者奋笔书曰：'公秉正不阿，于所属吏役，犯法者一无假借。'人必以为荣，谅君亦以为荣也。又或奋笔书曰：'公平生喜庇吏役，虽受赇骫法，亦一一曲为讳匿。'人必以为辱，谅君亦以为辱也。何此时乃以辱为荣，以荣为辱耶？"先师董文恪曰："凡事不可载入行状，即断断不可为。"斯言谅矣。

侍鹭川（侍氏未详所出，疑本侍其氏，明洪武中，凡复姓皆令去一字，因为侍氏也。）言：有贾于淮上者，偶行曲巷，见一女姿色明艳，殆类天人。私访其近邻。曰："新来未匝月，只老母携婢数人同居，未知为何许人也。"贾因赂媒媪觇之。其母言："杭州金姓，同一子一女往依其婿，不幸子遘疾，卒于舟；二仆又乘隙窃赀逃，茕茕孤嫠，惧遭强暴，不得已税屋权住此，待亲属来迎，尚未知其肯来否？"语讫，泣下。媒舔以既无所归，又无地主，将来作何究竟，有女如是，何不于此地求佳婿，暮年亦有所依。母言："甚善，我亦不求多聘币。但弱女娇养久，亦不欲草草。有能制衣饰奁具约值千金者，我即许之。所办仍是渠家物，我惟至彼一阅视，不取纤芥归也。"媒以告贾，贾私计良得。旬日内，趣办金珠锦绣，殚极华美，一切器用，亦事事精好。先亲迎一日，邀母来观，意甚惬足。次日，箫鼓至门，乃坚闭不启。候至数刻，呼亦不应。询问邻舍，又未见其移居，不得已逾墙入视，则阒无一人。遍索诸室，惟破床堆髑髅数具，乃知其非人。回视家中，一物不失，然无所用之，重鬻仅能得半价，懊丧不出者数月，竟莫测此魅何所取。或曰："魅本无意惑贾，贾妄生窥伺，反往觇魅，魅故因而戏弄之。"是于理当然。或又曰："贾富而悭，心计可以析秋毫。犯鬼神之忌，故魅以美色颠倒之。"是亦理所宜有也。

杨雨亭言：登莱间有木工，其子年十四五，甚姣丽。课之读书，亦颇慧。一日，自乡塾独归，遇道士对之诵咒，即惘惘不自主，随之俱行。至山坳一草庵，四无居人，道士引入室，复相对诵咒。心顿明了。然口噤不能声，四肢缓弹不能举。又诵咒，衣皆自脱。道士掖伏榻上，抚摩偎倚，调以媟词，方露体近之，忽蹶起却坐曰："修道二百馀年，乃为此狡童败乎？"沉思良久，复偃卧其侧，周身玩视，慨然曰："如此佳儿，千载难遇。纵败吾道，不过再炼气二百年，亦何足惜！"奋身相逼，势已万万无免理。间不容发之际，又掉头自语曰："二百年辛苦，亦大不易。"掣身下榻，立若木鸡。俄绕屋旋行如转磨，突抽壁上短剑，自刺其臂，血如涌泉，欹倚呻吟，约一食顷，掷剑呼此子曰："尔几败，吾亦几败，今幸俱免矣。"更对之诵咒，此子觉如解束缚，急起披衣。道士引出门外，指以归路。口吐火焰，自焚草庵，转瞬已失所在，不知其为妖为仙也。

余谓妖魅纵淫，断无顾虑。此殆谷饮岩栖，多年胎息，偶差一念，魔障遂生。幸道力原深，故忽迷忽悟，能勒马悬崖耳。老子称不见可欲，使心不乱，若已见已乱，则非大智慧不能猛省，非大神通不能痛割。此道士于欲海横流，势不能遏，竟毅然一决，以楚毒断绝爱根，可谓地狱劫中证天堂果矣。其转念可师，其前事可勿论也。

朱秋圃初入翰林时，租横街一小宅，最后有破屋数楹，用贮杂物。一日偶入检视，见尘壁仿佛有字迹。拂拭谛观，乃细楷书二绝句，其一曰："红蕊几枝斜，春深道韫家。枝枝都看遍，原少并头花。"其二曰："向夕对银缸，含情坐绮窗。未须怜寂寞，我与影成双。"墨迹黯淡，殆已多年。又有行书一段，剥落残缺，玩其句格，似是一词，惟末二句可辨，曰："天孙莫怅阻银河，汝尚有牵牛相忆。"不知是谁家娇女，寄感摽梅。然不畏人知，濡毫题壁，亦太放诞风流矣。余曰："摽梅三章，非女子自赋耶？"秋圃曰："旧说如是，于心终有所格格。忆先儒有一说，云是女子父母所作，（按：此宋戴岷隐之说。）是或近之。"倪馀疆闻之，曰："详词末二语，是殆思妇之作，遗脱輹之变者也。二公其皆失之乎！"既而秋圃揭换壁纸，又得数诗，其一曰："门掩花空落，梁空燕不来，惟余双小蝉，鞋印在青苔。"其二曰："久已梳妆懒，香奁偶一开。自持明镜看，原让赵阳台。"又一首曰："咫尺楼窗夜见灯，云山似阻几千层。居家翻作无家客，隔院真成退院僧。镜里容华空若许，梦中晤对亦何曾？侍儿劝织回文锦，懒惰心情病未能。"则余疆之说信矣。后为程文恭公诵之，公俯思良久，曰："吾知之，吾不言。"既而曰："语语负气，不见答也亦宜。"

季漱六言：有佃户所居枕旷野。一夕，闻兵仗格斗声，阖家惊駴，登墙视之，无所睹。而战声如故，至鸡鸣乃息。知为鬼也。次日复然。病其聒不已，共谋伏铳击之，果应声啾啾奔散。既而屋上屋下，众声合噪曰："彼劫我妇女，我亦劫彼妇女为质，互控于社公，社公愦愦，劝以互抵息事。俱不肯伏，故在此决胜负，何预汝事？汝以铳击我，今共至汝家，汝举铳则我去，汝置铳则我又来，汝能夜夜自昏至晓，发铳不止耶？"思其言中理，乃跪拜谢过，大具酒食纸钱送之去。然战声亦自此息矣。

夫不能不为之事，不出任之，是失几也；不能不除之害，不力争之，是养痈也。鬼不干人，人反干鬼，鬼有词矣，非开门揖盗乎？孟子有言，乡邻有斗者，被发缨冠而往救之，则惑也。虽闭户可也。

尹松林舍人言：有赵延洪者，性伉直，嫉恶至严，每面责人过，无所避忌。偶见邻妇与少年语，遽告其夫。夫侦之有迹，因伺其私会骈斩之，携首鸣官。官已依律勿论矣。越半载，赵忽发狂自挝，作邻妇语与索命，竟啮断其舌死。

夫荡妇逾闲，诚为有罪。然惟其亲属得执之，惟其夫得杀之，非乱臣贼子人人得而诛者也。且所失者一身之名节，所玷者一家之门户，亦非神奸巨蠹，弱肉强食，虐焰横煽，沉冤莫雪，使人人公愤者也。律以隐恶扬善之义，即转语他人，已伤盛德。倘伯仁由我而死，尚不免罪有所归，况直告其夫，是诚何意，岂非激以必杀哉！游魂为厉，固不为无词，观事经半载，始得取偿，其必得请于神，乃奉行天罚矣。然则以讦为直，固非忠厚之道，抑亦非养福之道也。

御史佛公伦，姚安公老友也。言贵家一佣奴，以游荡为主人所逐。衔恨次骨，乃造作蜚语，诬主人帷薄不修，缕述其下烝上报状，言之凿凿，一时传布。主人亦稍闻之，然无以拑其口，又无从而与辩，妇女辈惟爇香吁神而已。一日，奴与其党坐茶肆，方抵掌纵谈，四座耸听，忽噭然一声，已仆于几上死，所由检验，以痰厥具报。官为敛埋，棺薄土浅，竟为群犬搰食，残骸狼藉。始知为负心之报矣。

佛公天性和易，不喜闻人过，凡僮仆婢媪，有言旧主之失者，必善遣使去，鉴此奴也。尝语昀曰："宋党进闻平话说韩信，（优人演说故实，谓之"平话"。《永乐大典》所载，尚数十部。）即行斥逐。或请其故。曰：'对我说韩信，必对韩信亦说我，是乌可听？’千古笑其愦愦，不知实绝大聪明。彼但喜对我说韩信，不思对韩信说我者，乃真愦愦耳。”真通人之论也。

莆田林生霈言：闻泉州有人，忽灯下自顾其影，觉不类己形。谛审之，运动转侧，虽一一与形相应，而首巨如斗，发蓬鬙如羽葆，手足皆钩曲如鸟爪，宛然一奇鬼也。大骇，呼妻子来视，所见亦同。自是每夕皆然，莫喻其故，惶怖不知所为。邻有塾师闻之曰：“妖不自兴，因人而兴，子其阴有恶念，致罗刹感而现形欤？”其人悚然具服，曰：“实与某氏有积仇，拟手刃其一门，使无遗种，而跳身以从鸭母。（康熙末，台湾逆寇朱一贵结党煽乱，一贵以养鸭为业，闽人皆呼为鸭母云。）今变怪如是，毋乃神果警我乎！且辍是谋，观子言验否？”是夕鬼影即不见，此真一念转移，立分祸福矣。

李柯亭言：滦州民家，有狐据其仓中居，不甚为祟；或偶然抛掷砖瓦，盗窃饮食耳。后延术士劾治，殪数狐，且留符曰：“再至则焚之。”狐果移去。然时时幻形为其家妇女，夜出与邻舍少年狎，甚乃幻其幼子形，与诸无赖同卧起。大播丑声，民固弗知。一日，至佛寺，闻禅室嬉笑声。穴纸窃窥，乃其女与僧杂坐。愤甚，归取刃，其女乃自内室出。始悟为狐复仇，再延术士。术士曰：“是已窜逸，莫知所之矣。”

夫狐魅小小扰人，事所恒有，可以不必治，即治亦罪不至死。遽骈诛之，实为已甚，其衔冤也固宜。虽有符可恃，狐不能再逞，而相报之巧，乃卒生于所备外。然则君子于小人，力不足胜，固遭反噬；即力足胜之，而机械潜伏，变端百出，其亦深可怖已。

董曲江前辈言：有讲学者，性乖僻，好以苛礼绳生徒。生徒苦之，然其人颇负端方名，不能诋其非也。

塾后有小圃，一夕，散步月下，见花间隐隐有人影。时积雨初晴，土垣微圮，疑为邻里窃蔬者。迫而诘之，则一丽人匿树后，跪答曰：“身是狐女，畏公正人不敢近，故夜来折花。不虞为公所见，乞曲恕。”言词柔婉,顾盼间百媚俱生。讲学者惑之,挑与语。宛转相就,且云妾能隐形,往来无迹。即有人在侧亦不睹,不至为生徒知也。因相燕昵。比天欲晓,讲学者促之行。曰:“外有人声,我自能从窗隙去,公无虑。”俄晓日满窗,执经者麕至,女仍垂帐偃卧。讲学者心摇摇,然尚冀人不见。忽外言某媪来迓女。女披衣径出,坐皋比上,理鬓讫,敛衽谢曰:“未携妆具,且归梳沐。暇日再来访,索昨夕缠头锦耳。”乃里中新来角妓,诸生徒贿使为此也。讲学者大沮,生徒课毕归早餐,已自负衣装遁矣。外有馀必中不足,岂不信乎?

李秋崖言:一老儒家,有狐居其空仓中,三四十年未尝为祟。恒与人对语,亦颇知书,或邀之饮亦肯出,但不见其形耳。老儒殁后,其子亦诸生,与狐酬酢如其父。狐不甚答,久乃渐肆扰。生故设帐于家,而兼为人作讼牒,凡所批课文,皆不遗失;凡作讼牒,则甫具草辄碎裂,或从手中掣其笔。凡脩脯所入,毫厘不失;凡刀笔所得,虽扃锁严密,辄盗去。凡学子出入,皆无所见;凡讼者至,或瓦石击头面流血,或檐际作人语,对众发其阴谋。生苦之,延道士劾治,登坛召将,摄狐至。狐侃侃辨曰:“其父不以异类视我,与我交至厚,我亦不以异类自外,视其父如兄弟。今其子自堕家声,作种种恶业,不陨身不止。我不忍坐视,故挠之使改图,所攫金皆埋其父墓中,将待其倾覆,周其妻子,实无他肠。不虞炼师之见谴,生死惟命。”道士蹶然下座,三揖而握手曰:“使我亡友有此子,吾不能也。微我不能,恐能者千百无一二,此举乃出尔曹乎!”不别主人,太息径去。其子愧不自容,誓辍是业,竟得考终。

李村有农家妇,每早晚出馌,辄见女子随左右。问同行者,则不见。意大恐怖。后乃渐随至家,然恒在院中,或在墙隅,不入寝室。妇逼视,即却走;妇返即仍前。知为冤对。因遥问之。女子曰:“汝前生与我皆贵家妾,汝妒我宠,以奸盗诬我致幽死。今来取偿,讵汝今生事姑孝,恒为善神所护,我不能近,故日日相随。揆度事势，万万无可相报理。汝倘作道场度我，我得转轮，即亦解冤矣。”妇辞以贫。女子曰：“汝贫非虚语，能发念诵佛号万声，亦可度我。”问：“此安得能度鬼？”曰：“常人诵佛号，佛不闻也，特念念如对佛，自摄此心而已。若忠臣孝子，诚感神明，一诵佛号，则声闻三界，故其力与经忏等。汝是孝妇，知必应也。”妇如所说，发念持诵，每诵一声，则见女子一拜。至满万声，女子不见矣。此事故老时说之，知笃志事亲，胜信心礼佛。

景少司马介兹官翰林时，斋宿清秘堂。（此因乾隆甲子御题“集贤清秘”额，因相沿称之，实无此堂名。）积雨初晴，微月未上，独坐廊下。闻瀛洲亭中语曰：“今日楼上看西山，知杜紫微‘雨馀山态活’句，真神来之笔。”一人曰：“此句佳在‘活’字，又佳在‘态’字烘出‘活’字，若作山色山翠，则兴象俱减矣。”疑为博晰之等尚未睡，纳凉池上，呼之不应，推户视之，阒无人迹。次日，以告晰之。晰之笑曰：“翰林院鬼，故应作是语。”

朱介如言：尝因中暑眩瞀，觉忽至旷野中，凉风飒然，意甚爽适。然四顾无行迹，莫知所向。遥见数十人前行，姑往随之。至一公署，亦姑随入。见殿阁宏敞，左右皆长廊，吏役奔走，如大官将坐衙状。中一吏突握其手曰：“君何到此？”视之，乃亡友张恒照。悟为冥司，因告以失路状。张曰：“生魂误至，往往有此，王见之亦不罪，然未免多一诘问。不如且坐我廊屋，俟放衙，送君返，我亦欲略问家事也。”入坐未几，王已升座，自窗隙窃窥，见同来数十人，以次庭讯。语不甚了了，惟一人昂首争辩，似不服罪。王举袂一挥，殿左忽现大圆镜，围约丈馀。镜中现一女子反缚受鞭像。俄似电光一瞥，又现一女子忍泪横陈像。其人叩颡曰：“伏矣。”即曳去。良久放衙，张就问子孙近状。朱略道一二，张挥手曰：“勿再言，徒乱人意。”因问：“顷所见者业镜耶？”曰：“是也。”问：“影必肖形，今无形而现影，何也？”曰：“人镜照形，神镜照心，人作一事，心皆自知，既已自知，即心有此事，心有此事，即心有此事之象，故一照而毕现也。若无心作过，本不自知，则照亦不见，心无是事，即无是象耳。冥司断狱，惟以有心无心别善恶，君其识之。”又问：“神镜何以能照心？”曰：“心不可见，缘物以形。体魂已离，存者性灵。神识不灭，如灯荧荧。外光无翳，内光虚明，内外莹澈，故纤芥必呈也。”语讫，遽曳之行，觉此身忽高忽下，如随风败箨，倏然惊醒，则已卧榻上矣。此事在甲子七月，怪其乡试后期至，乃具道之。

图裕斋前辈言：有选人游钓鱼台。时西顶社会，游女如织。薄暮，车马渐稀，一女子左抱小儿，右持鼗鼓，袅袅来。见选人，举鼗一摇，选人一笑，女子亦一笑。选人故狡黠，揣女子装束类贵家，而抱子独行，又似村妇，踪迹诡异，疑为狐魅，因逐之絮谈。女子微露夫亡子幼意。选人笑语之曰：“毋多言，我知尔，亦不惧尔。然我贫，闻尔辈能致财。若能赡我，我即从尔去。”女子亦笑曰：“然则同归耳。”至其家屋，不甚宏壮，而颇华洁，亦有父母姑姊妹。彼此意会，不复话氏族，惟献酬款洽而已。酒阑就宿，备极嬿婉。次日入城，携小奴及襆被往，颇相安。惟女子冶荡无度，奔命殆疲。又渐使拂枕簟，侍梳沐，理衣裳，司洒扫，至于烟筒茗碗之役，亦遣执之。久而其姑若姐妹，皆调谑指挥视如僮婢。选人耽其色，利其财，不能拒也。一旦，使涤厕牏，选人不肯。女子愠曰：“事事随汝意，此乃不随我意耶？”诸女亦助之诮责，由此渐相忤。既而每夜出不归，云亲戚留宿。又时有客至，皆曰中表，日嬉笑燕饮，或琵琶度曲，而禁选人勿至前。选人恚愤，女子亦怒，且笑曰：“不如是，金帛从何来？使我谢客易，然一家三十口，须汝供给，汝能之耶？”选人知不可留，携小奴入京，僦住屋。次日再至，则荒烟蔓草，无复人居，并衣装不知所往矣。选人本携数百金，善治生，衣颇褴褛。忽被服华楚，皆怪之。具言赘婿状，人亦不疑。俄又褴褛，讳不自言。后小奴私泄其事，人乃知之。曹慕堂宗丞曰：“此魅窃逃，犹有人理，吾所见有甚于此者矣。”

武强张公令誉，康熙丁酉举人，刘景南之妇翁也。言有选人纳一姬，聘币颇轻。惟言其母爱女甚，每月当十五日在寓，十五日归宁。悦其色美而值廉，竟曲从之。后一选人纳姬，约亦如是，选人初不肯，则举此选人为例。询访信然，亦曲从之。二人本同年，一日话及，前选人忽省曰："君家阿娇，归宁上半月耶？下半月耶？"曰："下半月。"前选人大悟，急引入内室视之，果一人也。盖其初鬻之时，已预留再鬻地矣。张公淳实君子，度必无妄言，惟是京师鬻女之家，虽变幻万状，亦必欺以其方，故其术一时不遽败。若月月克日归宁，已不近事理，又不时往来于两家，岂人不能闻。是必败之道，狡黠者断不出此。或传闻失实，张公误听之欤？然紫陌看花，动多迷路。其造作是语，固亦不为无因耳。

卷十七　姑妄听之三

族侄竹汀言：文安有佣工古北口外者，久无音问。其父母值岁荒，亦就食口外，且觅子，亦久无音问。后乃有人见之泰山下。言昔至密云东北，日已暮，风云并作。遥见山谷有灯光，漫往投止。至则土屋数楹，围以秫篱，有老妪应门，问其里贯，入以告。又遣问姓名年岁，并问："曾有子出口否？子何名？年几何岁？"具以实对。忽有女子整衣出，延入上坐，拜而侍立，促老妪督婢治酒肴，意甚亲昵。莫测其由，起而固诘，则失声伏地曰："儿不敢欺翁姑。儿狐女也，尝与翁姑之子为夫妇。本出相悦，无相媚意。不虞其爱恋过度，竟以瘵亡。心恒愧悔，故誓不别适，依其墓以居，今无意与翁姑遇，幸勿他往，儿尚能养翁姑。"初甚骇怖，既而见其意真切，相持涕泣，留共居。狐女奉事无不至，转胜于有子。如是六七年，狐女忽遣老妪市一棺，且具锸畚。怪问其故。欣然曰："翁姑宜贺儿，儿奉事翁姑，自追念逝者，聊尽寸心耳，不期感动土神，闻于岳帝。岳帝悯之，许不待丹成，解形证果，今以遗蜕合窆，表同穴意也。"引至侧室，果一黑狐卧榻上，毛光如漆，举之轻如叶，扣之乃作金石声，信其真仙矣。葬事毕，又启曰："今隶碧霞元君为女官，当往泰山，请共往。"故相偕至此，僦屋与土人杂居。狐女惟不使人见形，其供养仍如初也。后不知其所终。此与前所记狐女略相近。然彼有所为而为，故仅得逭诛，此无所为而为，故竟能成道。天上无不忠不孝之神仙，斯言谅哉。

库尔喀喇乌苏（库尔喀喇，译言黑；乌苏，译言水也。）台军李印，尝随都司刘德行山中。见悬崖老松贯一矢，莫测其由。晚宿邮舍，印乃言昔过是地，遥见一骑飞驰来，疑为"玛哈沁"，伏深草伺之。渐近，则一物似人非人，据马上，马乃野马也。知为怪，发一矢，中之。嗡然如钟声，化黑烟去，野马亦惊逸。今此矢在树，知为木妖也。问："顷见之何不言？"曰："射时彼原未见我。彼既有灵，恐闻之或报复，故宁默也。"其机警多类此。一日，塔尔巴哈台押逋寇满答尔至，命印接解。以铁杻贯手，以铁链从马腹横锁其足。时已病，奄奄仅一息。与之食亦不甚咽，在马上每欲倒掷下，赖挚足得不堕，但虑其死，不虑其逃也。至戈壁两马相并，又作欲堕状。印举手引之。突挺然而起，以杻击印仆马下，即旋辔驰入戈壁去。戈壁东北连科布多，绵亘数百里，古无人迹，竟莫能追。始知其病者伪也。参将岳济，坐是获重谴，印亦长枷。既而伊犁复捕得满答尔，盖额鲁特来降者，赏赉最厚。满答尔贪饵而出，因就擒。讯其何以敢再至，则曰："我罪至重，谅必不料我来；我随众而来，亦必不疑其中有我。"其所计良是，而不虞识其顶上箭瘢也。以印之巧密，而卒为术愚；以满答尔之深险，而卒以诈败。日以心斗，诚不知其所穷。然任智终遇其敌，未有千虑不一失者，则定理也。

益都有书生，才气飙发，颇为隽上。一日，晚凉散步，与村女目成。密遣仆妇通词，约某夕虚掩后门待。生潜踪匿影，方暗中扪壁窃行，突火光一掣，朗若月明，见一厉鬼当户立。狼狈奔回，几失魂魄。次日至塾，塾师忽端坐大言曰："吾辛苦积得小阴骘，当有一孙登第。何逾墙钻穴，自败成功？幸我变形阻之，未至削籍，然亦殿两举矣。尔受人脩脯，教人子弟，何无约束至此耶？"自批其颊十馀，昏然仆地。方灌治间，宅内仆妇亦自批其颊曰："尔我家三世奴，岂朝秦暮楚者耶？幼主妄行，当劝戒，不从则当告主人。乃献媚希赏，几误其终身，岂非负心耶？后再不悛，且褫尔魄！"语讫亦昏仆。并久之，乃苏。门人李南涧曾亲见之。

盖祖父之积累如是其难，子孙之败坏如是其易也。祖父之于子孙如是其死尚不忘也，人可不深长思乎！然南涧言此生终身不第，颇颔以终。殆流荡不返，其祖亦无如何欤？抑或附形于塾师，附形于仆妇，而不附形于其孙，亦不附形于其子，犹有溺爱者存，故终不知惩欤？

狐魅，人之所畏也。而有罗生者，读小说杂记，稔闻狐女之姣丽，恨不一遇。近郊古冢，人云有狐，又云时或有人与狎昵。乃诣其窟穴，具贽币牲醴，投书求婚姻。且云或香闺娇女，并已乘龙，或鄙弃樗材，不堪倚玉，则乞赐一艳婢，用充贵媵，衔感亦均。再拜置之而返，数日寂然。

一夕，独坐凝思，忽有好女出灯下，嫣然笑曰："主人感君盛意，卜今吉日，遣小婢三秀来充下陈，幸见收录。"因叩谒如礼，凝眸侧立，妖媚横生。生大欣慰，即于是夜定情。自以为彩鸾甲帐，不是过也。婢善隐形，人不能见，虽远行别宿，亦复相随。益惬生所愿。惟性饕餮，家中食物多被窃。食物不足则盗衣裳器具，鬻钱以买，亦不知谁为料理，意有徒党同来也。以是稍谯责之，然媚态柔情，摇魂动魄，低眉一盼，亦复回嗔。又冶荡殊常，蛊惑万状，卜夜卜昼，靡有已时，尚嗛嗛不足。以是家为之凋，体亦为之敝。久而疲于奔命，怨詈时闻，渐起衅端，遂成仇隙。呼朋引类，妖祟大兴，日不聊生。

延正一真人劾治，婢现形抗辩曰："始缘祈请，本异私奔，继奉主命，不为苟合。手札具存，非无故为魅也。至于盗窃淫佚，狐之本性，振古如是，彼岂不知？既以耽色之故，舍人而求狐，乃又责狐以人理，毋乃悖欤？即以人理而论，图声色之娱者，不能惜畜养之费。既充妾媵，即当仰食于主人，所给不敷，即不免私有所取。家庭之内，似此者多。较攘窃他人，终为有间。若夫闺房燕昵，何所不有？圣人制礼，亦不能立以程限，帝王定律，亦不能设以科条。在嫡配尚属常情，在姬侍又其本分。录以为罪，窃有未甘。"真人曰："鸠众肆扰，又何理乎？"曰："嫁女与人，意图求取。不满所欲，聚党喧哄者，不知凡几，未闻有人科其罪，乃科罪于狐欤？"真人俯思良久，顾罗生笑曰："君所谓求仁得仁，亦复何怨？老夫耄矣，不能驱役鬼神，预人家儿女事。”后罗生家贫如洗，竟以瘵终。

周景垣前辈言：有巨室眷属，连舻之任，晚泊大江中。俄一大舰来同泊，门灯樯帜，亦官舫也。日欲没时，舱中二十馀人，露刃跃过，尽驱妇女出舱外。有靓妆女子隔窗指一小妇曰：“此即是矣。”群盗应声曳之去。一盗大呼曰：“我即尔家某婢父，尔女酷虐我女，鞭箠炮烙无人理。幸逃出遇我。尔追捕未获。衔冤次骨，今来复仇也。”言讫，扬帆顺流去，斯须灭影。缉寻无迹，女竟不知其所终，然情状可想矣。夫贫至鬻女，岂复有所能为？而不虑其能为盗也。婢受惨毒，岂复能报，而不虑其父能为盗也。此所谓蜂虿有毒欤！

又李受公言：有御婢残忍者，偶以小过闭空房，冻饿死，然无伤痕。其父讼不得直，反受笞。冤愤莫释，夜逾垣入，并其母女手刃之。缉捕多年，竟终漏网。是不为盗亦能报矣。又言京师某家火，夫妇子女并焚，亦群婢怨毒之所为。事无显证，遂无可追求。是不必有父亦自能报矣。

余有亲串，鞭笞婢妾，嬉笑如儿戏，间有死者。一夕，有黑气如车轮，自檐堕下，旋转如风，啾啾然有声，直入内室而隐。次日，疽发于项如粟颗，渐以四溃，首断如斩。是人所不能报，鬼亦报之矣。人之爱子，谁不如我？其强者衔冤茹痛，郁结莫申，一决横流，势所必至。其弱者横遭荼毒，赍恨黄泉，哀感三灵，岂无神理！不有人祸，必有天刑，固亦理之自然耳。

闽人有女未嫁卒，已葬矣。阅岁馀，有亲串见之别县。初疑貌相似，然声音体态无相似至此者。出其不意，从后试呼其小名，女忽回顾。知不谬，又疑为鬼。归告其父母，开冢验视，果空棺。共往踪迹。初阳不相识。父母举其胸胁瘢痣，呼邻妇密视，乃具伏。觅其夫，则已遁矣。盖闽中茉莉花根，以酒磨汁饮之一寸，可尸蹶一日，服至六寸尚可苏，至七寸乃真死。女已有婿，而私与邻子狎，故磨此根使诈死。待其葬而发墓共逃也。婿家鸣官捕得邻子，供词与女同。时吴林塘官闽县，亲鞫是狱。欲引开棺见尸律，则人实未死，事异图财；欲引药迷子女例，则女本同谋，情殊掠卖。无正条可以拟罪，乃仍以奸拐本律断。人情变幻，亦何所不有乎？

张石粼先生，姚安公同年老友也。性伉直，每面折人过；然慷慨尚义，视朋友之事如己事，劳与怨皆不避也。尝梦其亡友某公盛气相诘曰："君两为县令，凡故人子孙零替者，无不收恤。独我子数千里相投，视如陌路，何也？"先生梦中怒且笑曰："君忘之欤？夫所谓朋友，岂势利相攀援，酒食相征逐哉？为缓急可恃，而休戚相关也。我视君如弟兄，吾家奴结党以蠹我，其势蟠固。我无可如何，我尝密托君察某某。君目睹其奸状，而恐招嫌怨，讳不肯言。及某某贯盈自败，君又博忠厚之名，百端为之解脱。我事之偾不偾，我财之给不给，君皆弗问，第求若辈感激，称长者而已。是非厚其所薄，薄其所厚乎？君先陌路视我，而怪我视君如陌路，君忘之欤？"其人瑟缩而去。此五十年前事也。

大抵士大夫之习气，类以不谈人过为君子，而不计其人之亲疏，事之利害。余尝见胡牧亭为群仆剥削，至衣食不给。同年朱学士竹君奋然代为驱逐，牧亭生计乃稍苏。又尝见陈裕斋殁后，孀妾孤儿，为其婿所凌逼。同年曹宗丞慕堂亦奋然鸠率旧好，代为驱逐，其子乃得以自存。一时清议，称古道者百不一二，称多事者十恒八九也。又尝见崔总宪应阶娶孙妇，赁彩轿亲迎，其家奴互相钩贯，非三百金不能得，众喙一音。至前期一两日，价更倍昂。崔公恚愤，自求朋友代赁。朋友皆避怨不肯应，甚有谓彩轿无定价，贫富贵贱各随其人为消长，非他人所可代赁，以巧为调停者。不得已以己所乘轿结彩缯用之。一时清议，谓坐视非理者亦百不一二，谓善体下情者亦十恒八九也。彼一是非，此一是非，将乌乎质之哉？

周化源言：有二士游黄山，留连松石，日暮忘归。夜色苍茫，草深苔滑，乃共坐于悬崖之下。仰视峭壁，猿鸟路穷，中间片石斜欹，如云出岫。缺月微升，见有二人坐其上，知非仙即鬼，屏息静听。

右一人曰："顷游岳麓，闻此翁又作何语？"左一人曰："去时方聚讲《西铭》，归时又讲《大学衍义》也。”右一人曰：“《西铭》论万物一体，理原如是。然岂徒心知此理，即道济天下乎？父母之于子，可云爱之深矣，子有疾病，何以不能疗？子有患难，何以不能救？无术焉而已。此犹非一身也。人之一身，虑无不深自爱者，己之疾病，何以不能疗？己之患难，何以不能救？亦无术焉而已。今不讲体国经野之政，捍灾御变之方，而曰吾仁爱之心，同于天地之生物，果此心一举，万物即可以生乎？吾不知之矣。至《大学》条目，自格致以至治平，节节相因，而节节各有其功力。譬如土生苗，苗成禾，禾成谷，谷成米，米成饭，本节节相因。然土不耕则不生苗，苗不灌则不得禾，禾不刈则不得谷，谷不舂则不得米，米不炊则不得饭，亦节节各有其功力。西山作《大学衍义》，列目至齐家而止，谓治国平天下可举而措之。不知虞舜之时，果瞽瞍允若而洪水即平，三苗即格乎？抑犹有治法在乎？又不知周文之世，果太姒徽音而江汉即化，崇侯即服乎？抑别有政典存乎？今一切弃置，而归本于齐家，毋亦如土可生苗，即炊土为饭乎？吾又不知之矣。”左一人曰：“琼山所补治平之道其备乎？”右一人曰：“真氏过于泥其本，邱氏又过于逐其末，不究古今之时势，不揆南北之情形，琐琐屑屑，缕陈多法，且一一疏请施行，是乱天下也。即其海运一议，胪列历年漂失之数，谓所省转运之费，足以相抵。不知一舟人命，讵止数十，合数十舟即逾千百，又何为抵乎？亦妄谈而已矣。”左一人曰：“是则然矣。诸儒所述封建井田，皆先王之大法，有太平之实验，究何如乎？”右一人曰：“封建井田，断不可行，驳者众矣。然讲学家持是说者，意别有在，驳者未得其要领也。夫封建井田不可行，微驳者知之，讲学者本自知之。知之而必持是说，其意固欲借一必不行之事，以藏其身也。盖言理言气，言性言心，皆恍惚无可质，谁能考未分天地之前，作何形状；幽微暧昧之中，作何情态乎？至于实事，则有凭矣。试之而不效，则人人见其短长矣。故必持一不可行之说，使人必不能试，必不肯试，必不敢试，而后可号于众曰：‘吾所传先王之法，吾之法可为万世致太平，而无如人不用何也！’人莫得而究诘，则亦相率而劝曰：‘先生王佐之才，惜哉不竟其用’云尔。以棘刺之端为母猴，而要以三月斋戒乃能观，是即此术。第彼犹有棘刺，犹有母猴，故人得以求其削。此更托之空言，并无削之可求矣。天下之至巧，莫过于是。驳者乃以迂阔议之，乌识其用意哉！”相与太息者久之，划然长啸而去。

二士窃记其语，颇为人述之。有讲学者闻之，曰："学求闻道而已。所谓道者，曰天曰性曰心而已。忠孝节义，犹为末务，礼乐刑政，更末之末矣。为是说者，其必永嘉之徒也夫！"

壬午顺天乡试，与安溪李延彬前辈同分校。偶然说虎，延彬曰："里有入山樵采者，见一美妇隔涧行，衣饰华丽，不似村妆。心知为魅，伏丛薄中觇所往。适一鹿引麑下涧饮，妇见之，突扑地化为虎，衣饰委地如蝉蜕，径搏二鹿食之。斯须仍化美妇，整顿衣饰，款款循山去。临流照影，妖媚横生，几忘其曾为虎也。"秦涧泉前辈曰："妖媚蛊惑，但不变虎形耳，捕噬之性则一也。偶露本质，遽相惊讶，此樵何少见多怪乎！"

仁我又言：有盗劫一富室，攻楼门垂破。其党手炬露刃，迫胁家众曰："敢号呼者死！且大风，号呼亦不闻，死何益！"皆噤不出声。一灶婢年十五六，睡厨下，乃密持火种，黑暗中伏地蛇行，潜至后院，乘风纵火，焚其积柴。烟焰烛天，阖村惊起，数里内邻村亦救视。大众既集，火光下明如白昼，群盗格斗不能脱，竟骈首就擒。主人深感此婢，欲留为子妇。其子亦首肯，曰："具此智略，必能作家，虽灶婢何害。"主人大喜，趣取衣饰，即是夜成礼。曰："迟则讲尊卑，论良贱，是非不一，恐有变局矣。"亦奇女子哉！

朱导江言：有妻服已释，忽为礼忏者，意甚哀切，过于初丧。问之，初不言。所亲或私叩之，乃泫然曰："亡妇相聚半生，初未觉其有显过。顷忽梦至冥司，见女子数百人，锁以银铛，驱以骨朵，入一大官署中。俄闻号呼凄惨，栗魄动魂。既而一一引出，并流血被骭，匍匐膝行，如牵羊豕。中一人见我招手，视即亡妇。惊问：'何罪至此？'曰：'坐事事与君怀二意。初谓家庭常态，不意阴律至严，与欺父欺君竟同一理，故堕落如斯。'问：'二意者何事？'曰：'不过骨肉之中私庇子女，奴隶之中私庇婢媪，亲串之中私庇母党，均使君不知而已。今每至月朔，必受铁杖三十，未知何日得脱，此累累者皆是也。'尚欲再言，已为鬼卒曳去。多年伉俪，未免有情，故为营斋造福耳。"

夫同牢之礼，于情最亲，亲则非疏者所能间；敌体之义，于分本尊，尊则非卑者所能违。故二人同心，则家庭之纤微曲折，男子所不能知与知而不能自为者，皆足以弥缝其阙。苟徇其私爱，意有所偏，则机械百出，亦可于耳目所不及者，无所不为。种种衅端，种种败坏，皆从是起。所关者大，则其罪自不得轻。况信之者至深，托之者至重，而欺其不觉，为所欲为，在朋友犹属负心，应干神谴；则人原一体，分属三纲者，其负心之罪不更加倍蓰乎？寻常细故，断以严刑，固不得谓之深文矣。

人情狙诈，无过于京师。余尝买罗小华墨十六铤，漆匣黯敝，真旧物也。试之，乃抟泥而染以黑色，其上白霜，亦盦于湿地所生。又丁卯乡试，在小寓买烛，爇之不燃。乃泥质而幂以羊脂。又灯下有唱卖炉鸭者，从兄万周买之。乃尽食其肉，而完其全骨，内傅以泥，外糊以纸，染为炙爆之色，涂以油，惟两掌头颈为真。又奴子赵平以二千钱买得皮靴，甚自喜。一日骤雨，着以出，徒跣而归。盖靿则乌油高丽纸揉作绉纹，底则糊粘败絮，缘之以布。其他作伪多类此。然犹小物也。

有选人见对门少妇甚端丽，问之，乃其夫游幕，寄家于京师，与母同居。越数月，忽白纸糊门，合家号哭，则其夫讣音至矣。设位祭奠，诵经追荐，亦颇有吊者。既而渐鬻衣物，云乏食，且议嫁。选人因赘其家。又数月，突其夫生还。始知为误传凶问。夫怒甚，将讼官。母女哀吁，乃尽留其囊箧，驱选人出。越半载，选人在巡城御史处，见此妇对簿。则先归者乃妇所欢，合谋挟取选人财，后其夫真归而败也。黎丘之技，不愈出愈奇乎！

又西城有一宅，约四五十楹，月租二十馀金。有一人住半载馀，恒先期纳租，因不过问。一日，忽闭门去，不告主人。主人往视，则纵横瓦砾，无复寸椽，惟前后临街屋仅在。盖是宅前后有门，居者于后门设木肆，贩鬻屋材，而阴拆宅内之梁柱门窗，间杂卖之。各居一巷，故人不能觉。累栋连甍，搬运无迹，尤神乎技矣。

然是五、六事，或以取贱值，或以取便易，因贪受饵，其咎亦不尽在人。钱文敏公曰："与京师人作缘，斤斤自守，不入陷阱已幸矣。稍见便宜，必藏机械，神奸巨蠹，百怪千奇，岂有便宜到我辈。"诚哉是言也。

卷十八　姑妄听之四

马德重言：沧州城南，盗劫一富室，已破扉入，主人夫妇并被执，众莫敢谁何。有妾居东厢，变服逃匿厨下，私语灶婢曰："主人在盗手，是不敢与斗。渠辈屋脊各有人，以防救应，然不能见檐下。汝扶后窗循檐出，密告诸仆：各乘马执械，四面伏三五里外。盗四更后必出，四更不出，则天晓不能归巢也。出必挟主人送，苟无人阻，则行一二里必释，不释恐见其去向也。俟其释主人，急负还而相率随其后，相去务在半里内。彼如返斗即奔还，彼止亦止，彼行又随行。再返斗仍奔，再止仍止，再行仍随行，如此数四，彼不返斗则随之得其巢，彼返斗则既不得战，又不得遁，逮至天明，无一人得脱矣。"婢冒死出告，众以为中理，如其言，果并就擒。重赏灶婢。妾与嫡故不甚协，至是亦相睦。后问妾何以办此？泫然曰："吾故盗魁某甲女，父在时，尝言行劫所畏惟此法，然未见有用之者。今事急姑试，竟侥幸验也。"故曰，用兵者务得敌之情。又曰，以贼攻贼。

常山峪道中加班轿夫（九卿肩舆，以八人更番，出京则加四人，谓之"加班"。）刘福言：长姐者，忘其姓，山东流民之女。年十五六，父母就食于赤峰，（即乌蓝哈达，乌蓝译言红，哈达译言峰也，今建为赤峰州。）租田以耕。一日，入山采樵，遇风雨，避岩下。雨止已昏黑，畏虎不敢行，匿草间。遥见双炬，疑为虎目。至前则官役数人，衣冠不古不今，叱问何人。以实告。官坐石上，令曳出。众呼跪，长姐以为山神，匍匐听命。官曰："汝夙孽应充我食。今就擒，当啖尔。速解衣伏石上，无留寸缕，致挂碍齿牙。"知为虎王，觳觫祈免。官曰："视尔貌尚可，肯侍我寝，当赦尔。后当来往于尔家，且福尔。"长姐愤怒跃起曰："岂有神灵肯作此语？必邪魅也。唉则唉耳，长姐良家女，不能蒙面作此事。”拾石块奋击，一时奔散，此非其力足胜之，其气足胜之。其贞烈之心足以帅其气也。故曰：“其为气也，至大至刚。”

张太守墨谷言：德、景间有富室，恒积谷而不积金，防劫盗也。康熙、雍正间，岁频歉，米价昂。闭廪不肯粜升谷，冀价再增。乡人病之，而无如何。有角妓号玉面狐者曰：“是易与，第备钱以待可耳。”乃自诣其家曰：“我为鸨母钱树，鸨母顾虐我。昨与勃豀，约我以千金自赎。我亦厌倦风尘，愿得一忠厚长者托终身，念无如公者。公能捐千金，则终身执巾栉。闻公不喜积金，即钱二千贯亦足抵。昨有木商闻此事，已回天津取赀。计其到当在半月外。我不愿随此庸奴。公能于十日内先定，则受德多矣。”张故惑此妓，闻之惊喜，急出谷贱售。廪已开，买者坌至，不能复闭，遂空其所积，米价大平。谷尽之日，妓遣谢富室曰：“鸨母养我久，一时负气相诟，致有是议。今悔过挽留，义不可负心。所言姑俟诸异日。”富室原与私约，无媒无证，无一钱聘定，竟无如何也。此事李露园亦言之，当非虚谬。闻此妓年甫十六七，遽能办此，亦女侠哉！

莫雪崖言：有乡人患疫，困卧草榻，魂忽已出门外，觉顿离热恼，意殊自适。然道路都非所曾经，信步所之。偶遇一故友，相见悲喜。忆其已死，忽自悟曰：“我其入冥耶？”友曰：“君未合死，离魂到此耳。此境非人所可到，盍同游览，以广见闻。”因随之行，所经城市墟落，都不异人世，往来扰扰，亦各有所营。见乡人皆目送之，然无人交一语也。

乡人曰：“闻有地狱，可一观乎？”友曰：“地狱如囚牢，非冥官不能启，非冥吏不能导，吾不能至也。有三数奇鬼，近乎地狱，君可以往观。”因改循歧路，行半里许，至一地，空旷如墟墓。见一鬼，状貌如人，而鼻下则无口。问：“此何故？”曰：“是人生时，巧于应对，谀词颂语，媚世悦人，故受是报，使不能语。或遇焰口浆水，则饮以鼻。”又见一鬼，尻耸向上，首折向下，面着于腹，以两手支拄而行。

问:“此何故?”曰:“是人生时,妄自尊大,故受此报,使不能仰面傲人。”又见一鬼,自胸至腹,裂罅数寸,五脏六腑,虚无一物。问:“此何故?”曰:“是人生时,城府深隐,人不能测,故受是报,使中无匿形。”又见一鬼,足长二尺,指巨如椎,踵巨如斗,重如千斛之舟,努力半刻,始移一寸。问:“此何故?”曰:“此人生时,高材捷足,事事务居人先,故受是报,使不能行。”又见一鬼,两耳拖地,如曳双翼,而混沌无窍。问:“此何故?”曰:“此人生时,怀忌多疑,喜闻蜚语,故受此报,使不能听。是皆按恶业浅深,待受报期满,始入转轮。其罪减地狱一等,如阳律之徒流也。”俄见车骑杂遝,一冥官经过,见乡人惊曰:“此是生魂,误游至此,恐迷不得归,谁识其家,可导使去。”友跪启是旧交。官即令送返。将至门,大汗而醒,自是病愈。

雪崖天性爽朗,胸中落落无宿物,与朋友谐戏,每俊辩横生。此当是其寓言,未必真有。然庄生列子,半属寓言,义足劝惩,固不必刻舟求剑尔。

王梅序言:交河有为盗诬引者,乡民朴愿,无以自明,以赂求援于县吏。吏闻盗之诬引,由私调其妇,致为所殴,意其妇必美,却赂而微示以意曰:“此事秘密,须其妇潜身自来,乃可授方略。”居间者以告乡民。乡民惮死失志,呼妇母至狱,私语以故。母告妇,咈然不应也。越两三日,吏家有人夜扣门。启视,则一丐妇,布帕裹首,衣百结破衫,闯然入。问之不答,且行且解衫与帕,则鲜妆华服艳妇也。惊问所自,红潮晕颊,俯首无言,惟袖出片纸。就所持灯视之,某人妻三字而已。吏喜过望,引入内室,故问其来意。妇掩泪曰:“不喻君语,何以夜来?既已来此,不必问矣,惟祈毋失信耳。”吏发洪誓,遂相嬿婉。潜留数日,大为妇所蛊惑,神志颠倒,惟恐不得当妇意。妇暂辞去,言村中日日受侮,难于久住,如城中近,君租数楹,便可托庇荫,免无赖凌藉,亦可朝夕相往来。吏益喜,竟百计白其冤。狱解之后,遇乡民,意甚索漠。以为狎昵其妇,愧相见也。后因事到乡,诣其家,亦拒不见。知其相绝,乃大恨。

会有挟妓诱博者讼于官，官断妓押归原籍。吏视之，乡民妇也，就与语。妇言苦为夫禁制，愧相负，相忆殊深，今幸相逢，乞念旧时数日欢，免杖免解。吏又惑之，因告官曰："妓所供乃母家籍，实县民某妻，宜究其夫。"盖觊怂恿官卖，自买之也。遣拘乡民，乡民携妻至，乃别一人。问邻里皆云不伪。问吏何以诬乡民？吏不能对。第曰风闻。问闻之何人？则噤无语。呼妓问之，妓乃言吏初欲挟污乡民妻，妻念从则失身，不从则夫死，值妓新来，乃尽脱簪珥，赂妓冒名往，故与吏狎识。今当受杖，适与相逢，因仍诳托乡民妻，冀脱箠楚。不虞其又有他谋，致两败也。官覆勘乡民，果被诬。姑念其计出救死，又出于其妻，释不究，而严惩此吏焉。

神奸巨蠹，莫吏若矣，而为村妇所笼络，如玩弄婴孩。盖愚者恒为智者败，而物极必反，亦往往于所备之外，有智出其上者突起而胜之。无往不复，天之道也。使智者终不败，则天地间惟智者存，愚者断绝矣，有是理哉！

同年龚肖夫言：有人四十馀无子，妇悍妒，万无纳妾理，恒郁郁不适。偶至道观，有道士招之曰："君气色凝滞，似有重忧，道家以济物为念，盍言其实，或一效铅刀之用乎！"异其言，具以告。道士曰："固闻之，姑问君耳。君为制鬼卒衣装十许具，当有以报命。如不能制，即假诸伶官亦可也。"心益怪之，然度其诳取无所用，当必有故，姑试其所为。是夕，妇梦魇，呼不醒，且呻吟号叫声甚惨。次日，两股皆青黯。问之，秘不言，吁嗟而已。三日后复然。自是每三日后皆复然。半月后，忽遣奴唤媒媪，云将买妾。人皆弗信，其夫亦虑后患，殊持疑。既而妇昏瞀累日，醒而促买妾愈急，布金于案，与僮仆约：三日不得必重抶，得而不佳亦重抶。观其状，似非诡语。觅二女以应，并留之。是夕即整饰衾枕，促其夫入房。举家骇愕，莫喻其意，夫亦惘惘如梦境。后复见道士，始知其有术能摄魂：夜使观中道众为鬼装，而道士星冠羽衣坐堂上，焚符摄妇魂，言其祖宗翁姑，以斩祀不孝，具牒诉冥府，用桃杖决一百，遣归，克期令纳妾。妇初以为噩梦，尚未肯，俄三日一摄，如征比然。其昏瞀累日，则倒悬其魂，灌鼻以醋，约三日不得好女子，即付泥犁也。

摄魂小术，本非正法。然法无邪正，惟人所用，如同一戈矛，用以杀掠则劫盗，用以征讨则王师耳。术无大小，亦惟人所用，如不龟手药，可以洴澼绕，亦可以大败越师耳。道士所谓善用其术欤！至嚣顽悍妇，情理不能喻，法令不能禁，而道士能以术制之。尧牵一羊，舜从而鞭，羊不行，一牧竖驱之则群行。物各有所制，药各有所畏。神道设教，以驯天下之强梗，圣人之意深矣。讲学家乌乎识之？

瞽者刘君瑞言：一瞽者年三十馀，恒往来卫河旁，遇泊舟者，必问："此有殷桐乎？"又必申之曰："夏殷之殷，梧桐之桐也。"有与之同宿者，其梦中呓语亦惟此二字。问其姓名，则旬日必一变，亦无深诘之者。如是十馀年，人多识之，或逢其欲问，辄呼曰："此无殷桐，别觅可也。"

一日，粮艘泊河干，瞽者问如初。一人挺身上岸，曰："是尔耶？殷桐在此，尔何能为？"瞽者狂吼如虓虎，扑抱其颈，口啮其鼻，血淋漓满地。众前拆解，牢不可开，竟共堕河中，随流而没。后得尸于天妃宫前，（海口不受尸，凡河中求尸不得，至天妃宫前必浮出。）桐捶其左胁骨尽断，终不释手，十指抠桐肩背，深入寸馀。两颧两颊，啮肉几尽。迄不知其何仇，疑必父母之冤也。

夫以无目之人，侦有目之人，其不得决也；以孱弱之人，搏强横之人，其不敌亦决也。如较伍胥之仇楚，其报更难矣。乃十馀年坚意不回，竟卒得而食其肉，岂非精诚之至，天地亦不能违乎？宋高宗之歌舞湖山，究未可以势弱解也。

《新齐谐》载冥司榜吕留良之罪曰："辟佛太过。"此必非事实也。留良之罪，在明亡以后，即不能首阳一饿，追迹夷齐，又不能戢影逃名，鸿冥世外，如真山民之比。乃青衿应试，身列胶庠，其子葆中，亦高掇科名，以第二人入翰苑。则久食周粟，断不能自比殷顽，何得肆作谤书，荧惑黔首？诡托于桀犬之吠尧，是首鼠两端，进退无据，实狡黠反覆之尤。核其生平，实与钱谦益相等。殁罹阴谴，自必由斯。至其讲学辟佛，则以尊朱之故，不得不辟陆、王为禅。既已辟禅，自不得不牵连辟佛，非其本志，亦非其本罪也。金人入梦以来，辟佛者多，辟佛太过者亦多。以是为罪，恐留良转有词矣。

抑尝闻五台僧明玉之言曰：辟佛之说，宋儒深而昌黎浅，宋儒精而昌黎粗。然而披缁之徒，畏昌黎不畏宋儒，衔昌黎不衔宋儒也。盖昌黎所辟，檀施供养之佛也，为愚夫妇言之也。宋儒所辟，明心见性之佛也，为士大夫言之也。天下士大夫少而愚夫妇多，僧徒之所取给，亦资于士大夫者少，资于愚夫妇者多。使昌黎之说胜，则香积无烟，祇园无地，虽有大善知识，能率恒河沙众，枵腹露宿而说法哉！此如用兵者先断粮道，不攻而自溃也。故畏昌黎甚，衔昌黎亦甚。使宋儒之说胜，不过尔儒理如是，儒法如是，尔不必从我；我佛理如是，佛法如是，我亦不必从尔。各尊所闻，各行所知，两相枝拄，未有害也。故不畏宋儒，亦不甚衔宋儒。然则唐以前之儒，语语有实用，宋以后之儒，事事皆空谈。讲学家之辟佛，于释氏毫无所加损，徒喧哄耳。录以为功，固为谠论，录以为罪，亦未免重视留良矣。

蛇能报冤，古记有之，他毒物则不能也。然闻故老之言曰："凡遇毒物，无杀害心，则终不遭螫；或见即杀害，必有一日受其毒。"验之颇信。是非物之知报，气机相感耳。狗见屠狗者群吠，非识其人，亦感其气也。又有生啖毒虫者，云能益力，毒虫中人或至死，全贮其毒于腹中，乃反无恙，此又何理欤？崔庄一无赖少年习此术，尝见其握一赤练蛇，断其首而生啮，如有馀味，殆其刚悍鸷忍之气，足以胜之乎？力何必益？即益力，方药亦颇多，又何必是也？

景州高冠瀛，以梦高江村而生，故亦名士奇。笃学能文，小试必第一，而省闱辄北，竟坎壈以终。年二十馀时，日者推其命，谓天官、文昌、魁星贵人，皆集于一宫，于法当以鼎甲入翰林，而是岁只得食饩，计其一生遭遇，亦无更得志于食饩者。盖其赋命本薄，故虽极盛之运，所得不过如是也。田白岩曰："张文和公八字，日者以其一生仕履，较量星度，其开坊仅抵一衿耳。此与冠瀛之命可以互勘，术家宜以此消息，不可徒据星度，遽断休咎也。"又尝见一术士，云凡阵亡将士，推其死绥之岁月，运必极盛。盖尽节一时，垂名千古，馨香百世，荣逮子孙，所得有在王侯将相之上者故也。立论极奇，而实有至理。此又法外之意，不在李虚中等格局中矣。

吉木萨台军言：尝逐雉入深山中，见悬崖之上，似有人立。越涧往视，去地不四五丈，一人衣紫氆氇，面及手足皆黑，毛茸茸长寸许；一女子甚姣丽，作蒙古装，惟跣足不靴，衣则绿氆氇也，方对坐共炙肉。旁侍黑毛人四五，皆如小儿身，不着寸缕，见人嘻笑，其语非蒙古，非额鲁特，非回部，非西番。啁哳如鸟，不可辨观。其情状似非妖物，乃跪拜之，忽掷一物于崖下，乃熟野骡肉半肘也。又拜谢之，皆摇手，乃携以归。足三四日食。再与牧马者往迹，不复见矣。意其山神欤。

辟尘之珠，外舅马公周箓曾遇之，确有其物，而惜未睹其形也。初，隆福寺鬻杂珠宝者，布茵于地（俗谓之摆摊），罗诸小箧于其上，虽大风霾，无点尘。或戏以囊有"辟尘珠"。其人椎鲁，漫笑应之，弗信也。如是半载，一日，顿足大呼曰："吾真误卖至宝矣！"盖是日飞尘忽集，始知从前果珠所辟也。按医书有"服响豆法"。响豆者，槐实之夜中爆响者也。一树只一颗，不可辨识，其法槐始花时，即以丝网幂树上，防鸟鹊啄食。结子熟后，多缝布囊贮之，夜以为枕，听无声者即弃去，如是递枕，必有一囊作爆声者。取此一囊，又多分小囊贮之，枕听初得一响者则又分，如二枕渐分至仅存二颗，再分枕之，则响豆得矣。此人所鬻之珠，谅亦无几，如以此法分试，不数刻得矣，何至交臂失之乎？乃漫然不省，卒以轻弃，当缘禄相原薄耳。

乾隆甲辰，济南多火灾。四月杪，南门内西横街又火，自东而西，巷狭风猛，夹路皆烈焰。有张某者，草屋三楹在路北，火未及时，原可挈妻孥出；以有母柩，筹所以移避，既势不可出，夫妇与子女四人抱棺悲号，誓以身殉。时抚标参将，方督军扑救，隐隐闻哭声，令标升后巷屋寻声，至所居，垂绠使缒出。张夫妇并呼曰："母柩在此，安可弃也？"其子女亦呼曰："父母殉父母，我不当殉父母乎？"亦不肯上。俄火及，标军越屋避去，仅以身免。以为阖门并煨烬，遥望太息而已。乃火熄，巡视其屋，岿然独存，盖回飙忽作，火转而北，绕其屋后，焚邻居一质库，始复西也。非鬼神呵护，何以能然。

宝坻王泗和，余姻家也。尝示余《书艾孝子事》一篇，曰："艾子诚，宁河之艾邻村人。父文仲，以木工自给。偶与人斗，击之踣，误以为死，惧而逃。虽其妻莫知所往，第仿佛传闻，似出山海关尔。是时妻方娠越两月，始生子诚，文仲不知已有子。子诚幼鞠于母，亦不知有父也。迨稍有知，乃问母父所在，母泣语以故，子诚自是惘惘如有失，恒絮问其父之年齿状貌，及先世之名字，姻娅之姓氏里居。亦莫测其意，姑一一告之，比长，或欲妻以女，子诚固辞曰：'乌有其父流离，而其子安处室家者？'始知其有志于寻父，徒以孀母在堂，不欲远离耳。然文仲久无音耗，子诚又生未出里闾，天地茫茫，何从踪迹？皆未信其果能往，子诚亦未尝议及斯事，惟力作以养母，越二十年母以疾卒。营葬毕，遂治装裹粮赴辽东，有沮以存亡难定者，子诚泣然曰：'苟相遇，生则共返，殁则负骨归，苟不相遇，宁老死道路间，不生还矣。'众挥涕而送之。子诚出关后，念父避罪亡命，必潜踪于僻地，凡深山穷谷，险阻幽隐之处，无不物色，久而资斧既竭，行乞以糊口，凡二十载，终无悔心。一日，于马家城山中遇老父，哀其穷饿，呼与语，询得其故，为之感泣，引至家，款以酒食。俄有梓人携具入，计其年与父相等，子诚心动，谛审其貌，与母所说略相似，因牵裾泣涕，具述其父出亡年月，且缕述家世及戚党，冀其或是。是人且骇且悲，似欲相认，而自疑在家未有子，子诚具陈始末，乃嗷然相持哭。盖文仲辗转逃避，乃至是地，已阅四十馀年，又变姓名为王友义，故寻访无迹，至是始偶相遇也。老父感其孝，为谋归计，而文仲流落久，多逋负滞不能行。子诚乃踉跄奔还，质田宅，贷亲党，得百金再往，竟奉以归。归七年以寿终。子诚得父之后，始娶妻，今有四子，皆勤俭能治生。昔文安王原寻亲万里之外，子孙至今为望族，子诚事与相似，天殆将昌其家乎？子诚佃种余田，所居距余别业仅二里。余重其为人，因就问其详，而书其大略如右。俾学士大夫，知陇亩间有是人也。时癸丑重阳后二日。”

案子诚求父多年，无心忽遇，与宋朱寿昌寻母事同，皆若有神助，非人力所能为。然精诚之至，故哀感幽明，虽谓之人力亦可也。

引据古义，宜征经典，其馀杂说，参酌而已，不能一一执为定论也。《汉书·五行志》以一产三男列于人痾，其说以为母气盛也，故谓之咎征。然成周八士，四乳而生，圣人不以为妖异，抑又何欤？夫天地氤氲，万物化醇，非地之自能生也；男女构精，万物化生，非女之自能生也。使三男不夫而孕，谓之人痾可矣；既为有父之子，则父气亦盛可知，何独以为阴盛阳衰乎？循是以推，则嘉禾专车，异亩同颖，见于《书序》者，亦将谓地气太盛乎？大抵《洪范五行》，说多穿凿，而此条之难通为尤甚。不得以源出伏胜，遂以传为经。国家典制，凡一产三男，皆予赏赉，一扫曲学之陋说，真千古定议矣。余修《续文献通考》，于“祥异考”中，变马氏之例，削去此门，遵功令也。癸丑七月草此书成，适仪曹以题赏一产三男本稿请署。偶与论此，因附记于书末。

卷十九　滦阳续录一

景薄桑榆，精神日减，无复著书之志，惟时作杂记，聊以消闲。《滦阳消夏录》等四种，皆弄笔遣日者也。年来并此懒为，或时有异闻，偶题片纸；或忽忆旧事，拟补前编，又率不甚收拾，如云烟之过眼，故久未成书。今岁五月，扈从滦阳，退直之馀，昼长多暇，乃连缀成书，命曰《滦阳续录》。缮写既完，因题数语，以志缘起。若夫立言之意，则前四书之序详矣，兹不复衍焉。嘉庆戊午七夕后三日，观弈道人书于礼部直庐。时年七十有五。

嘉庆戊午五月，余扈从滦阳，将行之前，赵鹿泉前辈云：有瞽者郝生，主彭芸楣参知家，以揣骨游士大夫间，语多奇验。惟揣胡祭酒长龄，知其四品，不知其状元耳。在江湖术士中，其艺差精。郝自称河间人，余询乡里无知者，殆久游于外欤？郝又称其师乃一僧，操术弥高，与人接一两言，即知其官禄。久住深山，立意不出，其事太神，则余不敢信矣。

案：相人之法，见于《左传》，其书《汉志》亦著录，惟太素脉、揣骨二家，前古未闻。太素脉至北宋始出，其授受渊源，皆支离附会，依托显然。余于《四库全书总目》已详论之。揣骨亦莫明所自起。考《太平广记》一百三十六引《三国·典略》称：北齐神武与刘贵、贾智等射猎，遇盲妪，遍扪诸人，云并当贵；及扪神武，云皆由此人，似此术南北朝已有。又《定命录》称：天宝十四载，东阳县瞽者马生，捏赵自勤头骨，知其官禄。刘公《嘉话录》称：贞元末，有相骨山人，瞽双目。人求相，以手扪之，必知贵贱。《剧谈录》称：开成中，有龙复本者，无目，善听声揣骨。是此术至唐乃盛行也。流传既古，当有所受，故一知半解，往往或中，较太素脉稍有据耳。

胡中丞太初、罗山人两峰，皆能视鬼。恒阁学兰台，亦能见之，但不能常见耳。戊午五月，在避暑山庄直庐偶然话及。兰台言：鬼之形状仍如人，惟目直视。衣纹则似片片挂身上，而束之下垂，与人稍殊。质如烟雾，望之依稀似人影。侧视之，全体皆见；正视之，则似半身入墙中，半身凸出。其色或黑或苍，去人恒在一二丈外，不敢逼近。偶猝不及避，则或瑟缩匿墙隅，或隐入坎井，人过乃徐徐出。盖灯昏月黑，日暮云阴，往往遇之，不为讶也。所言与胡、罗二君略相类，而形状较详。知幽明之理，不过如斯。其或黑或苍者，鬼本生人之馀气，渐久渐散，以至于无。故《左传》称新鬼大，故鬼小。殆由气有厚薄，斯色有浓淡欤？

门人伊比部秉绶言：有书生赴京应试，寓西河沿旅舍中。壁悬仕女一轴，风姿艳逸，意态如生。每独坐，辄注视凝思，客至或不觉。一夕，忽翩然自画下，宛一好女子也。书生虽知为魅，而结念既久，意不自持，遂相与笑语嬿婉。比下第南归，竟买此画去。至家，悬之书斋，寂无灵响，然真真之唤弗辍也。三四月后，忽又翩然下。与话旧事不甚答，亦不暇致诘，但相悲喜。自此狎媟无间，遂患羸疾。其父召茅山道士劾治。道士熟视壁上，曰："画无妖气，为祟者非此也。"结坛作法。次日有一狐殪坛下。知先有邪心，以邪召邪，狐故得而假借。其京师之所遇，当亦别一狐也。

吴茂邻，姚安公门客也。见二童互詈，因举一事曰：交河有人尝于途中遇一叟泥滑失足，挤此人几仆。此人故暴横，遂辱詈叟母。叟怒欲与角，忽俯首沉思，揖而谢罪，且叩其名姓居址，至歧路别去。此人至家，其母白昼闭房门，呼之不应，而喘息声颇异。疑有他故，穴窗窥之，则其母裸无寸丝，昏昏如醉，一人据而淫之。谛视，即所遇叟也。愤激叫呶，欲入捕捉，而门窗俱坚固不可破。乃急取鸟铳，自棂外击之，嗷然而仆，乃一老狐也。邻里聚观，莫不骇笑。此人詈狐之母，特托空言，竟致此狐实报之，可以为善詈者戒。

此狐快一朝之愤，反以陨身，亦足为睚眦必报者戒也。

宋代有神臂弓，实巨弩也。立于地而踏其机，可三百步外贯铁甲，亦曰“克敌弓”。洪容斋试词科，有《克敌弓铭》是也。宋军拒金，多倚此为利器。军法不得遗失一具，或败不能携，则宁碎之，防敌得其机轮仿制也。元世祖灭宋，得其式，曾用以制胜。至明乃不得其传，惟《永乐大典》尚全载其图说。然其机轮一事一图，但有长短宽窄之度与其牝牡凸凹之形，无一全图。余与邹念乔侍郎穷数日之力，审谛逗合，讫无端绪。余欲钩摹其样，使西洋人料理之。先师刘文正公曰：“西洋人用意至深，如算术借根法，本中法流入西域，故彼国谓之‘东来法’。今从学算，反秘密不肯尽言。此弩既相传利器，安知不阴图以去，而以不解谢我乎？《永乐大典》贮在翰苑，未必后来无解者，何必求之于异国。”余与念乔乃止。“维此老成，瞻言百里”。信乎？所见者大也。

宛平陈鹤龄，名永年，本富室，后稍落。其弟永泰先亡，弟妇求析箸，不得已从之。弟妇又曰：“兄公男子能经理，我一孀妇，子女又幼，乞与产三分之二。”亲族皆曰：“不可。”鹤龄曰：“弟妇言是，当从之。”弟妇又以孤寡不能征逋负，欲以赀财当二分，而以积年未偿借券，并利息计算，当鹤龄之一分。亦曲从之。后借券皆索取无著，鹤龄遂大贫。此乾隆丙午事也。陈氏先无登科者，是年，鹤龄之子三立，竟举于乡。放榜之日，余同年李步玉居与相近，闻之喟然曰：“天道固终不负人。”

长城以外，万山环抱，然皆坡陀如冈阜。至王家营迤东，则嵚崎秀拔，皴皱皆含画意。盖天开地献，灵气之所钟故也。有罗汉峰，宛似一僧趺坐，头项胸腹臂肘，历历可数。有磬锤峰，即《水经注》所称武列水侧有孤石云举者也，上丰下锐，屹若削成。余修《热河志》时，曾蹑梯挽绠至其下，乃无数石卵与碎砂凝结而成，亘古不圮，莫明其故。有双塔峰，亭亭对立，远望如两浮图，拔地涌出。无路可上，或夜闻上有钟磬经呗声，昼亦时有片云往来。乾隆庚戌，命守吏构木为梯，遣人登视。一峰周围一百六步，上有小屋。屋中一几一香炉，中供片石，镌“王仙生”三字。一峰周围六十二步，上种韭二畦。塍畛方正，如园圃之所筑。是决非人力所到，不谓之仙踪灵迹不得矣。

耳目之前，惝恍莫测尚如此，讲学家执其私见，动曰“此理之所无”，不亦颠乎。（距双塔峰里许有关帝庙，住持僧悟真云：乾隆壬寅，一夜大雷雨，双塔峰坠下一石佛，今尚供庙中。然仅粗石一片，其一面略似佛形而已。此事在庚戌前八年，毋乃以此峰尚有灵异，欲引而归诸彼法欤？疑以传疑，并附著之。）

舅氏张公梦征言（亦字尚文，讳景说。）：沧州吴家庄东一小庵，岁久无僧，恒为往来憩息地。有月作人，每于庵前遇一人，招之坐谈，颇相投契。渐与赴市沽饮，情益款洽。偶询其乡贯居址，其人愧谢曰：“与君交厚，不敢欺，实此庵中老狐也。”月作人亦不怖畏，来往如初。一日复遇，挈鸟铳相授曰：“余狎一妇，余弟亦私与狎，是盗嫂也。禁之不止，殴之则余力不敌，愤不可忍，将今夜伺之于路歧，与决生死。闻君善用铳，俟交斗时，乞发以击彼，感且不朽。月明如昼，君望之易辨也。”月作人诺之，即所指处伏草间，既而私念曰：“其弟无礼，诚当死。然究所媚之外妇，彼自有夫，非嫂也。骨肉之间，宜善处置，必致之死，不太忍乎？彼兄弟犹如此，吾时与往来，倘有睚眦，虑且及我矣。”因乘其纠结不解，发一铳而两杀之。《棠棣》之诗曰：“兄弟阋于墙，外御其侮。”家庭交构，未有不归于两伤者。舅氏恒举此事为子侄戒。盖是人负两狐归，尝目睹也。

司庖杨媪言：其乡某甲，将死，嘱其妇曰：“我生无馀赀，身后汝母子必冻饿，四世单传，存此幼子。今与汝约：不拘何人，能为我抚孤则嫁之，亦不限服制月日，食尽则行。”嘱讫，闭目不更言，惟呻吟待尽。越半日，乃绝。有某乙闻其有色，遣媒妁请如约。妇虽许婚，以尚足自活，不忍行。数月后，不能举火，乃成礼。合卺之夜，已灭烛就枕，忽闻窗外叹息声。妇识其謦欬，知为故夫之魂，隔窗呜咽，语之曰：“君有遗言，非我私嫁。今夕之事，于势不得不然，君何以为祟?”魂亦呜咽曰:“吾自来视儿,非来祟汝。因闻汝啜泣卸妆,念贫故使汝至于此,心脾凄动,不觉喟然耳。”某乙悸甚,急披衣起曰:“自今以往,所不视君子如子者,有如日。”灵语遂寂。后某乙耽玩艳妻,足不出户。而妇恒惘惘如有失。某乙倍爱其子以媚之,乃稍稍笑语。七八载后,某乙病死,无子,亦别无亲属。妇据其赀,延师教子,竟得游泮。又为纳妇,生两孙。至妇年四十馀,忽梦故夫曰:“我自随汝来,未曾离此。因吾子事事得所,汝虽日与彼狎昵,而念念不忘我,灯前月下,背人弹泪,我皆见之,故不欲稍露形声,惊尔母子,今彼已转轮,汝寿亦尽,馀情未断,当随我同归也。”数日,果微疾,以梦告其子,不肯服药,荏苒遂卒。其子奉棺合葬于故夫,从其志也。程子谓“饿死事小,失节事大”,是诚千古之正理,然为一身言之耳。此妇甘辱一身,以延宗祀,所全者大,似又当别论矣。杨媪能举其姓氏里居,以碎璧归赵,究非完美,隐而不书。闵其遇,悲其志,为贤者讳也。

又吾乡有再醮故夫之三从表弟者,两家所居,距一牛鸣地。嫁后仍以亲串礼回视其姑,三数日必一来问起居,且时有赡助,姑赖以活。殁后,出赀敛葬,岁恒遣人祀其墓。又京师一妇,少寡,虽颇有姿首,而针黹烹饪,皆非所能。乃谋于翁姑,伪称己女,鬻为宦家妾,竟养翁姑终身。是皆堕节之妇,原不足称;然不忘旧恩,亦足励薄俗。君子与人为善,固应不没其寸长。讲学家持论务严,遂使一时失足者,无路自赎,反甘心于自弃,非教人补过之道也。

杨雨亭言,莱州深山,有童子牧羊,日恒亡一二,大为主人朴责。留意侦之,乃二大蛇从山罅出,吸之吞食。其巨如瓮,莫敢撄也。童子恨甚,乃谋于其父,设犁刀于山罅,果一蛇裂腹死。惧其偶之报复,不敢复牧于是地。时往潜伺,寂无形迹,意其他徙矣。半载以后,贪是地水草胜他处,乃驱羊往牧。牧未三日,而童子为蛇吞矣。盖潜匿不出,以诱童子之来也。童子之父有心计,阳不搜索,而阴祈营弁藏一炮于深草中,时密往伺察。两月以外,见石上有蜿蜒痕，乃载燧夜伏其旁。蛇果下饮于涧，簌簌有声，遂一发而糜碎焉。还家之后，忽发狂自挝曰："汝计杀我夫，我计杀汝子，适相当也。我已深藏不出，汝又百计以杀我，则我为枉死矣，今必不舍汝。"越数日而卒。俚谚有之曰："角力不解，必同仆地；角饮不解，必同沉醉。"斯言虽小，可以喻大矣。

孟鹭洲自记巡视台湾事曰："乾隆丁酉，偶与友人扶乩，乩赠余以诗曰：'乘槎万里渡沧溟，风雨鱼龙会百灵。海气粘天迷岛屿，潮声簸地走雷霆。鲸波不阻三神鸟，鲛室争看二使星。记取白云飘渺处，有人同望蜀山青。'时将有巡视台湾之役，余疑当往。数日，果命下。六月启行，八月至厦门，渡海，驻半载始归。归时风利，一昼夜即登岸。去时飘荡十七日，险阻异常。初出厦门，即雷雨交作，云雾晦冥。信帆而往，莫知所适。忽腥风触鼻，舟人曰：'黑水洋也。'其水比海水凹下数十丈，阔数十里，长不知其所极。黝然而深，视如泼墨。舟中摇手戒勿语，云其下即龙宫，为第一险处，度此可无虞矣。至白水洋，遇巨鱼鼓鬣而来，举其首如危峰障日，每一拨刺，浪涌如山，声砰訇如霹雳。移数刻始过尽，计其长，当数百里。舟人云来迎天使，理或然欤？既而飓风四起，舟几覆没。忽有小鸟数十环绕樯竿。舟人喜跃，称天后来拯。风果顿止，遂得泊澎湖。圣人在上，百神效职，不诬也。遐思所历，一一与诗语相符，非鬼神能前知欤？时先大夫尚在堂，闻余有过海之役，命兄到赤嵌来视余。遂同登望海楼，并末二句亦巧合。益信数皆前定，非人力所能为矣。戊午秋，扈从滦阳，与晓岚宗伯话及。宗伯方草《滦阳续录》，因书其大略付之，或亦足资谈柄耶？"（以上皆鹭洲自序。）

考唐钟辂作《定命录》，大旨在戒人躁竞，毋涉妄求。此乩仙预告未来，其语皆验，可使人知无关祸福之惊恐，与无心聚散之踪迹，皆非偶然。亦足消趋避之机械矣。

高密单作虞言：山东一巨室，无故家中廪自焚，以为偶遗火也。俄怪变数作，阖家大扰。一日，厅事上砰磕有声，所陈设玩器俱碎。

主人性素刚劲，厉声叱问曰："青天白日之下，是何妖魅，敢来为祟？吾行诉尔于神矣！"梁上朗然应曰："尔好射猎，多杀我子孙，衔尔次骨，至尔家伺隙八年矣。尔祖宗泽厚，福运未艾，中雷神、灶君、门尉，禁我弗使动，我无如何也。今尔家兄弟外争，妻妾内讧，一门各分朋党，俨若寇仇。败征已见，戾气应之，诸神不歆尔祀，邪鬼已阚尔室，故我得而甘心焉。尔尚愦愦哉！"其声愤厉，家众共闻。主人悚然有思，抚膺太息曰："妖不胜德，古之训也，德之不修，于妖乎何尤？"乃呼弟及妻妾曰："祸不远矣，幸未及也。如能共释宿憾，各逐私党，翻然一改其所为，犹可以救。今日之事，当自我始。尔等听我，祖宗之灵，子孙之福也；如不听我，我披发入山矣。"反复开陈，引咎自责，泪涔涔渍衣袂。众心感动，并伏几哀号，立逐离间奴婢十馀人，凡彼此相轧之事，并一时顿改。执豕于牢，歃血盟神曰："自今以往，怀二心者如此豕！"方彼此谢罪，闻梁上顿足曰："我复仇而自漏言，我之过也夫！"叹诧而去。此乾隆八九年间事。

卷二十　滦阳续录二

谓无神仙，或云遇之；谓有神仙，又不恒遇。刘向、葛洪、陶弘景以来，记神仙之书，不啻百家；所记神仙之名姓，不啻千人。然后世皆不复言及。后世所遇，又自有后世之神仙。岂保固精气，虽得久延，而究亦终归迁化耶？又神仙清静，方士幻化，本各自一途。诸书所记，凡幻化者皆曰神仙，殊为无别。

有王媪者，房山人，家在深山。尝告先母张太夫人曰：山有道人，年约六七十，居一小庵，拾山果为粮，掬泉而饮，日夜击木鱼诵经，从未一至人家。有就其庵与语者，不甚酬答，馈遗亦不受。王媪之侄佣于外，一夕，归省母，过其庵前。道人大骇曰："夜深虎出，尔安得行！须我送尔往。"乃琅琅击木鱼前导，未半里果一虎突出。道人以身障之，虎自去，道人不别亦自去。后忽失所在。此或似仙欤？

从叔梅庵公言：尝见有人使童子登三层明楼上，（北方以覆瓦者为暗楼，上层作雉堞形以备御寇者为明楼。）以手招之，翩然而下，一无所损。又以铜盂投溪中，呼之，徐徐自浮出。此皆方士禁制之术，非神仙也。舅氏张公健亭言：砖河农家，牧数牛于野，忽一时皆暴死。有道士过之，曰："此非真死，为妖鬼所摄耳。急灌以吾药，使藏腑勿坏。吾为尔劾治，召其魂。"因延至家，禹步作法。约半刻，牛果皆蹶然起。留之饭，不顾而去。有知其事者曰："此先以毒草置草中，后以药解之耳。不肯受谢，示不图财，为再来荧惑地也。吾在山东，见此人行此术矣。"此语一传，道士遂不复至。是方士之中，又有真伪，何皆曰神仙哉。

李南涧言：其邻县一生，故家子也。少年佻达，颇渔猎男色。

一日，自亲串家饮归，距城稍远，云阴路黑，度不及入，微雪又簌簌下。方踌躇间，见十许步外有灯光，遣仆往视，则茅屋数间，四无居人，屋中惟一童一妪。问："有栖止处否?"妪曰："子久出外，惟一孙与我住此。尚有空屋两间，不嫌湫隘，可权宿也。"遂呼童系二马树上，而邀生入坐。妪言老病须早睡，嘱童应客。童年约十四五，衣履破敝，而眉目极姣好。试挑与言，自吹火煮茗，不甚答。渐与谐笑，微似解意，忽乘间悄语曰："此地密迩祖母房，雪晴当亲至公家乞赏也。"生大喜慰，解绣囊玉玦赠之，亦羞涩而受。软语良久，乃掩门持灯去。生与仆倚壁倦憩，不觉昏睡。比醒则屋已不见，乃坐人家墓柏下，狐裘貂冠，衣裤靴袜，俱已褫无寸缕矣。裸露雪中，寒不可忍。二马亦不知所在。幸仆衣未褫，乃脱其敝裘蔽上体，蹩躠而归，诡言遇盗。俄二马识路自归，已尽剪其尾鬣。衣冠则得于溷中，并狼藉污秽，灼然非盗。无可置词，仆始具泄其情状。乃知轻薄招侮，为狐所戏也。

朱青雷言：曾见一长卷，字大如杯，怪伟极似张二水。首题纪梦十首，而蠹蚀破烂，惟二首尚完整可读。其一曰："梦到蓬莱顶，琼楼碧玉山。波浮天半壁，日涌海中间。遥望仙官立，翻输野老闲。云帆三十丈，高挂径西还。"其二曰："郁郁长生树，层层太古苔。空山未开凿，元气尚胚胎。灵境在何处，梦游今几回。最怜鱼鸟意，相见不惊猜。"年月姓名，皆已损失，不知谁作也。尝为李玉典书扇，并附以跋。或曰："此青雷自作，托之古人。"然青雷诗格婉秀如秦少游小石调，与二诗笔意不近。或又曰："诗字皆似张东海。"《东海集》余昔曾见，不记有此二诗否，待更考之。（青雷跋谓，前诗后四句，未经人道。然昌黎诗："我能屈曲自世间，安能从汝求神仙?"即是此意，特袭取无痕耳。）

同郡有富室子，形状臃肿，步履蹒跚；又不修边幅，垢腻恒满面。然好游狭斜，遇妇女必注视。一日独行，遇幼妇，风韵绝佳，时新雨泥泞，遽前调之，曰："路滑如是，嫂莫要扶持否?"幼妇正色曰：

"尔勿愦愦，我是狐女，平生惟拜月炼形，从不作媚人采补事。尔自顾何物，乃敢作是言，行且祸尔。"遂掬沙屑洒其面。惊而却步，忽堕沟中，努力踊出，幼妇已不知所往矣。自是心恒惴惴，虑其为祟，亦竟无患。数日后，友人邀饮，有新出小妓侑酒。谛视，即前幼妇也。疑似惶惑，罔知所措。强试问之曰："某日雨后，曾往东村乎？"妓漫应曰："姊是日往东村视阿姨，吾未往也。姊与吾貌相似，公当相见耶？"语殊恍惚，竟莫决是怪是人，是一是二，乃托故逃席去。去后，妓述其事曰："实憎其丑态，且惧行强暴，姑诳以伪词，冀求解免。幸其自仆，遂匿于麦场积柴后。不虞其以为真也。"席中莫不绝倒。一客曰："既入青楼，焉能择客？彼固能千金买笑者也，盍挈尔诣彼乎？"遂偕之同往，具述妓翁姑及夫名氏，其疑乃释。（妓姊妹即所谓大杨、二杨者，当时名士多作《杨柳枝词》，皆借寓其姓也。）妓复谢，以小时固识君，昨喜见怜，故答以戏谑，何期反致唐突，深为歉仄，敢抱衾枕以自赎。吐词娴雅，恣态横生。遂大为所惑，留连数夕。召其夫至，计月给夜合之资。狎昵经年，竟殒于消渴。

先兄晴湖曰："狐而人，则畏之，畏死也；人而狐，则非惟不畏，且不畏死，是尚为能充其类也乎？行且祸汝，彼固先言。是子也死于妓，仍谓之死于狐可也。"

槐亭又言：有学茅山法者，劾治鬼魅，多有奇验。有一家为狐所祟，请往驱除。整束法器，克日将行。有素识老翁诣之曰："我久与狐友。狐事急，乞我一言，狐非获罪于先生，先生亦非有憾于狐也。不过得其贽币，故为料理耳。狐闻事定之后，彼许馈廿四金。今愿十倍其数，纳于先生，先生能止不行乎？"因出金置案上。此人故贪惏，当即受之。次日，谢遣请者曰："吾法能治凡狐耳。昨召将检查，君家之祟乃天狐，非所能制也。"得金之后，意殊自喜，因念狐既多金，可以术取。遂考召四境之狐，胁以雷斧火狱，俾纳贿焉。征索既频，狐不胜扰，乃共计盗其符印，遂为狐所凭附，颠狂号叫，自投于河。群狐仍摄其金去，铢两不存。人以为如费长房、明崇俨也。后其徒阴泄之，乃知其致败之故。

夫操持符印，役使鬼神，以驱除妖疠，此其权与官吏侔矣。受赂纵奸，已为不可；又多方以盈其谿壑，天道神明，岂逃鉴察。微群狐杀之，雷霆之诛，当亦终不免也。

天高地远，鬼神茫昧，似与人无预。而有时其应如响，殚人之智力，不能与争。沧州上河涯，有某甲女，许字某乙子。两家皆小康，婚期在一二年内矣。有星士过某甲家，阻雨留宿。以女命使推。星士沉思良久，曰："未携算书，此命不能推也。"觉有异，穷诘之。始曰："据此八字，侧室命也。君家似不应至此。且闻嫁已有期，而干支无刑克，断不再醮。此所以愈疑也。"有黠者闻此事，欲借以牟利，说某甲曰："君家赀几何，如以嫁女必多费，益不支矣，命既如是，不知先诡言女病，次诡言女死，市空棺速葬；而夜携女走京师，改名姓，鬻为贵家妾，则多金可坐致矣。"某甲从之。会有达官嫁女，求美媵。以二百金买之。越月馀，泛舟送女，南行至天妃闸，阖门俱葬鱼腹，独某甲女遇救得生。以少女无敢收养，闻于所司。所司问其由来。女在是家未久，仅知主人之姓，而不能举其爵里；惟父母姓名居址，言之凿凿。乃移牒至沧州，其事遂败。时某乙子，已与表妹结婚，无改盟理。闻某甲之得多金也，愤恚欲讼。某甲窘迫，愿仍以女嫁其子。其表妹家闻之，又欲讼。纷纭轇轕，势且成大狱。两家故旧戚众为调和，使某甲出资往迎女，而为某乙子之侧室，其难乃平。女还家后，某乙子已亲迎。某乙以牛车载女至家，见其姑，苦辩非己意。姑曰："既非尔意，鬻尔时何不言有夫？"女无词以应。引使拜嫡，女稍趑趄。姑曰："尔卖为媵时，亦不拜耶？"又无词以应，遂拜如礼。姑终身以奴畜之。

此雍正末年事。先祖母张太夫人，时避暑水明楼，知之最悉。尝语侍婢曰："其父不过欲多金，其女不过欲富贵，故生是谋耳。乌知非徒无益，反失所本有哉！汝辈视此，可消诸妄念矣。"

先四叔母李安人，有婢曰文鸾，最怜爱之。会余寄书觅侍女，叔母于诸侄中最喜余，拟以文鸾赠。私问文鸾，亦殊不拒。叔母为制衣裳簪珥，已戒日脂车。有妒之者，嗾其父多所要求，事遂沮格。文鸾竟郁郁发病死。余不知也，数年后，稍稍闻之，亦如雁过长空，影沉秋水矣。今岁五月，将扈从启行，摒挡小倦，坐而假寐。忽梦一女翩然来。初不相识，惊问："为谁？"凝立无语。余亦遽醒，莫喻其故也。及家人会食，余偶道之，第三子妇，余甥女也，幼在外家与文鸾嬉戏，又稔知其赍恨事，瞿然曰："其文鸾也耶？"因具道其容貌形体，与梦中所见合。是耶非耶？何二十年来，久置度外，忽无因而入梦也？询其葬处，拟将来为树片石。皆曰："邱陇已平，久埋沉于荒榛蔓草，不可识矣。"姑录于此，以慰黄泉。忆乾隆辛卯九月，余题秋海棠诗曰："憔悴幽花剧可怜，斜阳院落晚秋天。词人老大风情减，犹对残红一怅然。"宛似为斯人咏也。

景州李露园言：燕、齐间有富室失偶，见里人新妇而艳之。阴遣一媪，税屋与邻，百计游说，厚赂其舅姑，使以不孝出其妇，约勿使其子知。又别遣一媪与妇家素往来者，以厚赂游说其父母，伪送妇还。舅姑亦伪作悔意，留之饭，已呼妇入室矣。俄彼此语相侵，仍互诟，逐妇归，亦不使妇知。于是买休卖休，与母家同谋之事，俱无迹可寻矣。既而二媪诈为媒，与两家议婚。富室以惮其不孝辞，妇家又以贫富非偶辞，于是谋取之计亦无迹可寻矣。迟之又久，复有亲友为作合，乃委禽焉。其夫虽贫，然故士族，以迫于父母，无罪弃妇，已怏怏成疾，犹冀破镜再合；闻嫁有期，遂愤郁死，死而其魂为厉于富室，合卺之夕，灯下见形，挠乱不使同衾枕，如是者数夜。改卜其昼，妇又恚曰："岂有故夫在旁，而与新夫如是者？又岂有三日新妇，而白日闭门如是者？"大泣不从，无如之何。乃延术士劾治。术士登坛焚符，指挥叱咤，似有所睹，遽起谢去，曰："吾能驱邪魅，不能驱冤魂也。"延僧礼忏，亦无验。忽忆其人素颇孝，故出妇不敢阻，乃再赂妇之舅姑，使谕遣其子。舅姑虽痛子，然利其金，姑共来怒詈。鬼泣曰："父母见逐，无复住理。且讼诸地下耳。"从此遂绝。不半载，富室竟死。殆讼得直欤？富室是举，使邓思贤不能讼，使包龙图不能察。且恃其钱神，至能驱鬼，心计可谓巧矣，而卒不能逃幽冥之业镜。闻所费不下数千金，为欢无几，反以殒生。虽谓之至拙可也。巧安在哉！

卷二十一　滦阳续录三

德州李秋崖言：尝与数友赴济南秋试，宿旅舍中。屋颇敝陋。而旁一院，屋二楹，稍整洁，乃锁闭之。怪主人不以留客，将待富贵者居耶？主人曰："是屋有魅，不知其狐与鬼，久无人居，故稍洁，非敢择客也。"一友强使开之，展襆被独卧，临睡大言曰："是男魅耶？吾与尔角力。是女魅耶？尔与吾荐枕。勿瑟缩不出也。"闭户灭烛，殊无他异。人定后，闻窗外小语曰："荐枕者来矣。"方欲起视，突一巨物压身上，重若磐石，几不可胜。扪之，长毛鬖鬖，喘如牛吼。此友素多力，因抱持搏击。此物亦多力，牵拽起仆，滚室中几遍。诸友闻声往视，门闭不得入，但听其砰訇而已。约二三刻许，魅要害中拳，嗷然遁。此友开户出，见众人环立，指天画地，说顷时状，意殊自得也。时甫交三鼓，仍各归寝。此友将睡未睡，闻窗外又小语曰："荐枕者真来矣。顷欲相就，家兄急欲先角力，因尔唐突。今渠已愧沮不敢出，妾敬来寻盟也。"语讫，已至榻前，探手抚其面，指纤如春葱，滑泽如玉，脂香粉气，馥馥袭人。心知其意不良，爱其柔媚，且共寝以观其变。遂引之入衾，备极缱绻。至欢畅极时，忽觉此女腹中气一吸，即心神恍惚，百脉沸涌，昏昏然竟不知人。比晓，门不启，呼之不应，急与主人破窗入，噀水喷之，乃醒，已儽然如病夫。送归其家，医药半载，乃杖而行。自此豪气都尽，无复轩昂意兴矣。力能胜强暴，而不能不败于妖冶。欧阳公曰："祸患常生于忽微，智勇多困于所溺。"岂不然哉！

安公介然言：束州有贫而鬻妻者，已受币，而其妻逃。鬻者将讼，其人曰："卖休买休，厥罪均，币且归官，君何利焉？今以妹偿，是君失一再婚妇，而得一室女也，君何不利焉？"鬻者从之。或曰：

“妇逃以全贞也。”或曰：“是欲鬻其妹而畏人言，故托诸不得已也。”既而其妻归，复从人逃，皆曰：“天也。”

表兄安伊在言：县人有与狐女昵者，多以其妇夜合之资，买簪珥脂粉赠狐女。狐女常往来其家，惟此人见之，他人不见也。一日，妇诟其夫曰：“汝财自何来，乃如此用？”狐女忽暗中应曰：“汝财自何来，乃独责我？”闻者皆绝倒。余谓此自伊在之寓言，然亦足见惟无瑕者可以责人。

赛商鞅者，不欲著其名氏里贯，老诸生也。挈家寓京师。天资刻薄，凡善人善事，必推求其疵颣，故得此名。钱敦堂编修殁，其门生为经纪棺衾，赡恤妻子，事事得所。赛商殃曰：“世间无如此好人。必欲博古道之名，使要津闻之，易于攀援奔竞耳。”一贫民母死于路，跪乞钱买棺，形容枯槁，声音酸楚。人竞以钱投之。赛商鞅曰：“此指尸敛财，尸亦未必其母。他人可欺，不能欺我也。”过一旌表节妇坊下，仰视微哂曰：“是家富贵，仆从如云，岂少秦宫、冯子都耶？此事须核，不敢遽言非，亦不敢遽言是也。”平生操论皆类此。人皆畏而避之，无敢延以教读者，竟困顿以殁。殁后，妻孥流落，不可言状。有人于酒筵遇一妓，举止尚有士风。讶其不类倚门者，问之，即其小女也。亦可哀矣。先姚安公曰：“此老生平亦无大过，但务欲其识加人一等，故不觉至是耳。可不戒哉。”

乾隆壬午九月，门人吴惠叔邀一扶乩者至，降仙于余绿意轩中。下坛诗曰：“沈香亭畔艳阳天，斗酒曾题诗百篇。二八妖娆亲捧砚，至今身带御炉烟。”“满城风叶蓟门秋，五百年前感旧游。偶与蓬莱仙子遇，相携便上酒楼家。”余曰：“然则青莲居士耶？”批曰：“然。”赵春涧突起问曰：“大仙斗酒百篇，似不在沈香亭上。杨贵妃马嵬陨玉，年已三十有八，似尔时不止十六岁。大仙平生足迹，未至渔阳，何以忽感旧游？天宝至今，亦不止五百年，何以大仙误记？”乩惟批“我醉欲眠”四字。再叩之，不动矣。大抵乩仙多灵鬼所托，然尚实有所凭附。此扶乩者，则似粗解吟咏之人，炼手法而为之，故必此人与一人共扶，乃能成字，易一人则不能书。其诗亦皆流连光景，处处可用。知决非古人降坛也。尔日猝为春涧所中，窘迫之状可掬。后偶与戴庶常东原谈及，东原骇曰："尝见别一扶乩人，太白降坛，亦是此二诗，但改'满城'为'满林'，'蓟门'为'大江'耳。"知江湖游士，自有此种稿本，转相授受，固不足深诘矣。（宋蒙泉前辈亦曰：有一扶乩者至德州，诗顷刻即成，后检之，皆村书《诗学大成》中句也。）

董天士先生，前明高士，以画自给，一介不妄取，先高祖厚斋公老友也，厚斋公多与唱和，今载于《花王阁剩稿》者，尚可想见其为人。故老或言其有狐妾，或曰天士孤僻，必无之。

伯祖湛元公曰："是有之，而别有说也。吾闻诸董空如曰：天士居老屋两楹，终身不娶；亦无仆婢，井臼皆自操。一日晨兴，见衣履之当着者，皆整顿置手下，再视则盥漱俱已陈。天士曰：'是必有异，其妖将媚我乎？'窗外小语应曰：'非敢媚公，欲有求于公。难于自献，故作是以待公问也。'天士素有胆，命之入。入辄跪拜，则娟静好女也。问其名，曰：'温玉。'问何求，曰：'狐所畏者五：曰凶暴，避其盛气也；曰术士，避其劾治也；曰神灵，避其稽察也；曰有福，避其旺运也；曰有德，避其正气也。然凶暴不恒有，亦究自败。术士与神灵，吾不为非，皆无如我何。有福者运衰亦复玩之。惟有德者则畏而且敬。得自附于有德者，则族党以为荣，其品格即高出侪类上。公虽贫贱，而非义弗取，非礼弗为。倘准奔则为妾之礼，许侍巾栉，三生之幸也；如不见纳，则乞假以虚名，为画一扇，题曰某年月日为姬人温玉作，亦叨公之末光矣。'即出精扇置几上，濡墨调色，拱立以俟。天士笑从之。女自取天士小印印扇上，曰：'此姬人事，不敢劳公也。'再拜而去。次日晨兴，觉足下有物，视之，则温玉。笑而起曰：'诚不敢以贱体玷公，然非共榻一宵，非亲执媵御之役，则姬人字终为假托。'遂捧衣履侍洗漱讫，再拜曰：'妾从此逝矣。'瞥然不见，遂不再来。岂明季山人声价最重，此狐女亦移于风气乎？然襟怀散朗，有王夫人林下风，宜天士之不拒也。”

先姚安公曰：“子弟读书之馀，亦当使略知家事，略知世事，而后可以治家，可以涉世。明之季年，道学弥尊，科甲弥重，于是黠者坐讲心学，以攀援声气；朴者株守课册，以求取功名。致读书之人，十无二三能解事。崇祯壬午，厚斋公携家居河间，避孟村土寇。厚斋公卒后，闻大兵将至河间，又拟乡居。濒行时，比邻一叟顾门神叹曰：‘使今日有一人如尉迟敬德、秦琼，当不至此。’汝两曾伯祖，一讳景星，一讳景辰，皆名诸生也。方在门外束襆被，闻之，与辩曰：‘此神荼、郁垒象，非尉迟敬德、秦琼也。’叟不服，检邱处机《西游记》为证。二公谓委巷小说不足据，又入室取东方朔《神异经》与争。时已薄暮，检寻既移时，反覆讲论又移时，城门已阖，遂不能出。次日将行，而大兵已合围矣。城破，遂全家遇难。惟汝曾祖光禄公、曾伯祖镇番公及叔祖云台公存耳。死生呼吸，间不容发之时，尚考证古书之真伪，岂非惟知读书不预外事之故哉！”姚安公此论，余初作各种笔记，皆未敢载，为涉及两曾伯祖也。今再思之，书痴尚非不佳事，古来大儒似此者不一，因补书于此。

门人有作令云南者，家本苦寒，仅携一子一僮，拮据往，需次会城。久之，得补一县，在滇中，尚为膏腴地。然距省城窎远，其家又在荒村，书不易寄。偶得鱼雁，亦不免浮沈，故与妻子几断音问。惟于坊本搢绅中，检得官某县而已。偶一狡仆舞弊，杖而遣之。此仆衔次骨。其家事故所备知，因伪造其僮书，云主人父子先后卒，二棺今浮厝佛寺，当措赀来迎，并述遗命，处分家事甚悉。

初，令赴滇时，亲友以其朴讷，意未必得缺；即得缺，亦必恶。后闻官是县，始稍稍亲近，并有周恤其家者，有时相馈问者。其子或有所称贷，人亦辄应，且有以子女结婚者。乡人有宴会，其子无不与也。及得是书，皆大沮，有来唁者，有不来唁者。渐有索逋者，渐有道途相遇似不相识者。僮奴婢媪皆散，不半载，门可罗雀矣。既而令托入觐官寄千二百金至家迎妻子，始知前书之伪。举家破涕为笑，如在梦中。亲友稍稍复集，避不敢见者，颇亦有焉。

后令与所亲书曰："一贵一贱之态，身历者多矣；一贫一富之态，身历者亦多矣。若夫生而忽死，死逾半载而复生，中间情事，能以一身亲历者，仆殆第一人矣。"

汪编修守和为诸生时，梦其外祖史主事珥携一人同至其家，指示之曰："此我同年纪晓岚，将来汝师也。"因窃记其衣冠形貌。后以己酉拔贡应廷试，值余阅卷，擢高等。授官来谒时，具述其事。且云衣冠形貌，与今毫发不差，以为应梦。迨嘉庆丙辰会试，余为总裁，其卷适送余先阅，（凡房官荐卷，皆由监试御史先送一主考阅定，而复转轮公阅。）复得中式。殿试以第二人及第，乃知梦为是作也。

按：人之有梦，其故难明。《世说》载卫玠问乐令梦，乐云是想，又云是因。而未深明其所以然。戊午夏，扈从滦阳，与伊子墨卿以理推求，有念所专注，凝神生象，是为意识所造之梦，孔子梦周公是也。有祸福将至，朕兆先萌，与见乎蓍龟，动乎四体相同，是为气机所感之梦，孔子梦奠两楹是也。其或心绪瞀乱，精神恍惚，心无定主，遂现种种幻形，如病者之见鬼，眩者之生花，此意想之歧出者也。或吉凶未著，鬼神前知，以象显示，以言微寓，此气机之旁召者也。虽变化杳冥，千态万状，其大端似不外此。

至占梦之说，见于《周礼》，事近祈禳，礼参巫觋，颇为攻《周礼》者所疑。然其文亦见于《小雅》"大人占之"，固凿然古经载籍所传，虽不免多所附会，要亦实有此术也。惟是男女之爱，骨肉之情，有凝思结念，终不一梦者，则意识有时不能造。仓卒之患，意外之福，有忽至而不知者，则气机有时不必感。且天下之人，如恒河沙数，鬼神何独示梦于此人？此人一生得失，亦必不一，何独示梦于此事？且事不可泄，何必示之？既示之矣，而又隐以不可知之象，疑以不可解之语。（如《酉阳杂俎》载梦得枣者，谓枣字似两来字，重来者，呼魄之象，其人果死。《朝野佥载》崔湜梦座下听讲而照镜，谓座下听讲，法从上来，镜字，金旁竟也。小说所说梦事，如此迂曲者不一。）是鬼神日日造谜语，不已劳乎？事关重大，示以梦可也；而猥琐小事，亦相告语，（如《敦煌实录》载宋补梦人坐桶中，以两杖极打之，占桶中人为肉食，两杖象两箸，果得饱肉食之类。）不亦亵乎？

大抵通其所可通，其不可通者，置而不论可矣。至于《谢小娥传》，其父兄之魂，既告以为人劫杀矣。自应告以申春、申兰，乃以"田中走，一日夫"隐申春，以"车中猴，东门草"隐申兰，使寻索数年而后解，不又颠乎？此类由于记录者欲神其说，不必实有是事。凡诸家所占梦事，皆可以是观之，其法非太人之旧也。

卷二十二　滦阳续录四

刘香畹言：有老儒宿于亲串家，俄主人之婿至，无赖子也。彼此气味不相入，皆不愿同住一屋，乃移老儒于别室。其婿睨之而笑，莫喻其故也。室亦雅洁，笔砚书籍皆具。老儒于灯下写书寄家，忽一女子立灯下，色不甚丽，而风致颇娴雅。老儒知其为鬼，然殊不畏，举手指灯曰："既来此，不可闲立，可剪烛。"女子遽灭其灯，逼而对立。老儒怒，急以手摩砚上墨沈，掴其面而涂之，曰："以此为识，明日寻汝尸，剉而焚之。"鬼呀然一声去。次日，以告主人。主人曰："原有婢死于此室，夜每出扰人；故惟白昼与客坐，夜无人宿。昨无地安置君，揣君耆德硕学，鬼必不出。不虞其仍现形也。"乃悟其婿窃笑之故。此鬼多以月下行院中，后家人或有偶遇者，即掩面急走。他日留心伺之，面上仍墨污狼藉。鬼有形无质，不知何以能受色？当仍是有质之物，久成精魅，借婢幻形耳。《酉阳杂俎》曰："郭元振尝山居，中夜，有人面如盘，瞚目出于灯下。元振染翰题其颊曰：'久戍人偏老，长征马不肥。'其物遂灭。后随樵闲步，见巨木上有白耳，大数斗，所题句在焉。"是亦一证也。

乌鲁木齐农家多就水灌田，就田起屋，故不能比间而居。往往有自筑数椽，四无邻舍，如杜工部诗所谓"一家村"者。且人无徭役，地无丈量，纳三十亩之税，即可坐耕数百亩之产。故深岩穷谷，此类尤多。

有吉木萨军士，入山行猎，望见一家，门户坚闭，而院中似有十馀马，鞍辔悉具。度必"玛哈沁"所据，噪而围之。"玛哈沁"见势众，弃锅帐突围去。众惮其死斗，亦遂不追。入门，见骸骨狼藉，寂无一人，惟隐隐有泣声。寻视，见幼童约十三四，裸体悬窗棂上。

解缚问之,曰:"'玛哈沁'四日前来,父兄与斗不胜,即一家并被缚。率一日牵二人至山溪洗濯,曳归,共脔割炙食,男妇七八人并尽矣。今日临行,洗濯我毕,将就食,中一人摇手止之。虽不解额鲁特语,观其指画,似欲支解为数段,各携于马上为粮。幸兵至,弃去,今得更生。"泣絮絮不止。悯其孤苦,引归营中,姑使执杂役。童子因言其家尚有物埋窖中。营弁使导往发掘,则银币衣物甚多。细询童子,乃知其父兄并劫盗。其行劫必于驿路近山处,瞭见一二车孤行,前后十里无援者,突起杀其人,即以车载尸入深山,至车不能通,则合手以巨斧碎之,与尸及襆被并投于绝涧,惟以马驮货去。再至马不能通,则又投羁绁于绝涧,纵马任其所往,共负之由鸟道归,计去行劫处数百里矣。归而窖藏一两年,乃使人伪为商贩,绕道至辟展诸处卖于市,故多年无觉者。而不虞"玛哈沁"之灭其门也。童子以幼免连坐,后亦牧马坠崖死,遂无遗种。此事余在军幕所经理,以盗已死,遂置无论。由今思之,此盗踪迹诡秘,猝不易缉;乃有"玛哈沁"来,以报其惨杀之罪。"玛哈沁"食人无餍,乃留一童子,以明其召祸之由。此中似有神理,非偶然也。盗姓名久忘,惟童子坠崖时,所司牒报记名秋儿云。

老仆施祥尝曰:"天下惟鬼最痴。鬼据之室,人多不住。偶然有客来宿,不过暂居耳,暂让之何害?而必出扰之。遇禄命重、血气刚者,多自败;甚或符箓劾治,更蹈不测。即不然,而人既不居,屋必不葺,久而自圮,汝又何归耶?"老仆刘文斗曰:"此语诚有理。然谁能传与鬼知?汝毋乃更痴于鬼。"姚安公闻之,曰:"刘文斗正患不痴耳。"

祥小字举儿,与姚安公同庚,八岁即为公伴读。数年,始能暗诵《千字文》,开卷乃不识一字。然天性忠直,视主人之事如己事,虽嫌怨不避。尔时家中外倚祥,内倚廖媪,故百事皆井井。雍正甲寅,余年十一,元夜偶买玩物。祥启张太夫人曰:"四官今日游灯市,买杂物若干。钱固不足惜,先生明日即开馆,不知顾戏弄耶?

顾读书耶?”太夫人首肯曰:“汝言是。”即收而键诸箧。此虽细事,实言人所难言也。今眼中遂无此人,徘徊四顾,远想慨然。

从叔梅庵公言:族中有二少年(此余小时闻公所说,忘其字号,大概是伯叔行也。)闻某墓中有狐迹,夜携铳往,共伏草中伺之,以背相倚而睡。醒则二人之发交结为一,贯穿缭绕,猝不可解;互相牵掣,不能行,亦不能立;稍稍转动,即彼此呼痛。胶扰彻晓,望见行路者,始呼至,断以佩刀,狼狈而返。愤欲往报,父老曰:“彼无形声,非力所胜;且无故而侵彼,理亦不直。侮实自召,又何仇焉?仇必败滋甚。”二人乃止。此狐小虐之使警,不深创之以激其必报,亦可谓善自全矣。然小虐亦足以激怒,不如敛戢勿动,使伺之无迹弥善也。

宣武门子城内,如培塿者五,砌之以砖,土人云“五火神墓”。明成祖北征时,用火仁、火义、火礼、火智、火信制飞炮,破元兵于乱柴沟。后以其术太精,恐或为变,杀而葬于是。立五竿于丽谯侧,岁时祭之,使鬼有所归,不为厉焉。后成祖转生为庄烈帝,五人转生李自成、张献忠诸贼,乃复仇也。此齐东之语,非惟正史无此文,即明一代稗官小说,充栋汗牛,亦从未言及斯人斯事也。戊子秋,余见汉军步校董某,言闻之京营旧卒云:“此水平也。京城地势,惟宣武门最低,衢巷之水,遇雨皆汇于子城。每夜雨太骤,守卒即起,视此培塿,水将及顶,则呼开门以泄之;没顶,则门扉为水所壅,不能启矣。今日久渐忘,故或有时阻碍也。其城上五竿,则与白塔信炮相表里。设闻信炮,则昼悬旗、夜悬灯耳。与五火神何与哉。”此言似乎近理,当有所受之。

科场拨卷,受拨者意多不惬,此亦人情;然亦视其卷何如耳。壬午顺天乡试,余充同考官,(时阅卷尚不回避本省。)得一“合字卷”,文甚工而诗不佳。因甫改试诗之制,可以恕论,遂呈荐主考梁文庄公,已取中矣。临填草榜,梁公病其“何不改乎此度”句侵下文“改”字,(题为“始吾于人也”四句。)驳落。别拨一“合字备卷”与余,先视其诗,第六联曰:“素娥寒对影,顾兔夜眠香。”(题为《月中桂》。)已喜其秀逸。及观其第七联曰："倚树思吴质，吟诗忆许棠。"遂跃然曰："吴刚字质，故李贺《李凭箜篌引》曰：'吴质不眠倚桂树，露脚斜飞湿寒兔。'此诗选本皆不录，非曾见《昌谷集》者不知也。华州试《月中桂》诗，举许棠为第一人。棠诗今不传，非曾见王定保《摭言》、计敏夫《唐诗纪事》者不知也，中彼卷之'开花临上界，持斧有仙郎'，何如中此诗乎！微公拨入，亦自愿易之。"即朱子颖也。

放榜后，时已九月，贫无絮衣。蒋心馀素与唱和，借衣与之。乃来见，以所作诗为贽。余丙子扈从时，古北口车马壅塞，就旅舍小憩，见壁上一诗，剥残过半，惟三四句可辨。最爱其"一水涨喧人语外，万山青到马蹄前"二语，以为"云中路绕巴山色，树里河流汉水声"不是过也。惜不得姓名，及展其卷，此诗在焉。乃知针芥契合，已在六七年前，相与叹息者久之。子颖待余最尽礼，殁后，其二子承父之志，见余尚依依有情。翰墨因缘，良非偶尔，何尝以拨房为亲疏哉！（余严江舟中诗曰："山色空濛淡似烟，参差绿到大江边。斜阳流水推篷坐，处处随人欲上船。"实从"万山"句夺胎。尝以语子颖曰："人言青出于蓝，今日乃蓝出于青。"子颖虽逊谢，意似默可。此亦诗坛之佳话，并附录于此。）

先师介野园先生，官礼部侍郎。扈从南巡，卒于路。卒前一夕，有星陨于舟前。卒后，京师尚未知，施夫人梦公乘马至门前，骑从甚都，然伫立不肯入；但遣人传语曰："家中好自料理，吾去矣。"匆匆竟过，梦中以为时方扈从，疑或有急差遣，故不暇入。觉后，乃惊怛。比凶问至，即公卒之夜也。公屡掌文柄，凡四主会试，四主乡试，其他杂试，殆不可缕数。尝有恩荣宴诗曰："鹦鹉新班宴御园，（案："鹦鹉新班"不知出典，当时拟问公，竟因循忘之。）摧颓老鹤也乘轩。龙津桥上黄金榜，四见门生作状元。"丁丑年作也。于文襄公亦赠以联曰："天下文章同轨辙，门墙桃李半公卿。"可谓儒者之至荣。然日者推公之命云："终于一品武阶，他日或以将军出镇耶？"公笑曰："信如君言，则将军不好武矣。"及公卒，圣心悼惜，特赠都统。盖公虽官礼曹，而兼摄副都统。其扈从也，以副都统班行，故即武秩进一阶。日者之术,亦可云有验矣。

乩仙多伪托古人,然亦时有小验。温铁山前辈(名温敏,乙丑进士,官至盛京侍郎。)尝遇扶乩者,问寿几何。乩判曰:"甲子年华有二秋。"以为当六十二,后二年卒,乃知二秋为二年。盖灵鬼时亦能前知也。又闻山东巡抚国公,扶乩问寿。乩判曰:"不知。"问:"仙人岂有所不知?"判曰:"他人可知,公则不可知,修短有数,常人尽其所禀而已。若封疆重镇,操生杀予夺之权,一政善,则千百万人受其福,寿可以增;一政不善,则千百万人受其祸,寿亦可以减。此即司命之神不能预为注定,何况于吾?岂不闻苏颋误杀二人,减二年寿;娄师德亦误杀二人,减十年寿耶?然则年命之事,公当自问,不必问吾也。"此言乃凿然中理,恐所遇竟真仙矣。

族叔育万言:张歌桥之北,有人见黑狐醉卧场屋中,(场中守视谷麦小屋,俗谓之场屋。)初欲擒捕,既而念狐能致财,乃覆以衣而坐守之。狐睡醒,伸缩数四,即成人形。甚感其护视,遂相与为友。狐亦时有所馈赠。一日,问狐曰:"设有人匿君家,君能隐蔽弗露乎?"曰:"能。"又问:"君能凭附人身狂走乎?"曰:"亦能。"此人即恳乞曰:"吾家酷贫,君所惠不足以赡,而又愧于数渎君。今里中某甲甚富,而甚畏讼。顷闻觅一妇司庖,吾欲使妇往应。居数日,伺隙逃出,藏君家;而吾以失妇,阳欲讼。妇尚粗有姿首,可诬以蜚语,胁多金。得金之后,公凭附使奔至某甲别墅中,然后使人觅得,则承惠多矣。"狐如所言,果得多金。觅妇返后,某甲以在其别墅,亦不敢复问。然此妇狂疾竟不愈,恒自妆饰,夜似与人共嬉笑,而禁其夫勿使前。急往问狐,狐言无是理,试往侦之。俄归而顿足曰:"败矣,是某甲家楼上狐,悦君妇之色,乘吾出而彼入也。此狐非我所能敌,无如何矣!"此人固恳不已。狐正色曰:"譬如君里中某,暴横如虎,使彼强据人妇,君能代争乎?"后其妇颠痫日甚,且具发其夫之阴谋,针灸劾治皆无效,卒以瘵死。里人皆曰:"此人狡黠如鬼,而又济以狐之幻,宜无患矣。不虞以狐召狐,如螳螂黄雀之相伺也。古诗曰：‘利旁有倚刀，贪人还自戕。’信矣。”

门人吴钟侨，尝作《如愿小传》，寓言滑稽，以文为戏也。后作蜀中一令，值金川之役，以监运火药殁于路。诗文皆散佚，惟此篇偶得于故纸中，附录于此。

其词曰：如愿者，水府之女神，昔彭泽清洪君以赠庐陵欧明者是也。以事事能给人之求，故有是名。水府在在皆有之，其遇与不遇，则系人之禄命耳。有四人同访道，涉历江海，遇龙神召之，曰："鉴汝等精进，今各赐如愿一。"即有四女子随行。其一人求无不获，意极适。不数月病且死，女子曰："今世之所享，皆前生之所积；君夙生所积，今数月销尽矣。请归报命。"是人果不起。又一人求无不获，意犹未已。至冬月求鲜荔巨如瓜者。女子曰："谿壑可盈，是不可餍，非神道所能给。"亦辞去。又一人所求有获有不获，以咎女子。女子曰："神道之力，亦有差等，吾有能致不能致也。然日中必昃，月盈必亏。有所不足，正君之福。不见彼先逝者乎？"是人惕然，女子遂随之不去。又一人虽得如愿，未尝有求。如愿时为自致之，亦蹙然不自安。女子曰："君道高矣，君福厚矣，天地鉴之，鬼神佑之，无求之获，十倍有求，可无待乎我；我惟阴左右之而已矣。"他日相遇，各道其事，或喜或怅，曰："惜哉，逝者之不闻也。"

此钟侨弄笔狡狯之文，偶一为之，以资惩劝，亦无所不可。如累牍连篇，动成卷帙，则非著书之体矣。

里有丁一士者，矫捷多力，兼习技击、超距之术。两三丈之高，可翩然上；两三丈之阔，可翩然越也。余幼时犹及见之，尝求睹其技。使余立一过厅中，余面向前门，则立前门外面相对；余转面后门，则立后门外相对。如是者七八度，盖一跃即飞过屋脊耳。后过杜林镇，遇一友，邀饮桥畔酒肆中。酒酣，共立河岸。友曰："能越此乎？"一士应声耸身过。友招使还，应声又至。足甫及岸，不虞岸已将圮，近水陡立处开裂有纹。一士未见，误踏其上，岸崩二尺许。遂随之坠河，顺流而去。素不习水，但从波心踊起数尺，能直上而不能旁近岸，仍坠水中。如是数四，力尽，竟溺焉。

盖天下之患，莫大于有所恃。恃财者终以财败，恃势者终以势败，恃智者终以智败，恃力者终以力败。有所恃，则敢于蹈险故也。田侯松岩于滦阳买一劳山杖，自题诗曰："月夕花晨伴我行，路当坦处亦防倾。敢因恃尔心无虑，便向崎岖步不平。"斯真阅历之言，可贯而佩者矣。

又景城天齐庙一僧，住持果成之第三弟子。士人敬之，无不称曰三师父，遂佚其名。果成弟子颇不肖，多散而托钵四方。惟此僧不坠宗风，无大刹知客市井气，亦无法座禅师骄贵气。戒律精苦，虽千里亦打包徒步，从不乘车马。先兄晴湖尝遇之中途，苦邀同车，终不肯也。官吏至庙，待之礼无加。田夫野老至庙，待之礼不减。多布施、少布施、无布施，待之礼如一。禅诵之馀，惟端坐一室，入其庙如无人者。其行事如是焉而已。然里之男妇，无不曰三师父道行清高。及问其道行安在，清高安在，则茫然不能应。其所以感动人心，正不知何故矣。尝以问姚安公，公曰："据尔所见，有不清不高处耶？无不清不高，即清高矣。尔必欲锡飞、杯渡，乃为善知识耶？"此一尼一僧，亦彼法中之独行者矣。（三师父涅槃不久，其名当有人知。俟见乡试诸孙辈，使归而询之庙中。）

九州之大，奸盗事无地无之，亦无日无之，均不为异也。至盗而稍别于盗，而不能不谓之盗；奸而稍别于奸，究不能不谓之奸，斯为异矣。盗而人许遂其盗，奸而人许遂其奸，斯更异矣。乃又相触立发，相牵立息，发如鼎沸，息如电掣，不尤异之异乎？舅氏安公五章言：有中年失偶者，已有子矣，复买一有夫之妇。幸控制有术，犹可相安。既而是人死，平日私蓄，悉在此妇手。其子微闻而索之，事无佐证，妇弗承也。后侦知其藏贮处，乃夜中穴壁入室。方开箧携出，妇觉，大号有贼，家众惊起，各持械入。其子仓皇从穴出。迎击之，立踣。即从穴入搜馀盗，闻床下喘息有声，群呼尚有一贼，共曳出絷缚。比灯至审视，则破额昏仆者其子，床下乃其故夫也。其子苏后,与妇各执一词:子云“子取父财,不为盗”;妇云“妻归前夫,不为奸”。子云“前夫可再合,而不可私会”;妇云“父财可索取,而不可穿窬”。互相诟谇,势不相下。次日,族党密议,谓涉讼两败,徒玷门风。乃阴为调停,使尽留金与其子,而听妇自归故夫,其难乃平。然已“鼓钟于宫,声闻于外”矣。先叔仪南公曰:“此事巧于相值,天也;所以致有此事,则人也。不纳此有夫之妇,子何由而盗、妇何由而奸哉?彼所恃者,力能驾驭耳。不知能驾驭于生前,不能驾驭于身后也。”

卷二十三　滦阳续录五

戴东原言：其族祖某，尝僦僻巷一空宅。久无人居，或言有鬼。某厉声曰："吾不畏也。"入夜，果灯下见形，阴惨之气，砭人肌骨。一巨鬼怒叱曰："汝果不畏耶？"某应曰："然。"遂作种种恶状，良久，又问曰："仍不畏耶？"又应曰："然。"鬼色稍和，曰："吾亦不必定驱汝，怪汝大言耳。汝但言一'畏'字，吾即去矣。"某怒曰："实不畏汝，安可诈言畏？任汝所为可矣。"鬼言之再四，某终不答。鬼乃太息曰："吾住此三十馀年，从未见强项似汝者。如此蠢物，岂可与同居！"奄然灭矣。或咎之曰："畏鬼者常情，非辱也，谬答以畏，可息事宁人，彼此相激，伊于胡底乎？"某曰："道力深者，以定静祛魔，吾非其人也。以气凌之，则气盛而鬼不逼；稍有牵就，则气馁而鬼乘之矣。彼多方以饵吾，幸未中其机械也。"论者以其说为然。

山西人多商于外，十馀岁辄从人学贸易。俟蓄积有赀，始归纳妇。纳妇后仍出营利，率二三年一归省，其常例也。或命途蹇剥，或事故萦牵，一二十载不得归，甚或金尽裘敝，耻还乡里，萍飘蓬转，不通音问者，亦往往有之。

有李甲者，转徙为乡人靳乙养子，因冒其姓。家中不得其踪迹，遂传为死。俄其父母并逝，妇无所依，寄食于母族舅氏家。其舅本住邻县，又挈家逐什一，商舶南北，岁无定居。甲久不得家书，亦以为死。靳乙谋为甲娶妇。会妇舅旅卒，家属流寓于天津；念妇少寡，非长计，亦谋嫁于山西人，他时尚可归乡里。惧人嫌其无母家，因诡称己女。众人媒合，遂成其事。合卺之夕，以别已八年，两怀疑而不敢问。宵分私语，乃始了然。甲怒其未得实据而遽嫁，且诟且殴。阖家惊起，靳乙隔窗呼之曰："汝之再娶，有妇亡之实据乎？且流离播迁，待汝八年而后嫁，亦可谅其非得已矣。”甲无以应，遂为夫妇如初。破镜重合，古有其事。若夫再娶而仍元配，妇再嫁而未失节，载籍以来，未之闻也。姨丈卫公可亭，曾亲见之。

先师李又聃先生言：东光有赵氏者，（先生曾举其字，今不能记，似尚是先生之尊行。）尝过清风店，招一小妓侑酒。偶语及某年宿此，曾招一丽人留连两夕，计其年今未满四十，因举其小名，妓骇曰：“是我姑也，今尚在。”明日，同至其家，宛然旧识。方握手寒温，其祖姑闻客出视，又大骇曰：“是东光赵君耶？三十馀年不相见，今鬓虽欲白，形状声音，尚可略辨。君号非某耶？”问之，亦少年过此所狎也。三世一堂，都无避忌，传杯话旧，惘惘然如在梦中。又住其家，两夕而别。别时言祖籍本东光，自其翁始迁此，今四世矣。不知祖墓犹存否。因举其翁之名，乞为访问。赵至家后，偶以问乡之耆旧。一人愕然良久，曰：“吾今乃始信天道。是翁即君家门客，君之曾祖与人讼，此翁受怨家金，阴为反间，讼因不得直。日久事露，愧而挈家逃，以为在海角天涯矣。不意竟与君遇，使以三世之妇，偿其业债也。吁，可畏哉！”

李汇川言：有严先生，忘其名与字。值乡试期近，学子散后，自灯下夜读。一馆童送茶入，忽失声仆地，碗碎琤然。严惊起视，则一鬼披发瞪目立灯前。严笑曰：“世安有鬼，尔必黠盗饰此状，欲我走避耳。我无长物，惟一枕一席，尔可别往。”鬼仍不动，严怒曰：“尚欲给人耶？”举界尺击之，瞥然而灭。严周视无迹，沈吟曰：“竟有鬼耶？”既而曰：“魂升于天，魄降于地，此理甚明。世安有鬼，殆狐魅耳。”仍挑灯琅琅诵不辍。此生倔强，可谓至极，然鬼亦竟避之。盖执拗之气，百折不回，亦足以胜之也。

又闻一儒生，夜步廊下。忽见一鬼，呼而语之曰：“尔亦曾为人，何一作鬼，便无人理？岂有深更昏黑，不分内外，竟入庭院者哉？”鬼遂不见。此则心不惊怖，故神不瞀乱，鬼亦不得而侵之。又故城沈丈丰功，（讳鼎勋，姚安公之同年。）尝夜归遇雨，泥潦纵横，与一奴扶掖而行,不能辨路。经一废寺,旧云多鬼。沈丈曰:“无人可问,且寺中觅鬼问之。”径入,绕殿廊呼曰:“鬼兄鬼兄,借问前途水深浅?”寂然无声。沈丈笑曰:“想鬼俱睡,吾亦且小憩。”遂偕奴倚柱睡至晓。此则襟怀洒落,故作游戏耳。

田白岩言:有士人僦居僧舍,壁悬美人一轴,眉目如生,衣褶飘飏如动。士人曰:“上人不畏扰禅心耶?”僧曰:“此天女散花图,堵芬木画也。在寺百馀年矣,亦未暇细观。”一夕,灯下注目,见画中似人凸起一二寸。士人曰:“此西洋界画,故视之若低昂,何堵芬木也。”画中忽有声曰:“此妾欲下,君勿讶也。”士人素刚直,厉声叱曰:“何物妖鬼敢媚我!”遽掣其轴,欲就灯烧之。轴中絮泣曰:“我炼形将成,一付祝融,则形消神散,前功付流水矣。乞赐哀悯,感且不朽。”僧闻俶扰,亟来视。士人告以故。僧憬然曰:“我弟子居此室,患瘵而死,非汝之故耶?”画不应,既而曰:“佛门广大,何所不容,和尚慈悲,宜见救度。”士怒曰:“汝杀一人矣,今再纵汝,不知当更杀几人。是惜一妖之命,而戕无算人命也。小慈是大慈之贼,上人勿吝。”遂投之炉中。烟焰一炽,血腥之气满室,疑所杀不止一僧矣。后入夜,或嘤嘤有泣声。士人曰:“妖之馀气未尽,恐久且复聚成形。破阴邪者惟阳刚。”乃市爆竹之成串者十馀,(京师谓之火鞭。)总结其信线为一,闻声时骤然爇之,如雷霆砰磕,窗扉皆震,自是遂寂。除恶务尽,此士人有焉。

有与狐为友者,天狐也,有大神术,能摄此人于千万里外。凡名山胜境,恣其游眺,弹指而去,弹指而还,如一室也。尝云,惟贤圣所居不敢至,真灵所驻不敢至,馀则披图按籍,惟意所如耳。一日,此人祈狐曰:“君能携我于九州之外,能置我于人闺阁中乎?”狐问何意。曰:“吾尝出入某友家,预后庭丝竹之宴。其爱妾与吾目成,虽一语未通,而两心互照。但门庭深邃,盈盈一水,徒怅望耳。君能于夜深人静,摄我至其绣闼,吾事必济。”狐沈思良久,曰:“是无不可,如主人在何?”曰:“吾侦其宿他姬所而往也。”后果侦得实，祈狐偕往。狐不俟其衣冠，遽携之飞行。至一处，曰："是矣。"瞥然自去。此人暗中摸索，不闻人声，惟觉触手皆卷轴，乃主人之书楼也。知为狐所弄，仓皇失措，误触一几倒，器玩落板上，碎声砰然，守者呼："有盗！"僮仆坌至，启锁明烛，执械入。见有人瑟缩屏风后，共前击仆，以绳急缚。就灯下视之，识为此人，均大骇愕。此人故狡黠，诡言偶与狐友忤，被提至此。主人故稔知之，拊掌揶揄曰："此狐恶作剧，欲我痛抶君耳。姑免笞，逐出。"因遣奴送归。他日，与所亲密言之，且詈曰："狐果非人，与我相交十馀年，乃卖我至此。"所亲怒曰："君与某交，已不止十馀年，乃借狐之力，欲乱其闺阃，此谁非人耶？狐虽愤君无义，以游戏儆君，而仍留君自解之路，忠厚多矣。使待君华服盛饰，潜挈置主人卧榻下，君将何词以自文？由此观之，彼狐而人，君人而狐者也。尚不自反耶？"此人愧沮而去。狐自此不至，所亲亦遂与绝。郭彤纶与所亲有瓜葛，故得其详。

小时闻乳母李氏言：一人家与佛寺邻。偶寺廊跃下一小狐，儿童捕得，絷缚鞭棰，皆慑伏不动。放之，则来往于院中，绝不他往。与之食则食，不与亦不敢盗；饥则向人摇尾而已。呼之似解人语，指挥之亦似解人意。举家怜之，恒禁儿童勿凌虐。一日，忽作人语曰："我名小香，是钟楼上狐家婢。偶嬉戏误事，因汝家儿童顽劣，罚受其蹂躏一月。今限满当归，故此告别。"问："何故不逃避？"曰："主人养育多年，岂有逃避之理？"语讫，作叩额状，翩然越墙而去。时余家一小奴，窃物远飏，乳母因说此事，喟然曰："此奴乃不及此狐。"

老仆刘廷宣言：雍正初，佃户张璜于褚寺东架团焦（俗谓之团瓢，焦字音转也，二字出《北齐书》本纪。）守瓜，夜恒见一人，行步迟重，徐徐向西北去。一夕，偶窃随之，视所往，见至一丛冢处，有十馀女鬼出迓，即共狎笑媟戏。知为妖物，然似是蠢蠢无所能，乃藏火铳于团焦，夜夜伺之。一夜，又见其过，发铳猝击，訇然仆地。秉火趋视，乃一翁仲也。次日，积柴燔为灰，亦无他异。至夜梦十馀妇女罗拜，曰：“此怪不知自何来，力猛如罴虎，凡新葬女鬼，无老少皆遭胁污；有枝拒者，登其坟顶，踊跃数四，即土陷棺裂，无可栖身。故不敢不从，然饮恨则久矣。今蒙驱除，故来谢也。”后有从高川来者，云石人洼冯道墓前（冯道，景城人，所居今犹名相国庄，距景城二三里。墓则在今石人洼。余幼时见残缺石兽，石翁仲尚有存者。《县志》云不知道墓所在，盖承《旧志》之误也。）忽失一石人，乃知即是物也。是物自五代至今，始炼成形，岁月不为不久；乃甫能幻化，即纵凶淫，卒自取焚如之祸，与邵二云所言木偶，其事略同。均可为器小易盈者鉴也。

外叔祖张公蝶庄家有书室，颇轩敞。周以回廊，中植芍药三四十本，花时香过邻墙。门客闵姓者，携一仆下榻其中。一夕，就枕后，忽外有女子声曰：“姑娘致意先生。今日花开，又值好月，邀三五女伴借一赏玩，不致有祸于先生。幸勿开门唐突，足见雅量矣。”闵噤不敢答，亦不复再言。俄微闻衣裳綷縩声，穴窗纸视之，无一人影；侧耳谛听时，似喁喁私语，若有若无，都不辨一字。跼蹐枕席，睡不交睫。三鼓以后，似又闻步履声。俄而隔院犬吠，俄而邻家犬亦吠，俄而巷中犬相接而吠。近处吠止，远处又吠，其声迢递向东北，疑其去矣，恐忤之招祟，不敢启户。天晓出视，了无痕迹，惟西廊尘上似略有弓弯印，亦不分明，盖狐女也。外祖雪峰公曰：“如此看花，何必更问主人？殆闵公莽莽有伧气，恐其偶然冲出，致败人意耳。”

余十岁时，闻槐镇一僧，（槐镇即《金史》之槐家镇，今作淮镇，误也。）农家子也，好饮酒食肉。庙有田数十亩，自种自食，牧牛耕田外，百无所知。非惟经卷法器，皆所不蓄，毗卢袈裟，皆所不具；即佛龛香火，亦在若有若无间也。特首无发，室无妻子，与常人小异耳。一日，忽呼集邻里，而自端坐破几上，合掌语曰：“同居三十馀年，今长别矣。以遗蜕奉托可乎？”溘然而逝，合掌端坐仍如故，鼻垂两玉箸，长尺馀。众大惊异，共为募木造龛。舅氏安公实斋居丁家庄，与相近，知其平日无道行，闻之不信。自往视之，以造龛未竟，二日尚未敛，面色如生，抚之肌肤如铁石。时方六月，蝇蚋不集，亦了无尸气，竟莫测其何理也。

喀喇沁公丹公（号益亭，名丹巴多尔济，姓乌梁汗氏，蒙古王孙也。）言：内廷都领侍萧得禄，幼尝给事其邸第。偶见一黑物如猫，卧树下，戏击以弹丸。其物甫一转身，即如巨犬。再击，又一转身，遂巨如驴。惧不敢复击，物亦自去。俄而飞瓦掷砖，变怪陡作。知为狐魅，惴惴不自安。或教以绘像事之，其祟乃止。后忽于几上得钱数十，知为狐所酬，始试收之，秘不肯语。次日，增至百文。自是日有所增，渐至盈千。旋又改为银一铤，重约一两。亦日有所增，渐至一铤五十两。巨金不能密藏，遂为管领者所觉。疑盗诸官库，搒掠讯问，几不能自白。然后知为狐所陷也。

夫飞土逐肉，（"断竹续竹，飞土逐肉"，《吴越春秋》载陈音所诵古歌；即弹弓之始也。）儿戏之常。主人知之，亦未必遽加深责；狐不能畅其志也。饵之以利，使盈其贪壑，触彼祸罗，狐乃得适所愿矣。此其设阱伏机，原为易见；徒以利之所在，遂令智昏。反以为我礼既虔，彼心故悦。委曲自解，致不觉堕其彀中。昔夫差贪句践之服事，卒败于越；楚怀贪商於之六百，卒败于秦；北宋贪灭辽之割地，卒败于金；南宋贪伐金之助兵，卒败于元。军国大计，将相同谋，尚不免于受饵。况区区童稚，乌能出老魅之阴谋哉，其败宜矣！

又举一近事曰：有刑曹某官之仆夫，睡中觉有舌添其面。举石击之，踣而毙。烛视，乃一黑狐。剥之，腹中有一小人首，眉目宛然，盖所炼婴儿未成也。翌日，为主人御车归。狐凭附其身，举凳击主人，且厉声陈其枉死状。盖欲报之而不能，欲假手主人以鞭笞泄其愤耳。此二狐同一复仇，余谓此狐之悍而直，胜彼狐之阴而险也。

田侯松岩言：今岁六月，有扈从侍卫和升，卒于滦阳。马兰镇总兵爱公星阿，与和亲旧，为经理棺衾，送其骨归葬。一夕如厕，缺月微明。见一人如立烟雾中，问之不言，叱之不动。爱公故能视鬼，凝神谛审，乃和之魂也。因拱而祝曰："昔敛君时，物多不备，我力绵薄，君所深知。今形见，岂有所责耶？"不言不动如故。又祝曰："闻殁于塞外者，不焚路引，其鬼不得入关。曩偶忘此，君毋乃为此来耶？"魂即稽首至地，倏然而隐。爱公为具牒于城隍，后不复见。

又扈从南巡时，与爱公同寓江宁承天寺，规模宏壮，楼阁袤延，所住亦颇轩敞。一日，方共坐，忽楼窗六扇无风自开，俄又自阖。爱公视之，曰："有一僧坐北牖上，其面横阔，须鬑鬑如久未剃，目瞪视而项微偻，盖缢鬼也。"以问寺僧，僧不能讳，惟怪何以识其貌，疑有人泄之。不知爱公之自能视也。又偶在船头，戏拈篙刺水。忽掷篙却避，面有惊色。怪诘其故，曰："有溺鬼缘篙欲上也。"

戊午八月，宴蒙古外藩于清音阁，爱公与余连席。余以松岩所语叩之，云皆不妄。然则随处有鬼，亦复如人。此求归之鬼，有系恋心；开窗之鬼，有争据心；缘篙之鬼，有竞斗心。其得失胜负、喜怒哀乐，更当一一如人。是胶胶扰扰，地下尚无了期。释氏讲忏悔解脱，圣人之法，亦使有所归而不为厉，其深知鬼神之情状矣。子贡曰："大哉死乎，君子息焉！"庄周曰："嗟来桑扈乎，而已反其真。"特就耳目所及言之耳。

卷二十四　滦阳续录六

狐能诗者，见于传记颇多；狐善画则不概见。海阳李丈硕亭言：顺治、康熙间，周处士璕薄游楚豫，周以画松名，有士人倩画书室一壁。松根起于西壁之隅，盘拏天矫，横径北壁，而纤末犹扫及东壁一二尺；觉浓阴入座，长风欲来。

置酒邀社友共赏。方攒立壁下，指点赞叹，忽一友拊掌绝倒，众友俄亦哄堂。盖松下画一秘戏图，有大木榻布长簟，一男一妇，裸而好合；流目送盼，媚态宛然。旁二侍婢亦裸立，一挥扇驱蝇，一以两手承妇枕，防蹂躏坠地。乃士人及妇与媵婢小像也。哗然趋视，眉目逼真，虽僮仆亦辨识其面貌，莫不掩口。士人恚甚，望空指画，詈妖狐。忽檐际大笑曰："君太伤雅，曩闻周处士画松，未尝目睹。昨夕得观妙迹，坐卧其下不能去，致失避君，未尝抛砖掷瓦相忤也。君遽毒詈，心实不平，是以与君小作剧。君尚不自反，乖戾如初，行且绘此像于君家白板扉，博途人一粲矣。君其图之。"盖士人先一夕设供客具，与奴子秉烛至书室，突一黑物冲门去。士人知为狐魅，曾诟厉也。众为慰解，请入座；设一虚席于上。不见其形，而语音琅然；行酒至前辄尽，惟不食肴馔，曰："不茹荤四百馀年矣。"濒散，语士人曰："君太聪明，故往往以气凌物。此非养德之道，亦非全身之道也。今日之事，幸而遇我，倘遇负气如君者，则难从此作矣。惟学问变化气质，愿留意焉。"丁宁郑重而别。回视所画，净如洗矣。

次日，书室东壁，忽见设色桃花数枝，衬以青苔碧草。花不甚密，有已开者，有半开者，有已落者，有未落者；有落未至地随风飞舞者八九片，反侧横斜，势如飘动，尤非笔墨所能到。上题二句曰："芳草无行径，空山正落花。"（按此二句，初唐杨师道之诗。）不署姓名。知狐以答昨夕之酒也。后周处士见之，叹曰："都无笔墨之痕，觉吾画犹努力出棱，有心作态。"

酒有别肠，信然。八九十年来，余所闻者，顾侠君前辈称第一，缪文子前辈次之。余所见者，先师孙端人先生亦入当时酒社。先生自云："我去二公中间，犹可著十馀人。"次则陈句山前辈与相敌，然不以酒名。近时路晋清前辈称第一，吴云岩前辈，亦骎骎争胜。晋清曰："云岩酒后弥温克，是即不胜酒力，作意矜持也。"验之不谬。同年朱竹君学士、周稚圭观察，皆以酒自雄。云岩曰："二公徒豪举耳。拇阵喧呶，泼酒几半，使坐而静酌则败矣。"验之亦不谬。后辈则以葛临溪为第一，不与之酒，从不自呼一杯；与之酒，虽盆盎无难色，长鲸一吸，涓滴不遗。尝饮余家，与诸桐屿吴惠叔等五六人角，至夜漏将阑，众皆酩酊，或失足颠仆。临溪一一指挥僮仆扶掖登榻，然后从容登舆去，神志湛然，如未饮者。其仆曰："吾相随七八年，从未见其独酌，亦未见其偶醉也。"惟饮不择酒，使尝酒亦不甚知美恶，故其同年以登徒好色戏之。然亦罕有矣。惜不及见顾、缪二前辈，一决胜负也。端人先生恒病余不能饮，曰："东坡长处，学之可也；何并其短处亦刻画求似！"及余典试得临溪，以书报先生，先生覆札曰："吾再传有此君，闻之起舞。但终恨君是蜂腰耳。"前辈风流，可云佳话。今老矣，久不预少年文酒之会，后来居上，又不知为谁矣？

姜慎思言：乾隆己卯夏，有江南举子以京师逆旅多湫隘，乃税西直门外一大家坟院读书。偶晚凉树下散步，遇一女子，年十五六，颇白皙。挑与语，不嗔不答，转墙角自去。夜半睡醒，似门上了鸟微有声，疑为盗，呼僮不应，自起隔门罅窥之，乃日间所见女子也。知其相就，急启户拥以入，女子自言："为守坟人女，家酷贫，父母并拙钝，恒恐嫁为农家妇。顷蒙顾盼，意不自持，故从墙缺至君处。君富贵人，自必有妇，倘能措百金与父母，则为妾媵无悔，父母嗜利,亦必从也。”举子诺之,遂相缱绻。至鸡鸣乃去。自是夜半恒至,妖媚冶荡,百态横生。举子以为巫山洛水不是过也。一夜来稍迟,举子自步月候之。乃忽从树杪飞下。举子顿悟,曰:“汝毋乃狐耶?”女子殊不自讳,笑而应曰:“初恐君骇怖,故托虚词,今情意已深,不妨明告。将来宦游四方,有一隐形随侍之妾,不烦车马,不择居停,不需衣食,昼可携于怀袖,夜即出而荐枕席,不愈于千金买笑耶?”举子思之,计良得。自是潜住书室,不待夜度矣。然每至秉烛,则外出,夜半乃返。或微露鬌乱钗横状,举子疑之而未决。既而与其娈童乱;旋为二仆所窥,亦并与乱。庖人知之,亦续狎焉。一日,昼与娈童寝。举子潜扼杀之,遂现狐形,因埋于墙外。半月后,有老翁诣举子曰:“吾女托身为君妾,何忽见杀?”举子愤然曰:“汝知汝女为吾妾,则易言矣。夫两雄共雌,争而相戕,是为妒奸,于律当议抵,汝女既为我妾,明知非人而我不改盟,则夫妇之名分定矣。而既淫于他人,又淫于我仆,我为本夫,例得捕奸。杀之,又何罪耶?”翁曰:“然则何不杀君仆?”举子曰:“汝女死则形见,此则皆人也。手刃四人,而执一死狐为罪案,使汝为刑官,能据以定谳乎?”翁俯首良久,以手拊膝曰:“汝自取也夫!吾诚不料汝至此。”振衣自去。举子旋移居准提庵,与慎思邻房。其娈童与狐尤昵,衔主人之太忍,具泄其事于慎思,故得其详。

同年胡侍御牧亭,人品孤高,学问文章亦具有根柢。然性情疏阔,绝不解家人生产事,古所谓不知马几足者,殆有似之。奴辈玩弄如婴孩。尝留余及曹慕堂、朱竹君、钱辛楣饭,肉三盘,蔬三盘,酒数行耳。闻所费至三四金,他可知也。同年偶谈及,相对太息,竹君愤尤甚,乃尽发其奸,迫逐之。然积习已深,密相授受,不数月,仍故辙。其党类布在士大夫家,为竹君腾谤,反得喜事名。于是人皆坐视,惟以小人有党,君子无党,姑自解嘲云尔。后牧亭终以贫困郁郁死。死后一日,有旧仆来,哭尽哀,出三十金置几上,跪而祝曰:“主人不迎妻子,惟一身寄居会馆,月俸本足以温饱,徒以我辈剥削，致薪米不给。彼时以京师长随，连衡成局，有忠于主人者，共排挤之，使无食宿地，故不敢立异同。不虞主人竟以是死。中心愧悔，夜不能眠。今尽献所积助棺敛，冀少赎地狱罪也。”祝讫自去，满堂宾客之仆，皆相顾失色。

陈裕斋因举一事曰：“有轻薄子见少妇独哭新坟下，走往挑之。少妇正色曰：‘实不相欺，我狐女也。墓中人耽我之色，至病瘵而亡。吾感其多情，而愧其由我而殒命，已自誓于神，此生决不再偶。尔无妄念，徒取祸也。’此仆其类此狐欤？”然余谓终贤于掉头竟去者。

偶见田侯松岩持画扇，笔墨秀润，大似衡山。云其亲串德君芝麓所作也。上有一诗，曰：“野水平沙落日遥，半山红树影萧条。酒楼人倚孤樽坐，看我骑驴过板桥。”风味翛然，有尘外之致。复有德君题语，云是卓悟庵作，画即画此诗意，故并录此诗。殆亦爱其语也。田侯云，悟庵名卓礼图，然不能详其始末。大抵沈于下僚者，遥情高韵，而名氏翳如。录而存之，亦郭恕先之远山数角耳。

梁豁堂言：有客游粤东者，妇死寄柩于山寺。夜梦妇曰：“寺有厉鬼，伽蓝神弗能制也。凡寄柩僧寮者，男率为所役，女率为所污。吾力拒，弗能免也。君盍讼于神？”醒而忆之了了，乃炷香祝曰：“我梦如是，其春睡迷离耶？意想所造耶？抑汝真有灵耶？果有灵，当三夕来告我。”已而再夕，梦皆然，乃牒诉于城隍。数日无肸蚃。一夕，梦妇来曰：“讼若得直，则伽蓝为失纠举，山神社公为失约束，于阴律皆获谴，故城隍踌躇未能理。君盍再具牒，称将诣江西，诉于正乙真人，则城隍必有处置矣。”如所言，具牒投之。数日，又梦妇来曰：“昨城隍召我，谕曰：‘此鬼原居此室中，是汝侵彼，非彼摄汝也。男女共居一室，其仆隶往来，形迹嫌疑，或所不免。汝诉亦不为无因。今为汝重笞其仆隶，已足谢汝。何必坚执奸污，自博不贞之名乎？从来有事不如化无事，大事不如化小事。汝速令汝夫移柩去，则此案结矣。’再四思之，凡事可已则已，何必定与神道争，反激意外之患。君即移我去可也。”问:“城隍既不肯理,何欲诉天师,即作是调停?”曰:“天师虽不治幽冥,然遇有控诉,可以奏章于上帝,诸神弗能阻也。城隍亦恐激意外患,故委曲消弭,使两造均可以已耳。”语讫,郑重而去。其夫移柩于他所,遂不复梦。

此鬼苟能自救,即无多求,亦可云解事矣。然城隍既为明神,所司何事,毋乃聪明而不正直乎?且养痈不治,终有酿为大狱时;并所谓聪明者,毋乃亦通蔽各半乎?

田白岩言:济南朱子青与一狐友,但闻声而不见形。亦时预文酒之会,词辩纵横,莫能屈也。一日,有请见其形者。狐曰:“欲见吾真形耶?真形安可使君见。欲见吾幻形耶?是形既幻,与不见同,又何必见。”众固请之,狐曰:“君等意中,觉吾形何似?”一人曰:“当庞眉皓首。”应声即现一老人形。又一人曰:“当仙风道骨。”应声即现一道士形。又一人曰:“当星冠羽衣。”应声即现一仙官形。又一人曰:“当貌如童颜。”应声即现一婴儿形。又一人戏曰:“庄子言,姑射神人,绰约若处子,君亦当如是。”即应声现一美人形。又一人曰:“应声而变,是皆幻耳,究欲一睹真形。”狐曰:“天下之大,孰肯以真形示人者,而欲我独示真形乎?”大笑而去。子青曰:“此狐自称七百岁,盖阅历深矣。”

张浮槎《秋坪新语》载余家二事,其一记先兄晴湖家东楼鬼,(此楼在兄宅之西,以先世未析产时,楼在宅之东,故沿其旧名。)其事不虚,但委曲未详耳。此楼建于明万历乙卯,距今百八十四年矣,楼上楼下,凡缢死七人,故无敢居者。是夕不得已开之,遂有是变。殆形家所谓凶方欤?然其侧一小楼,居者子孙蕃衍,究莫明其故也。其一记余子汝佶临殁事,亦十得六七;惟作西商语索逋事,则野鬼假托以求食。后穷诘其姓名、居址、年月,与见闻此事之人,乃词穷而去。汝佶与债家涉讼时,刑部曾细核其积逋数目,具有案牍,亦无此条。盖张氏纪氏为世姻,妇女递相述说,不能无纤毫增减也。嗟乎!所见异词,所闻异词,所传闻异词,鲁史且然,况稗官小说。他人记吾家之事,其异同吾知之,他人不能知也。然则吾记他人家之事,据其所闻,辄为叙述,或虚或实或漏,他人得而知之,吾亦不得知也。刘后村诗曰:“斜阳古柳赵家庄,负鼓盲翁正作场。死后是非谁得管,满村听唱蔡中郎。”匪今斯今,振古如兹矣。惟不失忠厚之意,稍存劝惩之旨,不颠倒是非如《碧云騢》,不怀挟恩怨如《周秦行记》,不描摹才子佳人如《会真记》,不绘画横陈如《秘辛》,冀不见摈于君子云尔。